蒼穹變
⑥金童玉女
龍人◎著

目錄

第一章　皇門奇刃

南許許的神色倏變！

半晌，他才冷冷地道：「難道你忘了我曾說過，『萬象歸宗』的陰訣等若將一個人長時間的生命力在短時間內悉數激發？『萬象歸宗』之術我從未用過，上次以陽訣用於你身上，已是迫不得已的冒險之舉，以你如今生命之弱，決不可能在你身上施加『萬象歸宗』的陰訣！雖然如今你短期內無法恢復以前的刀道修爲，但只要安心養傷，總是能慢慢恢復的，否則我南許許也枉稱藥瘋子了。」

他的語氣顯出此事決無商量的餘地！

顧浪子嘆了一口氣，「恐怕不是短期內不能恢復吧？照這樣下去，我看沒有數年時間是根本無法恢復到原有狀態的。」

南許許心中暗嘆：「老兄弟，照你現在的狀態，除非有奇蹟出現，否則休說數年，就是十數年也未必能完全恢復。」口中卻冷冷地道：「退一萬步說，就算要花費幾年時間，也強過早早斷送性命，你我二十多年都挺過來了，難道還在乎再忍幾年？」

顧浪子只好笑了笑，「我的性命都捏在你的手中了，當然是你怎麼說就怎麼算。」

「好，那你就依我說的去做。再歇息一會返回苦木集，返回苦木集後再靜養半個月。」

顧浪子卻緩緩站起身來，「你未免太低估我了，可還記得當年我身中七劍，被追殺我的人困在『萬刃島』達半月之久，最終卻依然成功逃脫保全性命！我豈是那麼容易死的人？」

南許許一言不發地望著顧浪子，良久，他才開口道：「看來，要說服你的確很難。」

「不難，關鍵要選對時機。」顧浪子道。

南許許道：「噢，我倒想聽聽該選什麼樣的時機？」

顧浪子一邊動作遲緩地上了坐騎，一邊道：「最好的時機，就是當你手中有一罈美酒佳釀的時候。」

他是在說笑，但南許許此時卻是殊無笑意，他以恨鐵不成鋼的語氣道：「我知道你不怕死，但我怕！」

「你怕死？」顧浪子有些詫異地道，「你不是說過只要有一天能讓世人相信九極神教之禍是不二法門一手釀成，你即使立刻死去也能無怨無悔嗎？」

「我不是說怕死，而是怕你會死。」南許許道。

顧浪子很認真地問道：「為什麼？」

「因為那樣你會成為我唯一一個想救卻沒能救成的人，那豈非大墜我藥瘋子的名聲？」

顧浪子先是一怔，復而笑了。

南許許這才上馬，他擔心顧浪子的傷勢，所以返回苦木集的途中有意放緩速度，以免顧浪子受顛簸之苦。

一路上，兩人商議著如何才能找到晏聰——事實上，他們對晏聰是否還活著心中根本沒底，但兩人此時閉口不提這種可能，仿若他們早已確知晏聰還活著。

可惜無論如何他們也無法想出能找到晏聰的妙計，唯一的線索就在靈使身上，但以顧浪子現在的這種狀況，冒險接近靈使無異於自投羅網。因為無計可施，兩人不免有些沮喪。

不知不覺中，前方的路變得明亮了許多，連路上的車輪壓痕也都可以看清了。

南許許隨口說了一句：「天亮得好快。」

顧浪子聽他這麼說，也下意識地抬頭望去，只看了一眼，他的神色就變了，一下子勒住馬，沉聲道：「並非天亮得快！」

南許許一想也是，按時辰推算，此刻應還沒有到天亮時分。顧浪子的異常反應讓他迅速抬頭向前望去。

只見前方數里外一片大亮，連天空都變得明晃晃的，這是南向的天空，而與之相對的北向天空卻依舊灰茫茫的一片。

「是……是苦木集失火了?!」南許許猛然頓悟。

顧浪子不安地道：「恐怕正是如此！」

南許許立時想到他留在苦木集的那些視如珍寶的奇毒奇藥，冷汗「嗖」地一下便冒了出來。

烈焰沖天，濃煙滾滾，火焰吞吐聲與柱梁傾倒的聲音交織在一起，好不駭人。

讓顧浪子、南許許更爲吃驚的是他們剛接近苦木集，便見苦木集北向的街口處圍聚著一大群人，正三個一群五個一夥地將幾個人死死按在地上，再用繩索將之捆縛得如同一隻粽子般方才甘休。

被捆縛住的人固然是如鬼狼嘶嚎，而制伏他們的人竟也在大呼小叫，場面混亂之極。而火勢最猛烈的地方則有人在竭盡全力地撲火。

南許許、顧浪子生活在苦木集時都是隱姓埋名的，當然不想因舉動怪異而引人注目，他們早早地棄馬步行。

但當他們認出那幾個被捆縛的人皆是苦木集的人，而捆縛他們的人也同樣是苦木集的人時，不由大惑不解，再也顧不得自己的身分會不會有暴露的危險，急忙湊上前去。

南許許又假捏起老嫗的聲音，顫聲道：「鄉裏鄉親的，何必如此?」

「阿婆，妳走開！難道妳不知道阿雷他們被妖女的魔笛攝了魂嗎？不把他們捆起來，只怕整個苦木集的屋子都要被他們燒光了！」

南許許大吃一驚，脫口道：「是他們縱的火？」

正當這時，只聽得身後傳來尖銳可怖的尖叫，一個粗壯如牛的漢子手持一把牛角尖刀，自一條巷子裏衝了出來，逢人便砍，猝不及防之下，已有好幾個人被砍傷了。

南許許一眼就認出這人是苦木集的屠夫大黑！

南許許何等人物，他一眼就由大黑那充血的雙眼、渙散的瞳孔看出其神志全失，換而言之，他連傷數人皆是在無意識中進行的。

難道，又是所謂的「妖女」的魔笛在作怪？

南許許轉念之間，大黑已向他這邊衝來，明晃晃的牛角尖刀在空中閃了一閃，就向南許許連劈帶刺而至。

「小心！」周圍響起一片又氣又急的叫喊聲。

眾人都很是氣惱南許許這「老婆婆」在這種危險的時刻還在這兒湊熱鬧添亂，但也不忍心就看著「她」血濺當場，最近的兩名漢子就地拾起一根木棒，向大黑掃去。

南許許「啊呀……」一聲驚呼，猛地倒退出一步，幾乎摔倒。

與此同時，大黑一聲痛呼如啐叫，手中的牛角尖刀「噹啷」一聲落在了地上，「噗」的一聲，兩棒子也隨即擊中，大黑一下子被掃倒了，立時有幾個人同時撲上，將大黑牢牢縛住，無論他如何掙扎嘶喊也決不鬆開。

南許許方才的驚慌當然是假裝的，他的武功雖不如顧浪子這樣的絕頂高手，但對付普通人則是綽綽有餘的，方才他就是以一枚銀針射中了大黑的腕部，銀針入骨三分，大黑哪裡消受得起？

雖不會為大黑所傷，但南許許仍是極度不安。

讓他不安的當然並非大黑的攻擊，而是所謂的「妖女」！

憑他的經驗，不難推斷出所謂的「妖女」定是一邪道高手，而所謂的魔笛，就是以邪魔之音或傷人或控制他人心智。

但此「妖女」為何要對本與武界毫無關係的苦木集人下此毒手？

「難道，此『妖女』的本意是衝著自己與顧浪子而來的？」思及此處，南許許轉身向顧浪子望去，只見顧浪子神色凝重地向他微微點頭，看來顧浪子心中有與他相同的猜測。

正當此時，倏有密如驟雨般的金鐵交鳴聲突然傳至。

南許許神色微變，暗忖：「果然不出我所料。」

心念未了，突然被眾人的驚呼聲打斷：「就是她！就是這個妖女！」聲音充滿了仇恨，也充滿了驚懼。

但見火焰沖天處，一道修長的身影沖天掠起，如鳥翔魚躍般斜斜飄掠而出，身法之高明，讓人心驚。

果然非等閒之輩！

隨即只聽有人高聲怒喝：「妖邪之道，濫殺無辜，休想就此脫身！」

斜刺裏有一人影如怒矢般射出，向那修長的人影截殺過去。

「咯咯咯，小兄弟，你不是姐姐的對手，何必死纏不休？該不是看上姐姐了吧？」

虛空中響起一個柔美而略有些沙啞的女子的聲音，其放蕩的言語，予人以既狂野又誘人的感覺，若是平時，恐怕定有不少男子會神魂爲之奪。但今日苦木集的慘狀則讓人覺得她的聲音猶如魔音，令人聞之心寒！

「可惡！」暴喝聲中，兩道人影迅速接近，立時有密集的金鐵交鳴之聲再度傳開，振聾發聵。

那女子似乎無心戀戰，邊戰邊退，而她的對手則決不會就此甘休，很快交戰的雙方已由遠處逼近這邊。

凌厲氣勁與懾人心魄的殺機實非常人所能忍受，一片驚呼聲中，南許許猛地發現能跑的人都已跑得無影無蹤了，只剩下他與顧浪子兩人還立於街上。

這未免太過顯眼，他們在如此危險關頭還不急於回避，恐怕會讓人起疑。

被捆縛住的幾人此時無人按住，便不顧一切地在地上翻滾，即使重重地撞在牆角臺階的堅石上，撞得頭破血流也絲毫沒有停下來的意思，頭顱在堅石上撞得「砰砰……」直響，其情形實是駭人。

南許許一時亂了分寸！

顧浪子低聲道：「以銀針射他們的穴道後，我們暫且回避一下。」

南許許心道：「這辦法倒不錯。」一反腕，手中又多出了幾枚銀針。

孰料未等他擲出銀針，驀然有驚人的破空聲響起，只見一道綢帶猶如貫日長虹般飛速劃空而過，綢帶若電吞吐之間，地上已有三人被捲得飛起。

赫然是那女子所爲！

在綢帶的席捲下，三具軀體就如同毫無分量的紙鳶般飛出，所取方向竟是那男子手中的寒劍所在。

「她要借這一手段阻止對手，借機脫身！」顧浪子立時判斷出女子的意圖，而且這種手段很容易奏效，那男子若是不想傷害無辜，就必須退閃。

驀聞男子沉喝一聲：「妳照樣走脫不了！」語氣竟無比自信。

最後一個字未落，他倏然揚劍，手中之劍脫手飛出，以無可言喻的速度在虛空中劃出一道驚人弧跡！剎那間，劍嘯如龍吟，在驚心動魄的劍嘯聲中，顧浪子赫然發現那女子周圍三丈範圍內竟同時有九道劍影閃現，目標直指女子！

九道劍影分八個方位以及上方共九個不同的方向，儼然有如九名劍道好手同時對對手發起凌厲一擊，使對手身處重重劍網之中，絕難立時抽身離去。

「小兄弟好狠心！」那女子的呼聲已顯得甚是惱怒，暗含殺機。

殺機既起，下手再不留餘地，立時全力向九道劍影封擋過去。

驚人的暴響聲中，劍影驀然散失！

「砰砰砰……」三聲，那三名被捆縛如粽子般的人這時正好重重墜落地上，雖然摔了個七葷八素，但卻並無性命之憂。

而及時撤劍避開他們的劍客，此時竟已再度立於那女子的身前，擋住了她的去路。

那柄劍，赫然已重握於他的手中！

四下裏頓時響起一片喝彩聲，只是喝彩的人都是躲在屋子裏。他們雖不諳武學，但目睹那劍客神乎其技的劍式將「妖女」成功阻截，仍是不由齊聲喝彩。

與他們不同，顧浪子卻一眼看出了此劍客方才所施展的竟是九靈皇真門的一式「靈動九方」！

原來此劍客竟是九靈皇真門的人！而且看此人方才所使出的「靈動九方」，顯然已盡得精髓，卻不知此人是九靈皇真門中的哪一位。

顧浪子暗暗打量那劍客，只見此人甚是年輕，容貌俊朗，衣飾樸素無華，背負著一隻包裹，渾身透發出一股如清風般質樸而清朗的氣息，他手中的劍甚是獨特，非但未開刃，而且連前端也是呈光滑圓潤的弧線。

顧浪子暗自驚嘆：「四大聖地不愧為四大聖地，此子如此年輕就有這般修為，恐怕環視整個樂土，他的同輩中也難有幾人可與之匹敵了。戰傳說自是不遜色於他，聽兒呢？恐怕無法與之相比吧？聽兒雖說師從於我，但其中有一段時間他為了替家人復仇而潛入六道門，六道門的劍法與我的刀法交替摻和，難免對他有所影響。」

由這年輕劍客引得顧浪子憶起晏聰，一時竟兀自怔怔出神，直到南許許暗中拉了他一把，才讓他猛然醒悟！很快隨南許許一聲不響地退縮到一個不起眼的角落裏。

那年輕劍客正是被樂土武界以「金童」相稱的九靈皇真門弟子花犯。

南許許重現的事，是靈使向四大聖地透露的，四大聖地對靈使的話當然深信不疑，雖然靈使有難見天日的秘密被南許許所知曉，但靈使決不會擔心這會對他有什麼威脅！試問當今天下，有誰會相信南許許的話而不相信不二法門的靈使？

所以靈使敢借四大聖地的力量追查南許許的下落。

花犯就是奉師門之令涉足樂土追查南許許的下落的。

對師祖乙弗弘禮當年決戰勾禍的事，花犯早已耳熟甚詳，當然也就知道了南許許冒天下之大韙救下勾禍的舉動。花犯對師祖當年的風采一直尊崇嚮往，師祖重創勾禍，花犯今日便要全力追查南許許的下落，直到使南許許伏罪！

只是人海茫茫，要找到一個擅於隱藏的人談何容易？花犯這幾天來自北而南行程數百里，卻一無所獲，直至在苦木集遇見了戰傳說一行人。

在九靈皇真門中，雖然如今的門主已是花犯的師尊殊同歸，但許多重大事宜仍是乙弗弘禮說了算。這一次，便是乙弗弘禮親自下令讓花犯追查南許許的下落，花犯自不敢有所鬆懈，否則他恐怕已隨戰傳說一道追殺劫域的人了。

畢竟南許許的行蹤根本無跡可尋，而劫域人卻已實實在在地出現在了花犯的面前，並殘害了卜城城主落木四。

爲樂土安寧立下了赫赫戰功的落木四，花犯焉能不知？所以，不得不放棄與戰傳說一道繼續追殺劫域恨將的同夥的機會，對花犯來說，實在是一個無奈的選擇。

唯一讓花犯感到欣慰的是戰傳說劍道修爲高明之極，既可擊殺劫域三將中的哀將、恨將，那麼此去追殺恨將的同夥也應是不在話下。

花犯懷著矛盾的心情回到了苦木集後，便決定在苦木集留宿一夜。他暗忖：天色已晚，遲早總要留宿的，南許許行蹤飄忽，又無線索，一切只能憑機緣巧合，否則即使走太多的路也是毫無用處。

心裏這麼想著，他更拿定主意要在苦木集留宿一夜。

其實他心中還隱有一個念頭，那便是若萬一在苦木集還隱有劫域恨將的同夥，那麼他就有機會彌補不能與戰傳說等三人一道對付恨將同夥的遺憾，還可暫保苦木集平安。

沒想到主意拿定後，花犯才發現要在苦木集尋找一個住宿的地方並不容易，他的遭遇與戰傳說購馬時的遭遇相似。苦木集的人為戰傳說與恨將那可怕的一戰所驚悸，對身攜兵器之人已存在戒心，一見花犯走近，便早早地關門大吉，花犯一連吃了幾個閉門羹，不由大惑不解。

九靈皇真門的門規嚴謹，決不許門內弟子滋擾黎民蒼生，花犯當然也決不會犯此戒律。見求宿無望，他便在遠離主街的偏僻處找到一間花房。花房無人看護，擺滿了各種各樣的菊花，花犯擇一乾淨處，取出包裹中的一塊毛氈權當蒲團，盤膝打坐，準備就這樣過上一宿。

當花犯漸入物我兩忘的佳境時，忽有笛聲傳入耳際，在一片寂靜中顯得格外清晰。

花犯暗暗吃驚：難道在這苦木集也有風雅之士？

細聽笛聲，初時笛聲靈動悅耳，讓人如置身鶯歌燕語、楊柳依依的三月，入耳只覺身心舒暢，花犯不由暗讚一聲。

笛聲漸變，變得幽怨壓抑如泣如訴，讓人不由自主地憶起種種哀傷之事，情難自已。

笛聲愈發詭異，彷若有一個心魔在挑撥著人的負面情感，哀、悲、怒、恨、怨……笛聲不知來自何方，彷若它已籠罩滲透至每一個角度，成了蒼穹的主旋律。

花犯忽覺心緒不寧，莫名怨憤油然而生。下意識中，他猛地拔劍在手，似欲有所爲！

一股清冽涼意倏然由手中之劍透發，貫入花犯體內，花犯猛地清醒過來，見自己竟已握劍在手，大吃一驚，立即意識到此笛聲必有古怪。

四大聖地講求修心養性，淡泊無欲，心中自是一片澄明，所以花犯不易被邪魔笛音收攝心神。同時，他的「守一劍」乃九靈皇真門三大鎮門寶器之一，自有辟邪之奇效，在花犯即將爲邪魔之音入侵心神時，及時護主。

花犯清醒之後，暗呼僥倖！

這時，忽聞遠處嘶喊聲響成一片，有人大呼「救命」，有人高呼「救火」，更多的則是撕心裂肺般的號叫，而這種既空洞又絕望的號叫只會是來自於神志不清的人。

顯然，花犯雖然暫未被邪魔笛聲所困，但苦木集的人卻沒有他這等修爲，很快便在邪魔笛聲中崩潰了。

能以邪魔笛音對花犯構成威脅的必是高人，此人竟對苦木集的百姓庶民下此毒手，花犯怎能坐視不理？

無須借助「混沌妙鑒」，花犯衝出花房，掠至高處，居高臨下四向張望，但見西北方向火光沖天，嘈雜的嘶喊聲也主要是由那個方向傳來。憑這一點，花犯足以判斷出以笛音傷人者所在的大致方位。

花犯默念九靈皇真門的獨門絕學「空明心訣」，一股朗朗正氣由心而生，護住元神不爲邪魔所侵，同時花犯的辨察力也迅速提升至洞察秋毫的境界。

剎那間，笛音在花犯的辨察力作用下，似若有形，能夠分辨出笛聲在虛空中運行穿透的軌跡，就如同以肉眼捕捉在虛空盤旋飛舞的縷縷絲線。

笛聲果然是來自西北方向！

花犯立即向西北方向掠去，憑著對笛聲的察辨，迅速與目標接近。

沿途，只見火光沖天，街巷中有人在狂嘶奔走，更有人七竅噴血倒地而亡！對於普通人來說，是根本無法與這笛聲相抗衡的。

終於，不遠處的屋宇之巔，有一持笛吹奏的女子身影出現於花犯的視野中。

花犯將「空明心訣」的修爲迅速催運，以充盈著浩然正氣的內家真力朗朗送聲：「何方邪魔膽敢荼毒生靈？」

喝聲既有先聲奪人之勢，又以喝聲破壞了笛聲的聲場，正飽受摧殘的苦木集人這才暫得解脫。

呼聲尚未消散，花犯已以快不可言的速度迫近那女子，在離對方數丈處飄然落下。

那女子暗吃一驚！

在她的笛聲下，即使是絕頂高手，也只能勉力自保，而眼前這年輕人年不過二十，卻能輕而易舉地逼近她的身邊，並且還能以呼喝聲干擾她的笛聲！照此看來，此年輕人的修爲豈非高得不可思議？

她卻不知九靈皇真門的「空明心訣」正好是邪魔笛音的剋星。

何況她並未預想在苦木集中隱有如花犯這等級別的高手，所以也未將其邪魔笛音的殺傷力提升至最高境界，沒料到卻引來了花犯。

花犯見那女子乃一美豔少婦，年約二十四五，眉目之間有種說不出的嫵媚之氣，一舉一動、一言一行都有入骨的風騷，其身材更是惹火之極，豐腴凸凹，曲線誘人，尤其是一道光滑的綢帶若即若離地纏繞於她的身上，迎風飄動，情形甚是撩人，讓人不由自主由纏繞她的綢帶聯想到若是換了一雙男人的手臂緊纏這具動人美妙的胴體，將會是一種怎樣的滋味。

饒是花犯深得九靈皇真門絕學真傳，淳樸心清，目睹這一天生尤物，仍是不由一陣耳熱心跳，其震撼力比邪魔笛音更勝一籌。他急忙以「空明心訣」與之抗衡，很快便恢復了平靜。

那美豔女子「咯咯」一笑，柔聲道：「何處跑來了這麼一個俊美的小兄弟？是見姐姐太寂寞了來陪姐姐的嗎？」

其語調甚是獨特，不似樂土口音。

花犯沉聲呵斥：「胡言亂語，不知所謂！我是來降服妳這妖女的！」語出之時，已握劍在手。

「降服？咯咯咯，小兄弟要在哪兒降服姐姐？是在這兒，還是在……溫柔鄉中？」那美豔女子言語間更爲放肆。

花犯怒喝一聲：「可惡！吃我一劍！」

人劍合一，如怒矢般向那女子標射而去！

「小兄弟怎不知憐香惜玉？」那女子幽幽一嘆，纏繞其身上的綢帶突然破空射出，如一條毒蛇般向花犯席捲而至。

「啊……」花犯猛地記起恨將在被戰傳說重創後又被人救走的情景，不由大吃一驚，忖道：「難道眼前這女子便是曾救走恨將之人？那她就應是劫域的人！」再聯想到她那有異於樂土的口音，使花犯更爲堅定這種猜測。與此同時，在他推測對方來歷時，綢帶已閃電般射至，勁風撲面。

花犯不敢怠慢，「守一劍」以身爲軸，劍影倏閃，縱列成柵，封住了所有可乘之隙，一式「九靈劍法」中的「抱殘守缺」演繹得無懈可擊。

綢帶倏收，幽香襲人，美豔女子已在第一時間欺身而進，手中之笛挾凜烈殺機直戳向花犯咽喉要害，因爲她對花犯的修爲估計過高，所以甫一出手便毫不留情。

花犯堪堪舉劍封擋，美豔女子纖腰輕擺，有如鬼魅般閃至另一角度，手中之笛在虛空中劃過一道不可捉摸的軌跡後，已變戳爲掃，直取花犯後腰，其身法之刁鑽輕盈，令人防不勝防。重重劍影，竟未能讓她有絲毫滯納之感，仿若她的身軀有形而無質，可以在任何狹小的空間穿梭自如。

攻勢變化之快，儼然已突破了時間的範疇！看似聲勢並不可怕，但唯有面臨攻擊的當事者方知一旦殺機快絕至有如咒念般無可捕捉，無法抗拒時，心靈所承受的壓力同樣驚心——死亡也同樣是近在咫尺！

她的招式變化之快、之詭異，已超越一般高手的反應極限！

但花犯反應之快簡直是駭人聽聞。

笛至劍至。

眼看笛子就要重重掃於花犯後腰部，至少會掃斷他兩根肋骨時，他的劍竟已不可思議地擋在了笛前。

其速之快，讓人頓生錯覺，仿若花犯的劍本就是一直保持於那一方位，或者他與那女子只是同門切磋，彼此之間已相互熟悉了對方的任一變化，所以能「配合」得那麼無間。

這一切，得益於花犯「空靈心訣」帶給他的驚人洞察力！他的心靈在他視覺作出觀察判斷之前已先作出了判斷。

「噹……」地一聲暴響，笛子看似晶瑩如玉，卻產生了金鐵交擊之聲，不知此笛是何物製成。

花犯雖擋得及時，但因爲受角度的限制，在力道的爆發上處於不利地位，劍笛重擊，他的劍仍是被撞得反彈而後，徑直撞向自己的後背。

一陣劇痛，後背顯然已受了傷。

但傷勢卻並不重——這很是出乎那女子的預料！等到發現花犯的劍竟未開刃時，才恍然大悟。

花犯借機搶攻數劍，退開數步！自涉足武界以來，他還是第一次傷於自己的劍下，但僅僅是皮肉傷而已。待他明白自己爲何會傷得如此輕時，心頭不由一動，猛然記起師祖將「守一劍」鄭重交付於他時所說的「是非難分，彼此無別」那句話，頓有莫名感觸。

當時，花犯跪受守一劍時，對師祖的信任與倚重甚是感激，因爲守一劍乃九靈皇真門三大寶器之一，而在此之前，他就已得到了另一件寶器「混沌妙鑒」。

身爲年輕一代弟子，在剛涉足武界時就擁有九靈皇真門三大寶器中的兩件，實是莫大的榮幸。但在花犯的心中卻尚有一個不解之惑，那就是爲何九靈皇真門的「守一劍」會無鋒無刃！

天下利器，莫不以無堅不摧之鋒銳爲貴，爲何偏偏守一劍例外？

當然，花犯雖心中有些疑惑，卻決不敢說出，那豈非是對三大寶器的輕視與褻瀆？師祖乙弗弘禮卻像是看透了他的心思，說了一句：「此劍之神韻，便在其無鋒無刃，所謂『是非難分，彼此無別』，謹記謹記。」

對師祖所言，花犯並未瞭解其中玄奧，只是把它牢牢記住。

直到此刻，他才對「是非難分，彼此無別」有所領悟！劍之鋒刃，雖可克敵制勝，但冥冥之中萬物相通爲一，針對敵人的鋒銳，何嘗不是懸於自己心頭的殺機？

那美豔女子自不知花犯心中閃過的種種念頭，她本欲速戰速決，但花犯只是在未提防她有如此驚人的詭異身法的情況下略受挫折，她若想再故伎重演，已是不可能。花犯所顯露的修爲足以讓她明白，在這種情形下要想真正地分出勝負，絕對會在數百招以上，也許最終鬥個兩敗俱傷也未爲可知。

這可不是她所願意的！她的目標根本不是花犯，怎願爲花犯耽誤太多的時間？

那女子目光一閃，本待否認，但又一想能夠不畏與劫域結仇的人可謂鳳毛麟角！於是嫵媚一笑道：「看來小兄弟與姐姐很有緣分，居然能一眼看出姐姐的來歷。」

此女子的確是救了恨將的劫域人，也是恨將以嘯聲招來的同伴——樂將，只是當她匆匆趕到時，戰局已定，恨將徹底落敗。

她試圖救出恨將，沒想到戰傳說窮追不捨，她要想帶著恨將一起逃脫，決無可能！

而且戰傳說來速之快，完全出乎她的意料，只稍一猶豫，她赫然發覺自己已處於更爲可怕的境地：此刻就算放棄救恨將的努力，也已遲了，她自己尚難以脫身！

想到恨將領二十名劫士伏擊戰傳說卻一敗塗地，她實在沒有能勝過戰傳說的把握，既然捨棄恨將之後恨將必死無疑，她一狠心，便作出了當時讓戰傳說大吃一驚的決定：將恨將的身軀向戰傳說極速擲出，而她則借這一機會逃脫！

她的計策成功了，代價則是恨將命喪當場。

她當然不知自己之所以能成功逃脫戰傳說的追蹤，其真正的原因並不在於她以恨將作掩護這一手段，而在於戰傳說當時體內猶如萬劍湧動穿掠，已難以久撐！

成功逃脫戰傳說的追蹤後，她即折身抄另一條路返回苦木集。

她的意圖是爲救九名重傷而未亡的劫士。

眾劫士被花犯廢去武功的一幕並未被她所見，所以她才會毫不猶豫地作此決定。

此次前來樂土，除了恨將與二十名劫士同行之外，她也領著十二名身手不凡的美婢隨行，而且這些美婢還在刺殺落木四時假扮樂土女子爲她在恨將面前掙足了顏面。

沒想到數日之後的今天，恨將竟亡於戰傳說劍下。

恨將一死，她就必須獨自肩負重任了。所以她迫切希望能救出九名劫士，否則僅憑十二婢女，在處於樂土腹地的情況下，未免有些勢單力薄。

沒想到當她折返苦木集時，九名受傷的劫域劫士竟都已被殺身亡！

初時她以爲這是戰傳說所爲，但由九名劫士的致命傷口來看，傷勢創口極窄，與戰傳說的兵器不相符，與劫域劫士自己所攜帶的兵器也不相符，何況她還知道戰傳說手中的苦悲劍已毀，殺幾個受傷的人，對戰傳說來說根本不必另覓兵器，舉手之間便可斃殺他們。

由此看來，擊殺劫域九劫士的另有他人！

沒想到連這樣的一線希望也落空了，劫域樂將這才深深地體會到深入樂土之後，他們就很可能會步步危機，任何人都會成爲他們潛在的敵人，因爲整個樂土與劫域都是抱有相互仇視的態度的。

想到這一點，樂將頓時怒火中燒，一怒之下，便遷怒於苦木集，吹奏她邪魔笛音，苦木集百姓怎能與之抗衡？很快便有人神志大亂，縱火殺人，亦有人當場暴斃！

這只是樂將洩憤之舉，她並不願久留苦木集，眼下對她來說最重要的是會齊自己的十二婢女，然後盡一切手段除去戰傳說。否則，在恨將與十二劫士皆亡的情況下，她如何敢空手回劫域面見大劫主？

沒想到她的笛聲竟引來了花犯，交手之後，樂將心知對手雖然年輕，但自己要想勝他也決非易事。她不願與花犯久戰，所以索性承認自己是劫域中人，只求「劫域」二字可以嚇阻花犯。

她卻不知這可是天大的失算！

花犯的猜測得到證實之後，沉聲道：「原來是劫域邪魔！無怪乎心狠手辣，殘害無辜，我定要讓妳明白樂土決非爾等飛揚跋扈、爲所欲爲之地！」

樂將又氣又悔！

花犯再不多言，立時主動發起攻勢。

樂將無心戀戰，且戰且退，一心只想擺脫花犯，再伺機對付戰傳說，奈何花犯對樂將以歹毒手段使苦木集變為人間地獄的舉動恨之入骨，緊追不捨，一時間樂將無論如何也是脫不了身。

直至她以幾名被捆縛住了的苦木集人作擋箭牌，試圖重演先前阻擋戰傳說的一幕。孰料花犯竟借「九靈劍法」一式「靈動九方」，及時避過了誤殺無辜的可能，又將她及時阻截。

花犯苦苦相逼，終於使樂將明白今日除非她擊殺花犯，否則休想脫身！儘管與花犯之戰，必會大耗她的實力，要想在短時內再與戰傳說這樣強硬的對手對抗，將十分危險，但她已別無選擇。

花犯一邊正視著樂將嚴加防範，一邊呼道：「苦木集的鄉親們聽著，你們速去救火，此人自有我對付！」

先前苦木集的人被突如其來的飛來橫禍弄得不知所措，一片混亂，經花犯出言提醒，方回過神來。剛才躲在暗處的人親眼目睹了花犯施展的「靈動九方」，在他們看來，這已是神乎其技，對花犯的信心大增，當下依言而行。

樂將的笑容中已暗含殺機，與之相反，花犯卻未顯露任何殺機，他的眼神無比的沉靜，像是無思無念，卻又讓人感到他的心靈涵蓋了驚人的空間範圍。這才是真正的既舉重若輕，又舉輕若重，淡漠一切，亦珍視一切！

樂將見多識廣，立知對方的心境修爲實是不可小覷，無怪乎他能夠不受笛音的侵蝕。

心中轉念之際，魔笛「風搖」徐徐揚起，其速甚慢，但樂將暗中催發內力，無形氣勁透「風搖」而發，「風搖」無須吹奏自行發出高亢之聲，聲音中暗蓄樂將的強大氣勁，已然有了甚爲可怕的殺傷力！

這對花犯雖然不會構成什麼威脅，但卻苦了在一旁的顧浪子。本就因重傷而虛弱至極的顧浪子豈能與如無形鋒刃般的笛聲相抗衡？他只覺胸中五臟六腑有如翻江倒海，逆血上翻，苦不堪言。

以南許許的修爲，自是能夠自保，甚至還能助顧浪子一臂之力，但他們二人都不願就此暴露身分。若是在這頗具殺傷力的笛聲中尙能安然無恙，豈能逃過樂將、花犯這等級別的高手的眼光？

略一猶豫，顧浪子已支撐不住，一口逆血疾湧而上，噴出一口熱血！曾經的絕世刀客此時竟如此脆弱，其中滋味，唯有顧浪子自知。

南許許大吃一驚，不敢再耽擱，急忙攙扶著顧浪子跌跌撞撞地隱入一間屋中。南許許擔心顧浪子的傷勢，所以跌跌撞撞倒也不完全是假裝出來的，心中緊張，自然就少了一份穩當。

南許許當然知道退入屋內並不能避過笛聲的入侵。他之所以隱入屋中，只是借此可以幫助顧浪子度過這一難關，而且由於屋子的阻隔，不會被花犯、樂將察覺。而屋子的主人已去救火了，這正中南許許的下懷。

他對顧浪子的傷勢是再清楚不過了，知道決不可以輸入內力於顧浪子體內的方式相助——當他們與戰傳說相見時顧浪子暈厥過去，戰傳說曾提出要借自身內力相助，卻被南許許斷然拒絕就是出於這個原因。

南許許只能以自身的內力在身側交織成一個氣機之網，將顧浪子也籠罩其中，將笛音聲浪中隱含的殺機隔絕於氣機之外。

樂將對南許許、顧浪子並未多加留意。他們一個容貌如老嫗，枯瘦如柴；一個神容憔悴猶如大病初癒，實是難以讓她多加留意。何況顧浪子方才的狂噴熱血可不是假裝的，在樂將看來，這豈非足以顯示出這兩個人決不會是有意隱瞞實力的武界中人？

所以，在樂將眼中，南許許將顧浪子攙扶著躲入屋內之舉，實是愚蠢得可笑——當然，這一念頭也只是在她腦海中一閃而過，她不會對南許許與顧浪子留意太多。

但顧浪子的內傷卻使花犯意識到自己必須主動出手，方可使對方再無暇傷及無辜。

守一劍一沉倏揚，破空直刺，看似平淡無奇，實是大巧若拙，其沉穩如山、巍然難撼的氣勢，足以昭示在這毫無花巧的一劍之後，隱有無窮後招。

樂將久經沙場，其修爲在劫域可與哀將、恨將相提並論，自是非同小可，但面對花犯這看似平淡的一劍，她仍是不由爲之一震。

強者自有其好勝之心，哪怕如樂將這樣的女流之輩也不例外！越是看出花犯的劍道修爲不俗，樂將就越有壓他一壓的欲望。

守一劍奔胸前要害而至，樂將以其人之道還治其人之身，風搖魔笛橫掃，同樣是簡單得無以復加。

也正因爲簡單，才更讓人感到虛實莫測。因爲誰都知道，劫域樂將豈是一個簡單的人?!

在看似平淡中，反而讓人感到無比的沉重壓抑，仿若這就是暴風雨前的寂靜！

南許許透過未掩實的門望著這一幕，暗暗讚嘆，心道：「不愧是九靈皇真門的傳人，如此年輕，就已有這般沉穩的心境，即使是在氣勁出擊時，也是張弛有度，絕無年輕人常見的貪功冒進！就憑這一點，尋常高手恐怕難以勝過他，卻不知這婦人是什麼來歷？」

正轉念之際，花犯忽然再踏進一步。

這一步，看似悠閒得有如閒庭信步，卻快不可言！花犯的從容悠然與速度之快形成了極爲強烈的反差，予旁觀者的視覺以極大的衝擊。

一步踏進，場上的氛圍與節奏頓時完全改變。

就如同一場暴雨醞釀已久，天低雲沉，草木悚然無聲。驀然有勁風自天邊席捲而至，刹那間風起雲湧。借此，花犯竟因把握了節奏，從而掌握了主動。

樂將既驚且怒，她萬萬沒有料到花犯對戰局的把握竟已臻爐火純青之境。

守一劍沉揚之間，在虛空中劃出一道精妙絕倫的弧形軌跡。一劍之中，赫然已與生命的興衰、起伏暗暗契合，落時平穩內斂，氤氳不息的生機於無聲無息中；揚時有如萬物復甦，無比的高亢激越！

劍勢在寧靜與激越兩種截然相反的存在方式之間偏偏過渡得天衣無縫，流暢至極。

這一劍，與樂將生平所遇見的任何劍法都決不相同。她驚愕地發覺這一劍的終極目標竟不是爲了終結一個生命，而是爲了解脫一個生命。

這怎麼可能?!難道世間除了殺人的劍法之外，還有度人的劍法不成?這實在已超越了樂將所能理解、接受的範疇。

在她看來，劍法就是用以奪人性命的，也是必須借此方能體現它的價值所在。而她曾遭遇的高明或並不高明的劍法，都一無例外地證實著她的這種念頭。

雖然驚訝，但她卻未有絲毫懈怠，風搖笛倏然幻影無數，配合她那如幽靈般不可捉摸的身法，向花犯無孔不入地傾灑而至!風搖笛雖是樂器，卻其堅勝鐵，在樂將的施展下，其威力決不遜色於強悍兵器。

更兼風搖笛在虛空穿掠閃掣時，引發不可捉摸的笛聲，具有干擾對手的奇效，這更讓人防不勝防。

劍笛倏然接實！

驚人的撞擊聲中，守一劍被強力震彈，樂將似乎技高一籌！

得勢不饒人，樂將趁勝追擊，風搖笛破空勁射，花犯只覺勁風撲面。

但他卻毫無驚慌之色，略一錯步，本已被震開的守一劍竟有如神助，劍身飄揚閃掣之間，非但一掃頹勢，反而聚集了比方才更強的力量，自另一個角度向樂將疾刺過去！

花犯重整旗鼓之快，駭人聽聞！以至於外人根本無法分清他是一蹶再振，還是前後兩次攻勢本就是源出一體。

外人難以分辨，但樂將卻立時心知肚明：方才花犯的受挫根本就是假象，或者說只是自己一廂情願的看法！

花犯的劍勢本就沒有咄咄逼人的凶戾之氣，而是有張有弛。對真正的高手來說，最難做到的其實不是全力取勝，而是審時度勢的自我抑制。

花犯做到了，而且是那麼的自然與隨意，讓人感到對花犯而言，無論過程如何，他只在乎最後的結果——所以他根本不會以被暫時挫退爲恥，甚至樂將感到這只是花犯的一種策略。

花犯劍勢更強也證實了樂將的感覺！

樂將不得不棄攻爲守，因爲窺出花犯獨樹一幟的高明與玄奧，樂將這一次已然使出了自己的八成修爲！

風搖笛快如鬼魅，間不容髮的剎那間在虛空之中現出了無數笛影，氣流亦在笛管中飛速流竄，笛聲時而高亢入雲，時而低迴嗚咽，修爲稍弱者，只怕連這笛聲也無法抵抗，更勿論那殺機重重的風搖笛了。

這一次，花犯也沒那麼好受，如狂風淫雨般傾灑而至的風搖笛挾懾人勁氣，自不可捉摸的方位、角度難分先後地撞向守一劍，密集得讓人心生窒息之感的撞擊聲中，花犯只覺一股空前強大的力道沿守一劍直侵而入——這股空前強大的力道正是凝集了風搖笛數以百計的強擊而成的！

花犯沉哼一聲，雙手全力握劍，卻仍是不由自主地連人帶劍倒跌而出，右臂又痛又麻。

風搖笛倏而凝形，有如一抹咒念般電射而至！此刻，它已摒棄了所有的莫測變幻，這反而使這一擊更添一往無回的氣勢。

風搖笛所指之處，正是已顯露空門的花犯胸前要害！

風搖笛未至，已是勁風割面，但花犯看似已渙散的劍勢竟再度萌生了勃勃生機，在極小的空間內劃過一道奪人心魄的弧線，及時迎向風搖笛！

雙方正面接實的那一剎，樂將愕然發現花犯的劍勢反而又有所增強！

風搖笛的攻勢綿綿不絕，在極短的時間內已予花犯以極高密度的強勢攻擊，招式凌厲至極！但無論她的攻勢如何凌厲，花犯的劍勢卻能一次又一次攀升，始終未被樂將徹底壓制！

這正是「九靈劍法」的一式「九道輪迴」！

「九道輪迴」一式，能夠在受挫不利的情況下以退爲進，進而反客爲主，劍勢經歷一次一次的蟄伏、飛躍後，不斷攀升，其威力也在不斷地積貯，直至達到最高境界。

但以花犯的修爲，尙不能達到「九道輪迴」的最高境界，但他的修爲在九靈皇真門年輕一輩弟子中，已是絕無僅有的了，而且借此應付樂將也已夠了。

樂將的攻勢既快且狠，但連番搶攻卻遭花犯越來越強的反擊，讓人感到他的劍勢浩瀚如海，足以與任何強大的力量抗禦，樂將終不免有氣餒之感，攻勢倏止，並及時抽身而退，以防花犯劍勢借機反噬。

她卻不知，花犯這一式劍招已施展至他所能達到的最高極限，如果樂將能繼續保持強大攻勢，花犯必遭重挫！

只可惜樂將的意志與戰意都有所欠缺，功虧一簣在所難免。

樂將攻勢一緩，花犯壓力減輕，精神立時有所鬆懈，在壓力大減的情況下，反而有極度虛脫的感覺，「噔噔噔」連退數步，方勉強站穩腳跟，手中之劍猶自顫鳴不已。

一個女流之輩竟有如此可怕的攻勢，讓花犯咋舌不已！這也是花犯遇到的最強對手！看來，既然能躋身劫域大劫主麾下三將之一，就必有驚人修爲！

而樂將則大爲懊惱，她已窺出花犯方才已是力有不逮，自己錯失了一鼓作氣重挫花犯的最佳良機！

既看出了花犯底細，樂將未有片刻猶豫，一聲長嘯，驀然沖天而起，媚笑道：「小兄弟，你終還是嫩了點，玩不過姐姐的。」

其聲嬌媚誘人，攻勢卻暗含無盡殺機。風搖笛幻現漫天晶瑩藍光，並有笛聲如鬼哭神泣。剎那間，花犯的所有心神皆被這漫天的晶瑩藍色光芒所吸引、佔據，遠處的沖天火光也頓時黯然失色。

詭異而不可捉摸的無形殺機透過風搖笛無孔不入地向四周散佈開來，具有超乎人想像的穿透力。修爲稍有不濟者，僅憑這無形殺機就足以使之心神受懾。

樂將如一縷清風般居高臨下向花犯飆射而至，風搖笛以只可感知、不可捉摸的軌跡在虛空中滑行，所透發出的幽幽光芒與其莫測軌跡相輔相成！

此刻的風搖笛與其說是一件兵器，倒不如說是一股穿掠虛空的氣流，一道蘊涵凌厲殺機的意念！

對手所能感覺到的只有鋪天蓋地般向自己當頭罩至的死亡氣息，卻無從判斷出最後、最可怕的一擊會從什麼角度、什麼時間，以什麼樣的方式發出！

論功力，樂將與哀將、恨將相比有一定的差距，但在招式的詭異可怕上，樂將卻隱隱更勝一籌！對於樂將的全力出擊，恨將、哀將都不敢被其迫得太近，務求避免近身搏殺。

花犯似也被樂將撲朔迷離、無跡可尋的攻擊所迷惑、震懾，手中守一劍竟遲遲隱而不出。

如此近的距離，對兩大絕頂高手來說，實是微不足道。

換而言之，花犯的隱而不發實是冒著極大的危險。甚至，他的舉措就等於爲自己選擇了死亡。

樂將先是驚喜交加，隨即這份驚喜又被疑惑所代替，緊接著是不安。在極短的刹那間，她的心頭竟一連轉換了數個複雜的念頭。

幻變莫測的風搖笛倏而凝形，顯得無比清晰地重新出現於花犯的視野中，消除了一切變化，只剩下最後一擊的直接。

從生到死，生命終結——看似複雜，其實在最後更迭的那一刹那，卻是簡單直接至極的。

花犯動了！

確切地說，是守一劍動了。

雖然守一劍是因花犯的動作而動，但因爲花犯的動作精練得無以復加，也快捷得無以復加，以至於讓人心生錯覺，感到他的守一劍本身已有了生命，有了靈魂，那快如驚電、迅如奔雷的反應是守一劍本身作出的反應，而花犯自己則根本未動。

花犯所擁有的機會本幾乎等於零，所以他的速度必須達到一個令人瞠目結舌的極限！

而且不僅如此，守一劍更像是早已洞悉了風搖笛萬般詭變之後的最本質的一點，摒棄了一切假象後，揮出了絕無花巧卻唯一有效的一擊！

風搔笛與守一劍一觸即分，快不可言，甚至如此迅捷無匹的正面相接之餘，竟只聞「錚」的一聲輕鳴，如浮光掠影，一閃即逝，絕無想像中所應有的轟然巨響，這反而更添一份詭異與驚心動魄。

有如指撫琴弦般輕微的撞擊聲中，驀然有血光暴現。

風搔笛赫然穿透了花犯的左肩肩肋！笛身儼然成了導引花犯體內鮮血的引管，殷紅的鮮血沿著笛管噴射而出，其情形既詭異又可怖。

由風搔笛所造成的傷口處流出的鮮血絕對比任何人想像的要多很多，讓人感到此時花犯所承受的不是比拇指粗不了多少的一管笛子的戳擊，而是被重斧斫砍！大量噴湧出來的鮮血頃刻間已將花犯半個身子染紅。

最可怕的地方還不僅在於這一點，而在於被風搔笛刺透肩肋的那一剎，花犯感到體內迅速流失的還不單單是鮮血，連自身的真元內力也在迅速流失！並由此造成了花犯感官上的空虛、空洞感，極度不適。

沒想到風搔笛竟如此可怕，具有這等邪能！所幸花犯尚不至於就此束手待斃，事實上，就在風搔笛擊傷花犯的同時，守一劍亦已在第一時間直撲目標，橫向重斬於樂將腰側！

樂將雖然試圖避讓，卻未能如願，無鋒的守一劍斬於她腰側，頓時奇痛徹骨，使之花容失色！不得不撤出風搔笛，並一連跌退數步，方勉強站穩。

反觀花犯，雖能穩住身形，但他一身浴血，其情形也著實駭人。更要命的是，花犯此刻竟感到整隻左臂完全無法動彈，仿若被抽去了筋骨般，軟軟無力地下垂著。

正因爲這一點，花犯才不敢在擊退樂將後趁勢而進。對於一個健全的人來說，突然有一隻手臂無法動彈，那麼他的任何動作都會受到影響，身體的重心也難以把握，這比單純的受傷更爲棘手。

樂將顯然深知花犯此時的不妙處境，所以她雖然被花犯重斬一劍受傷非輕，卻仍不顧一切地在第一時間全力反撲！

所取角度正好是花犯因左臂的緣故而難以發揮的角度。

風搖笛挾一抹冷風急速奔至！

論招式的快捷詭異，花犯本就不如樂將，此時因左臂難以動彈，若要與樂將比速度，無疑是以己之短攻敵之長，花犯當然不會作此愚蠢的選擇。

雖然樂將此時先發制人，但花犯卻佔有兵器之利，他的守一劍足足比風搖笛長出兩三倍，這無形中等於爲他贏得了一點時間。

風搖笛有如一陣代表死亡之風般頃刻間掠走於花犯身側，血花飛濺，血霧瀰漫！一時間花犯不知身受幾處傷，但守一劍卻亦已刺入樂將的胸膛。

樂將絕未料到花犯會選擇如此不要命的打法，事實上，她出手之時，是以花犯必會全力封擋

為考慮前提的，所以反而造成了她的被動。

當她意識到自己其實可以以另一種方式出擊，那麼便可一擊奏效，一掌斃殺花犯時，卻已遲了！雖然她在間不容髮的刹那間連連重創花犯，卻並不能掩飾她的失策。

因為兩敗俱傷的結局本就是花犯所願意接受的。

守一劍無鋒無刃，也正因為這一點，守一劍被花犯以內氣強力刺入她的身軀時，對她心靈的震懾極強！

第二章　金童玉女

她的心臟在面臨危險時不由自主地驟然收縮。與此同時，與她的身軀若即若離的綢帶驀然捲向守一劍，如同一隻柔軟的手臂，生生牽制了守一劍，以免守一劍繼續長驅而入。

兩人同時向後倒跌而出。

花犯踉蹌著「噔噔噔」一連退出十數步，雙膝一軟，全身極度乏力，眼前一黑，幾乎立即跪倒於地。所幸他及時以劍拄地，總算勉強站穩。

綢帶如同被注入靈性般飛速盤繞於樂將的胸部，將她的傷口牢牢包紮，使鮮血流失的速度有所暫緩。

她窺出花犯已是強弩之末，方才自己那番如疾風驟雨般的攻擊所造成的傷勢足以讓花犯大耗元氣！尤其是風搖笛的邪力能使花犯的功力迅速流失。

樂將玉腕倏揚，風搖笛脫手飛出，如怒矢般疾射向花犯的前胸要害處！破空之聲，驚人心魄。

樂將既敢以兵器擲殺花犯，足以證明她對這一擊得手有十足的把握。

花犯耳聞揪心的破空嘯聲迅速迫近，心頭劇震，便要揮劍封擋，右臂一用力，駭然發現此時自己虛脫無力的程度遠比想像中的更爲嚴重。

守一劍總算被花犯勉強舉起！

但花犯卻知道自己已決不可能擋下樂將這一擲之擊！

就在此時，眼看花犯就要遭受致命一擊時，一道勁風由一側疾掠而過，只聽得一聲驚人的撞擊聲中，風搖笛在即將及體的一刹那被突飛而至的異物撞得偏開。

花犯死裏逃生，強提內力，勉強滾跌而出，其情形自是十分狼狽，但此刻花犯是命懸一線，對此根本無暇在意。

樂將由對方一擲之力知道出手救下花犯者的修爲定在自己之下，但這是指正常狀態下。與花犯殊死一戰她傷得不輕，此刻再無自信能應付新的對手，何況她已知在樂土境內，隨時都會處於以寡敵眾的狀態，所以她本不欲與花犯纏戰，只想抽身而退。而此刻，她更沒有理由要冒險留下。

心念即定，立即振腕擲出綢帶，綢帶如靈蛇般怒射而出，捲住街旁一突起的簷角，樂將玉臂一帶，身軀便如輕羽般飄然掠起，飛身掠過屋頂，幾個起落後，很快消失於夜色中。

花犯有心攔阻，卻有心無力。他嚴重低估了自己的傷勢，事實上，他非但無力攔阻樂將，甚至在樂將離去之後，他的心神一鬆懈，頓有虛脫之感，只覺眼前一黑，隱約看見有一個枯瘦的身影出現在視野中，隨後就覺得自己的身子像是飄浮起來了，很快便失去知覺頹然倒地。

他昏迷過去之前所見到的枯瘦身影，正是南許許。

南許許已看出花犯是九靈皇真門的弟子，而九靈皇真門一向視南許許為邪者，對南許許當年救九極神教勾禍一命的舉動耿耿於懷。

但南許許見花犯有難時，仍是及時出手相救，他覺得無論他與九靈皇真門有什麼樣的過節，至少眼前這年輕人是在為維護苦木集而戰。

何況此人如此年輕，陳年往事與他實在不會有太多聯繫。

南許許對自己的修為如何心中有數，他也沒有料到能夠輕易讓樂將退卻，這也算是意外之喜吧。

花犯醒過來時，已是身處一間甚為破敗的屋子裏。

他躺在一張簡陋搭設的木床上，屋內的光線並不好，昏昏暗暗的，所以也難以判斷出具體的時辰，空氣中有一股煙熏火灼的嗆人氣息。

「該是你醒過來的時辰了吧？」一個蒼老沙啞的聲音忽然在黑暗中響起。

花犯一驚，猛地支起身子，這才借昏暗的光線看到自己的頭部一側擺放著一張高背木椅，木椅上端坐著一個枯瘦的身影。

花犯一下子記起自己暈迷過去之前那一剎那隱約見到的枯瘦身影。花犯知道十有八九是這人救了自己，但讓他吃驚的不是這一點，而是就在自己剛才暈迷中醒過來尚未有任何舉動時，此人卻像是能未卜先知般預先開口了。

花犯心中惑然，但卻以慣有的沉著冷靜道：「是……前輩救了我？」

雖然光線不清，但由聲音，花犯仍能推斷出對方的年歲頗大，故以前輩相稱。

「將雙手十指交叉用力按於胸口，是否會視線變得模糊？」對方似乎根本沒有聽到花犯的話，自顧反問花犯。

既然對方十有八九是自己的救命恩人，花犯當然不會與他執拗，當下依言而行，將雙手十指相互交叉，用力按於胸口。

少頃，花犯道：「並無此現象。」

「很好，不愧是根基上佳的年輕人。現在，你可以即刻離去也無妨了。不過，記住十日之內要戒女色，否則必會有惡寒戰慄之症，並慢慢偏癱。我將此事言之在先，以免日後有了閃失，以爲是我醫術不佳，折了我的名聲。」

花犯本待說「晚輩自會依前輩叮囑」，但話未出口又感到有些不妥，一時倒不知該說什麼合適，躊躇了一下，索性下了床，顧左右而言他：「在下花犯，尚不知前輩尊姓大名？」

救他的人當然是南許許，此時與他說話的自然也是南許許。

南許許見花犯只說自己名爲「花犯」，卻未提「九靈皇真門」，倒很是滿意，心道：「小小年紀，能不借九靈皇真門的勢頭壓人，也是頗爲難得了。」

他當然不會對花犯道出實情，隨口道：「我只是懂點醫術的山村野夫，鄉人皆以老許相稱。我見你是爲苦木集的安危出頭，心中佩服得很。」

花犯是知道樂將最後一擊被瓦解的過程的，就算當時樂將已是強弩之末，但她最後一擊也必然是可怕的，能替他擋下那一擊的人，怎可能是「鄉村野夫」？而且由南許許的言語中，花犯也聽得出其無法掩飾的絕對自信，這種自信絕非一般人所能擁有的。

但花犯也只能假裝糊塗，他總不能親口戳穿對他有救命之恩者的謊言。更何況，花犯相信南許許掩飾身分並不是針對他，而是一個隱居者必然的選擇。區區苦木集出現南許許這樣的人物，除了退隱高人之外，不會再有更合理更合適的解釋了。

而且花犯覺得南許許的性情甚是古怪，竟像是有送客之意，似乎不願讓他在此久留。這讓他不由有了好奇之心，不甘就此離去，於是找了一個話題道：「在下受的是外傷，而且，經前輩妙手回春已無大礙，又怎會導致偏癱？」

南許許清咳一聲，略略一頓，方道：「你姑且聽之，姑且信之便是。」

花犯也不好再多問什麼了。其實他也知樂將以風搖笛在他身上造成的傷勢決不會是普通的外傷那麼簡單。

南許許將花犯救起後，卻對他甚是淡漠，這讓花犯進退兩難，正尷尬躊躇之際，忽聞「吱呀」一聲，一扇門被推開了。屋外的光線一下子湧了進來，屋內頓時亮堂了不少。看得出，現在已不再是夜間了，也就是說，花犯至少暈迷了一夜。

推門而入的是顧浪子。

因為是逆著光，所以花犯除了感覺到推門而入的人身材高大之外，並不能看清其容貌。

「九靈皇真門的弟子應無礙吧？」顧浪子在推門而入的同一刻話已出口。

顧浪子本不可能出現這樣的失誤，他應該在推門而入的同一瞬間察覺到花犯已甦醒並且已下了床。但此時的顧浪子與常人已無多少區別，甚至他的傷勢造成的虛弱，使他的敏銳洞察力遠不如平常。

往日根本不會成為妨礙光線暗淡的因素，此時竟讓顧浪子一時間沒能及時作出反應——他的反應已甚為遲鈍了。南許許心頭暗嘆一聲，他當然知道顧浪子這句話會對花犯有什麼影響。

正如南許許所猜測的那樣，顧浪子的話對花犯震動極大，因為他與樂將相戰時，並未直接顯露自己的身分，莫非對方竟能由自己的劍法中看出自己是九靈皇真門的傳人？若是如此，那更能證明他們決不是所謂的「鄉野村夫」。

當然，還有一種可能，就是自己在初遇戰傳說等人時，已向戰傳說等人透露了身分，當時是在苦木集正街，那番話會落入他人耳中也未爲可知。

雖然後一種可能性也存在，但緊接著顧浪子與南許許二人的怔神無言，卻讓花犯更傾向於認定前一種可能。

顧浪子怔神之餘，反手掩門的同時，自我解嘲道：「原來這位……少俠早已醒了。少俠爲苦木集解除了這場劫難，苦木集的百姓都感激不盡，大家都在競相傳言九靈皇真門的年輕少俠如何如何智勇無雙，對少俠佩服得緊。」

顧浪子這一番話，自是爲了打消花犯的疑慮，讓他相信知道他是九靈皇真門弟子的不僅僅只有顧浪子一人，而是早已在苦木集傳得沸沸揚揚。

顧浪子、南許許掩飾自己的身分已有二三十年，這已成了一種習慣、一種本能，事實上證實也不允許他們暴露身分，所以儘管他們都感到花犯頗有正義感，卻也不願讓花犯知道真相——從某種意義上說，越是存有正義之心者，就越有可能給他們帶來無窮無盡的危險！

花犯聽顧浪子這麼一說，稍稍打消了心中的疑慮。他本就是一個心胸坦蕩的人，就算確知救了自己的人是風塵異人，也不會有更多複雜念頭的。方才的一番心理，只是出於本能的好奇罷了。

於是花犯道：「滋擾苦木集的女子來自極北劫域，劫域乃邪魔群集之地，此女子亦是手段狠毒，這次她雖暫時退走，卻難保她會不會捲土重來以洩其挫敗之恨，望二位前輩及苦木集父老都要多加小心。」

口中如此說著，心頭轉念：「話雖如此，但若樂將真的捲土重來，就算苦木集的人早有防範之心又能如何？只願樂將不再念念不忘加害苦木集。」

正想著，外面忽然傳來嘈雜人聲，隨即是「咚咚咚」的敲門聲。

顧浪子、南許許相視一眼，皆有驚訝之色。

敲門聲更急。

顧浪子別無選擇，只有將剛剛關閉的木門又重新打開。只見門外竟挨挨擠擠地站了十數人，全是苦木集上的人，有老有少，有男有女。屋外的小巷十分狹窄，視線被擋，也不知巷子裏是否還有更多的人。

眾人有提著瓜果的，有捧著點心的，一面目慈祥的老婆子甚至還提著一隻「咕咕」叫喚的老母雞。

顧浪子開門之後，眾人爭先恐後、七嘴八舌地向他競相詢問，顧浪子定了定神，方聽出他們是來探望花犯的。

向顧浪子詢問的同時，有人已發現花犯正立於屋中，驚訝地向這邊望過來，看得出已無大礙，知悉這一點後，眾人皆流露出喜出望外之色。

一五旬老漢向顧浪子道：「老哥，我們都是想來見一見恩人的，要不是他，苦木集定已被那妖女毀去了。」說著，他將一包一直揣在懷中的東西取出放在門側的長桌凳上，「這是我十幾年前在映月山脈中採到的一株野山參，給恩人補補身子。」

話音未落，又有人將甜棗、蜜梨、糕點之類的吃食一股腦兒擺在了長條凳上，那老婆子也將她的老母雞放在了一個角落裏。幾顆甜棗滾落後骨碌碌地落地亂滾，老母雞有些慌亂地叫喚著。

南許許、顧浪子常年累月過著孤寂自閉的生活，大半生活在生與死之間舉步維艱，何嘗見過這種場面？一時皆有些不知所措。

花犯趕緊上前向眾人團團施禮，「多謝諸位美意，在下實是愧不敢當。」

這時，一個很是稚氣的聲音道：「叔叔，你流了很多血，還疼嗎？」

花犯一看，只見人縫中探出一個小腦袋，虎頭虎腦，髒兮兮的臉蛋，正望著他呢。

花犯忙道：「不疼了。」

那小男孩年約七八歲，見花犯這樣的大英雄也肯答理他，頓時興奮得忘乎所以，從人縫中用力地擠了過來，一歪一斜地跑到花犯身邊，仰著頭望著花犯，目光中滿是佩服，「要是小風也有叔叔這麼高，能和叔叔一樣對付壞人嗎？」

花犯笑道：「當然能。」

小風伸手小心翼翼地去觸碰了擱於床邊的守一劍，顯然既興奮又有些膽怯，同時還有嚮往之情。

花犯自幼便在九靈皇真門承受師門教誨，而九靈皇真門門規嚴謹，講求清心養性，淡泊空明，從未體會過如此淳樸，卻又十分真切的情感，他見小風對守一劍似乎很是喜歡，心道：「這可是我師門三件寶器之一。」

恰好這時，他見地上有一柄削刻而成的木刀，便將之拾起，遞給叫做小風的小男孩。

小風目光一亮，高興地接過了，隨即又很嚴肅而認真地道：「長大了小風就不用這把劍了，要用像叔叔那樣的劍！」

花犯含笑點了點頭。

就在這時，忽聞苦木集上空有清越嘹亮的鳥鳴聲，鳴聲圓潤悅耳，極富穿透力，卻並不給人刺耳之感。

花犯聽到這鳥鳴聲時，先是一怔，復而面有喜色。他看了看眾人，有些歉然地道：「這是我一位熟知的朋友馴養的大鳥在鳴叫，我的朋友也一定就在左近，我需得去見他一面，暫時失陪了。」

眾人善解人意地為他閃開了一條道，同時皆有好奇之色，大概是想花犯竟僅憑幾聲鳥鳴聲便能判斷出他的朋友就在左近。

南許許、顧浪子心忖：花犯的朋友多半也是四大聖地的人。苦木集又多出四大聖地中的人，對他們兩人來說，可不是什麼好事，花犯若是就此離去，倒正中他們的下懷，否則若是花犯的朋友找到此地，理所當然地會使顧浪子、南許許增加暴露身分的可能。

與花犯酣戰樂將時的情景相比，此時的苦木集已沒有了那份混亂，顯出了劫難之後所獨有的死寂。

此時大概是中午時分，天上佈滿了密雲，陽光極可能地穿透雲層。出了屋外走在小巷裏，向遠處看，就可以看到大火肆虐後留下的痕跡，殘垣斷壁觸目驚心。

花犯的心不由有些沉重。

這時，他已感覺到身後一直有人在尾隨著他，從他離開南許許、顧浪子所在的屋子那一刻起就是如此。

但花犯並不如何在意，因爲他完全能感受得到尾隨著他的人沒有絲毫威脅。不過時間長了，他還是忍不住回頭去看究竟是什麼人一直尾隨著他。

回頭一看，花犯幾乎啞然失笑：一直尾隨他的人竟是小風！

小風像是擔心花犯會責備，不等他開口已搶先道：「小風想看大鳥。」說著，用那明亮又不安的眼神望著花犯。

花犯心道：「這孩子對我既不生怯，還很是依戀，我倒不知該如何拒絕他了。」

好在這次他是去見四大聖地之一大羅飛焚門的凡伽。凡伽僅比花犯年長一歲，兩人皆爲四大聖地的年輕弟子，而且都是年輕弟子中的佼佼者。四大聖地之間一向來往密切，他們之間也以師兄弟相稱。

花犯嘬口長嘯，嘯聲傳出極遠，小風好奇地望著花犯這一舉動。

花犯是以嘯聲招引凡伽馴養的鳥兒！凡伽馴養的是一隻黑鵬，黑鵬名爲大黑，這一名字還是花犯取的。

當花犯、凡伽還只是八九歲的少兒時，凡伽隨其師父求白同往九靈皇真門爲乙弗弘禮祝壽，同時還有一心一葉齋的憐如是及其女弟子風淺舞，也至九靈皇真門爲乙弗弘禮祝壽。

小輩們自顧在九靈皇真門左近的山上嬉戲遊玩，一日黃昏，花犯、凡伽、風淺舞自一高山山巔下山返回九靈皇真門的途中，聽到山腰處一塊巨岩後方傳來淒厲的鳴叫聲，鳴聲扣人心弦，讓人不由起惻隱之心。

三人忍不住循聲覓去，卻見一隻黑色的大鳥正匍匐在地，頭部耷拉著，奄奄一息的樣子，當風淺舞、花犯、凡伽出現在牠的身前時，牠的精神才略略振作了些，抬起頭來，向三人淒聲鳴叫，像是在向他們求救。

這就是後來爲凡伽馴養的大黑。

當花犯、凡伽第一次見到大黑時，大黑還是一隻出巢不久的幼鳥，但其身軀卻已甚是龐大，樣子也很有些威武。

花犯和凡伽都只是八九歲的孩童，冷不丁見到這利喙銳爪的黑鵰，先本能地感到有些懼怕，但兩人終是師出高人門下，膽識並不是一般孩童所能比。花犯鼓起勇氣上前，抱起這隻碩大的黑色鳥兒，大鳥並不掙扎，像是能察知花犯對牠並無惡意。

很快，花犯發現牠的右腿腫起，莫非是中了毒？心中想著，花犯目光四下一掃，果然在不遠處發現了一條毒蛇的屍體——看來此鳥是被毒蛇咬傷了，同時那條毒蛇也為此付出了性命的代價：蛇頭破裂，身子被劃出一道長長的口子，幾乎將之一剖兩半。由此足見這大鳥的攻勢十分凌厲。

四大聖地的傳人多博聞廣識，風淺舞、花犯、凡伽雖只是孩童，卻也略知解毒療傷之法，當下三人立即分工，花犯尋找山泉為大鳥沖洗傷口，風淺舞、凡伽尋找解蛇毒的草藥。

當凡伽、風淺舞找來一把草藥時，驚訝地發現花犯正抱著大鳥，將嘴湊於牠的傷口處在用力吮吸，竟以這種方式為大鳥清除毒汁，那隻黑色的大鳥已顯得精神了些。凡伽、風淺舞趕緊將草藥搗碎敷在了大鳥的傷口處，隨後三人立即匆匆返回九靈皇真門向長輩們求助。

當殊同歸、求白、憐如是等人見到這隻大鳥時，皆吃驚不小。他們識出這隻黑色的大鳥是黑鵰，黑鵰極少在樂土出現，沒想到今日卻讓他們的弟子遇上了。

意外的是，乙弗弘禮竟親自爲黑鵬療傷，有乙弗弘禮出手，黑鵬當然無恙。沒想到就在眾人的注意力都集中於黑鵬身上時，花犯卻突然暈倒了。

原來他是在爲黑鵬吸毒時不小心將部分毒氣吸入體內，而他卻渾然未知，返回九靈皇真門一路急趕時，毒氣也趁機入侵了。

當然，這只是有驚無險。

黑鵬被救起後，殊同歸等人本想將其放飛，沒想到黑鵬卻無論如何也不肯離去，而凡伽、風淺舞等孩子餵養了黑鵬數日，已喜歡上了這隻黑鵬，皆戀戀不捨，最終，乙弗弘禮做了主，允許花犯等人繼續餵養黑鵬。

花犯、凡伽都很喜歡這隻黑鵬，相比之下，風淺舞感到黑鵬的模樣太威猛，不如花犯、凡伽對黑鵬親近，花犯爲黑鵬取名爲大黑。

求白與凡伽、憐如是與風淺舞兩對師徒在九靈皇真門逗留了一些日子後，都必須返回師門了。

風淺舞倒還罷了，但凡伽對大黑則是依依不捨，懾於師尊威嚴他不敢開口，但從他的神情，卻不難看出他是想將大黑帶走。

花犯道：「凡師兄，你馴養大黑最行，大黑應該歸你，你將大黑帶走吧。」

凡伽眼睛一亮，有了歡喜之色，卻看了看師尊求白。

求白一向不苟言笑，與花犯師尊殊同歸的親切隨和恰恰相反。這一次，他卻露出了一絲笑容，對殊同歸道：「殊師弟的愛徒小小年紀已如此大度，真是可喜可賀。」

殊同歸笑了笑，「小徒心性玩劣，恐怕只是一時興起罷了。」

求白轉而對凡伽道：「還不謝謝你花師弟？」

凡伽忙向花犯道：「謝謝花師弟。」高興地將大黑帶走了。

一直很喜歡大黑的花犯在與大黑分開的時候，卻並不顯得如何不捨。殊同歸將這一點看在眼中，心頭頗爲感慨。他知道花犯並非對與大黑分開毫不在意。

後來，大黑一直由凡伽馴養著。之後花犯與凡伽相遇過幾次，每次都能見到大黑。大黑長大後體形更加逾倍，這等巨鳥，在樂土境內的確是極爲罕見，更別說是馴養的。

對大黑的鳴叫，花犯是再熟悉不過了。同樣，他的嘯聲也爲大黑所熟知，只要引來大黑，自然就可以見到凡伽。

花犯抬頭望著天空。

天空中響起了悠長的鳴叫聲——這是大黑興奮愉悅時才會有的鳴聲。花犯的臉上浮現出了淡淡的笑容。

小風也仰望著天空。

一道黑影終於出現在花犯的視野中。

花犯忙轉身牽著小風，對小風道：「小風，天上飛著的就是叔叔所說的那隻鳥了，鳥很大，但牠也是叔叔的朋友，你不用害怕牠。」

小風挺了挺胸膛道：「小風不怕。」

這時，大黑劃過了一道驚人的弧線，從高空長射而落——顯然牠也急於想見到花犯，沒有盤旋下落的耐心了。

大黑下落的速度極快，帶起一股小小的旋風。

小風有些緊張了，用手緊緊地抓著花犯的手。

「呼……」大黑在眼看就要撞上地面的最後關頭幾乎是貼著地面劃過一道弧線，穩穩落在離花犯幾尺遠的地方。

小風站在地上，也只有大黑一般高，他何曾見過如此高大威猛的巨鳥?當下將身子緊緊地貼在花犯的身側。

大黑可不管這麼多，牠很親暱地向花犯靠來，把小風嚇得直往後退。

花犯哈哈一笑，對大黑道：「別過來嚇著孩子。」

大黑有些不情願地叫喚兩聲，卻果真不再靠過來了。在一旁儀態威嚴地來回踱了幾步，略一振翅，飛起落在了不遠街邊的木樁上，似在等待著牠的主人凡伽。

過了片刻，街的另一端果然有人向這邊而來，卻是一男一女兩個年輕人。

兩人花犯都識得，年輕男子正是凡伽，而年輕女子則是與花犯並稱「金童玉女」的風淺舞。

凡伽刀眉星目，奕奕有神，卓立傲然，不愧爲四大聖地的傳人。

與他並肩而行的「玉女」風淺舞則氣質脫俗，似若不食人間煙火，盡得風流妙致卻又偏偏教人不敢心生綺念，生怕褻瀆了她的聖潔風華。背負一雅致古劍，與她的氣度相得益彰，呈現出一種凜然不可侵犯之獨特美感。

花犯大喜，還未等他們走近便高聲呼道：「凡師兄，風師姐！」

風淺舞其實與花犯同齡，但比花犯大上幾個月。四大聖地門規嚴謹，花犯一直老老實實地稱風淺舞爲師姐，風淺舞私底下曾讓花犯改口，但花犯卻一直未改。

花犯一向顯得頗爲持重，但在年少時的夥伴面前，卻有所改變了。

凡伽、風淺舞略略加快了腳步。

三人終於走在一起，凡伽笑道：「這次風師妹還說讓我不要帶大黑同行，因爲大黑太顯眼，不少人一見大黑就會知道我就在左近，常人如此，南許許恐怕也不例外，幸好我這次沒有聽她的，否則又怎能與你在此相見？」

花犯依稀覺得凡伽的話中有讓他覺得彆扭的東西，但卻又不知具體是什麼，也就不再多想，「如此說來，凡師兄與風師姐也是奉命尋找南許許了？」

凡伽道：「正是。不過南許許行蹤詭秘，我與風師妹一直沒能找到有用的線索，不知花師弟情形如何？」

花犯如實相告：「也是一無所獲。」

風淺舞這時開口道：「看樣子這苦木集似乎剛經歷了一場變故。」

花犯道：「正是，此事是因劫域的人引起的。」

「劫域?!」

無論是凡伽，還是風淺舞，皆吃驚非小，不過從神情的變化上，倒不太能察覺出來。

凡伽皺眉道：「劫域的人已有多年未在樂土露面了，而且這集鎮也並無獨特之處，是什麼原因將劫域中人吸引到這兒來的？」

花犯搖了搖頭，「具體的原因不甚清楚。」

事實上，他大致知道劫域的人是為截殺戰傳說而來的，但出於直覺，花犯感到若讓更多的人知道此事與戰傳說有關，將對戰傳說十分不利，而花犯對戰傳說的印象甚佳，他從心底不願看到戰傳說遭遇危險。

同時，由凡伽的話語中，花犯也能推知凡伽、風淺舞多半是剛到達苦木集，才會對苦木集曾發生的事一無所知。

當下，花犯將實情大致說了一遍，不過他只揀與樂將有關的事說，以至凡伽聽罷大為奇怪，惑然道：「樂將乃劫域大劫主麾下三將之一，她深入樂土，本應是有重大圖謀才是，怎可能毫無緣由地在苦木集施展毒手？」

花犯與凡伽、風淺舞自幼相識，又以師兄、師妹相稱，這次不得已對凡伽、風淺舞有所隱瞞，花犯心頭多少有些內疚，當下他轉過話題道：「你們是一直結伴而行，還是如我這般是途中巧遇的？」

風淺舞抿了抿嘴，目光略略一側，投向路旁，「是相遇，還是結伴而行，有何不同嗎？」

凡伽則笑道：「這是憐師叔的意思，憐師叔說南許許被稱做毒瘋子，用毒手段十分可怕，不易對付，我與風師妹同行，彼此有個照應，再說……」

他似乎挺有興致，還待再說什麼，卻被風淺舞的聲音打斷了話題，風淺舞道：「花師弟，這孩子是什麼人？不會是花師弟新收的小弟子吧？」

花犯忙道：「風師姐且莫取笑我，師門武學，我所習不過滄海一粟，哪夠格收弟子？再說風師姐也知四大聖地的規矩，我豈敢違背門規？」

他雖然感覺到風淺舞這番話應該是說笑而已，但風淺舞一向穩重，故花犯才鄭重其事地解釋。

風淺舞笑了笑，「樂土武道皆知你我並稱『金童玉女』，你一味謙虛自抑，就等於將我也說得微不足道了。」

花犯失聲笑道：「旁人有好事者稱妳我爲『金童玉女』倒也罷了，沒想到風師姐對這倒很在意！」

他覺得平時一直冷豔孤傲的風淺舞今日所說的話卻有趣得很。

風淺舞淡淡一笑，「花師弟對這稱謂真的毫不在意嗎？我卻是很在意的。」

花犯更覺有趣，忍不住道：「凡師兄，你說風師姐她……」

話未說完，卻忽然停住了。因爲他忽然發現凡伽的臉色很陰鬱、很凝重，一點也不像平日的豪爽模樣。

「凡師兄，你……？」凡伽毫無表情地看了他一眼，隨後指著小風手中的那柄用木塊削刻而成的木刀道：「這木刀是由何處得到的？」

花犯一怔，不明白凡伽何以突然問如此離奇的問題。

但他還是如實道：「地上撿來的。」

「街上？還是屋內？」凡伽竟對這件事窮追不捨。

花犯這才感到事情有些不尋常，凡伽這麼問，一定有其理由。

「是在屋內——難道有何不妥？」花犯道。

凡伽沉聲道：「當然，能削製成這把木刀的人，一定是刀道高手！」

此言一出，連風淺舞的注意力也被吸引了過來。

花犯心頭「咯噔」了一下，神色微變。

他對小風道：「來，將這把木刀給叔叔看看。」

小風很聽話地將木刀交給了花犯。

果然如此！

凡伽的推斷極可能是一驚人的事實！

在南許許、顧浪子的屋中，花犯將木刀拾起交給小風時是毫不在意的，所以他沒有察覺出什麼。而這一次，他卻明顯地感到這一柄短小的木刀的不同尋常。

木刀被握於手中，花犯駭然發現木刀看似粗糙的細條其實卻別有一種精妙！讓人感到旁人若是在這木刀上再刻上一刀，那麼這把木刀就會神韻全失。甚至，花犯感到這長不盈尺的木刀比無數精鐵鑄成的刀更具有靈性與生命力！

花犯幾乎看呆了。恍惚中，他感到木刀已幻變成一柄真正的刀，一柄鋒芒畢露、霸勢凌人，隨時可揮出奔雷一擊的刀！

花犯忍不住倒吸了一口冷氣，他望著凡伽，既佩服又慚愧地道：「凡師兄好眼力，我竟一直沒有留意！」

風淺舞自花犯手中接過木刀，仔細端詳。

凡伽道：「想不到這苦木集還真的是藏龍臥虎之地，無怪乎劫域的人也會在苦木集出現！」

這時，風淺舞沉吟道：「此人不但是刀道高手，而且是失意的刀道高手！」

「噢，何以見得？」凡伽道。

「刻刀之人雖然深諳刀之內蘊，但在削刻此木刀的過程中，他的用刀手法卻顯得有些鈍滯，並且未能一氣呵成——按理，能如此深諳刀道者，其內力修爲就應達到頗高境界，本不應出現這一情況，除非……此人受了重傷或者失了功力！」

「受了重傷？」凡伽微微皺眉，對花犯道：「你說你感到將你救起的人應該是極擅醫道的高人？」

花犯微微點頭，「應是如此。」

凡伽自言自語般低聲道：「極擅醫道……受重傷的刀道高手——莫非，是他們？」

花犯不解凡伽口中的「他們」所指是什麼人。

風淺舞卻道：「你是說會是南許許與顧浪子?!」

乍聞「南許許」三字，花犯頭腦「嗡」的一聲，在短時間內思路出現了空白，只知一次次地自問：「怎可能是他?怎可能……?」

略略定神之餘，花犯才想到風淺舞還提到了另一個非比尋常的人物——顧浪子！

花犯聽說過「顧浪子」此名，以及與顧浪子有關的種種往事，雖然許多說法已不再確切，但確鑿無疑的是顧浪子應該早在許多年前已亡於梅一笑的劍下！

凡伽也應早已聽說此事，但為何他會推測到削刻木刀的刀道高手是顧浪子？這未免太突兀且不可思議。但花犯同時也知道，「不可思議」所能反映的不會是凡伽的失誤，而只會是一個驚人的秘密。

果不出他所料，凡伽接著道：「兩天前，我與淺舞遇見了不二法門靈使，言談中，靈使前輩告訴我們一個驚人的秘密，原來顧浪子並沒有死，而且如今顧浪子還是與南許許在一起。靈使曾同時遭遇顧浪子、南許許二人，最終靈使將他們皆擊傷了，但卻也讓他們逃脫了性命！」

花犯道：「靈使前輩所言，當然不會有假，沒想到顧浪子還活著。」不過，若說將他救起的人就是南許許、顧浪子，花犯仍是難以相信。

凡伽道：「我們尋找南許許的下落已有一些時日，卻一直都沒有找到有用的線索，這一次，我們自然必須查探個明白。」

花犯當然沒有反駁的理由。他們三人這一次離開四大聖地，其目的本就是為了南許許，既然如今有了蛛絲馬跡，又豈能輕易放棄？

花犯叮囑小風讓他回自己的家後，便領著凡伽、風淺舞向顧浪子、南許許居住之地走去。

不知為何，一路上三人皆無言，只是默默地走著。

南許許被世人稱做「毒瘋子」，其用毒手段之高明可想而知，花犯、凡伽、風淺舞雖都是四大聖地年輕弟子中的佼佼者，但對方若真的是南許許，他們三人也委實沒有多少把握能對付得了南許許，稍有差錯，也許就將付出生命的代價。

距離太近，花犯的腳步不緊不慢沒多久就到達顧浪子、南許許居住的屋子。

先前圍在屋子門口處的人已散開了，老屋重新恢復了原有的枯寂平靜。屋子的木門關得嚴嚴實實，花犯由緊閉的門一下子記起顧浪子推門而入時說的那句話。

當時，他就已甚是懷疑顧浪子是武道中人，只是由於顧浪子以言語巧妙掩飾，加上花犯感到顧浪子並不像身負內力修為，所以又否定了自己的推測。

但若他只是受傷太重，豈非也會讓人感到他毫無內力修為？

「篤，篤篤……」花犯輕輕地叩門。

很快，門就被打開了，出現在花犯面前的是南許許。南許許很是驚訝，他沒有想到花犯這麼快就折回了，並且還將他的朋友一併帶了過來。

在極短的一剎那，花犯作出了一個事後連他自己都有些意外的決定。

因為他走在最前面，背向凡伽、風淺舞二人，所以他的表情不易落入凡伽、風淺舞兩人眼中，而擁擠窄小的空間又使他的身軀擋住了凡伽、風淺舞的視線，使他們很難看清南許許的舉止神情。

花犯飛快地向南許許遞了一個眼色，隨後道：「阿婆，昨日救我性命的人是否還在屋中？我的兩位朋友都想見見我的恩人。」

漫長的逃亡生涯賦予了南許許太多的敏銳與警覺，對危險的感觸捕捉更是遠逾常人！

彷彿花犯如此不著邊際的問話在南許許聽來卻是再正常不過似的，南許許很自然地道：「真不巧，他剛出去了。花公子，你們三人屋裏坐吧，不用多久他就會回來的，還有，剛才來看望過你的人都不捨得你就這麼離開苦木集，你回來就好，回來就好。」

剎那間，花犯已知眼前這乾瘦蒼老的「老婆子」十有八九就是南許許！因爲若非此人有著非比尋常的身分，那麼面對花犯明顯有誤的問話，他不可能立刻迅速作出相應的反應，順著花犯的暗示說話。

此時花犯所聽到的南許許的聲音，已成了道道地地的老婆子的聲音，與先前他所聽到的已有所不同。何況，那份嘮嘮叨叨在花犯看來也是假裝而成的，因爲在此之前，南許許與他言談時非但不嘮嘮叨叨，反而可以說是惜言如金！

花犯心道：「早聞南許許非但精於醫道、毒素，而且善於易容，可以化身萬千，果然不假！此刻他就近在咫尺，我卻看不出有何易容的痕跡。」

心中轉念之際，南許許已動作笨拙緩慢地讓至一側，很客氣地對凡伽、風淺舞道：「快請進。」

凡伽抿了抿嘴，沒有舉步，而是很客氣地道：「阿婆，請問救了我花師弟的前輩去了什麼地方？」

「怕是去了還初藥鋪了……老身歲數大了，總是忘事……」

「藥鋪？」凡伽大概是由此聯想到南許許「毒瘋子」之稱謂，當機立斷道：「阿婆，既然他不在，晚輩就不多打擾了，他日若有機會，我們再來拜會花師弟的救命恩人。」

苦木集唯一的一家藥鋪——還初藥鋪。

鋪子裏一個肥頭肥腦的中年人在打盹，鋪外涼棚下有一年輕夥計在碾藥，「骨碌骨碌」的碾藥聲單調而有節奏。

凡伽、花犯、風淺舞三人找到這家藥鋪，凡伽急忙向夥計打聽：「兄弟，方才有幾人來過藥鋪抓藥？」

那夥計抬頭看了他一眼，又掃視了花犯、風淺舞一眼，顯得很憨厚地道：「今日只有天剛亮時有兩個人來過藥鋪……昨日來的客人倒極多，那妖女使苦木集人受傷不少，又有人受了驚嚇瘋了。」

說到這兒，他瞄了一眼鋪內打盹的中年人，將聲音壓低了些，「昨日整天忙碌，掌櫃都累壞了。」

凡伽當然知道這年輕夥計口中的「妖女」是指劫域樂將，不過此時他無心理會這些，夥計所說的情況已讓他很失望，顯然南許許並沒有來還初藥鋪。

凡伽輕嘆了一口氣，望著花犯、風淺舞道：「你們有何見解？」

花犯沉吟片刻，「我們分頭行事，如何？由我回那間屋子裏等候，他們不會對我起疑，而你們則在這左近守候，也許他的確是要來這家藥鋪，只是途中耽擱了尚未到達而已。」

「你獨自一人接觸他，太危險！」風淺舞道。

由於藥鋪的夥計在一旁，三人都不願說出南許許的名字。

花犯胸有成竹地道：「無妨，如果他的確就是我們要找的人，那我早已單獨與他接觸過，豈非到現在還是安然無恙？」

風淺舞由花犯的話猛地想起了什麼，神色微變。她便未再說什麼。

凡伽同意了花犯的意見，叮囑道：「花師弟，你要多加小心，就算查知了真相，也不要獨自貿然出手。」

花犯道：「好！」心頭卻很是歉然，暗忖道：「凡師兄、風師姐對我可是毫無戒心。」

待花犯離去之後，凡伽、風淺舞進了藥鋪斜對面的茶樓。要守候南許許的出現，當然不宜直接在藥鋪左近拋頭露面。

爲了便於觀察藥鋪的情形，兩人揀了一張臨街靠窗的桌子坐下。

茶樓的生意也很清淡，只有屈指可數的幾位茶客。剛進茶樓時，凡伽就大致將整個茶樓巡視了一遍。

透過視窗，可以將還初藥鋪的情形看得一清二楚，同時也可以看到在苦木集上空一遍又一遍盤旋飛翔的大黑。

花犯懷著極爲複雜的心情再一次折返南許許的居住之地。

在最關鍵的時刻，花犯還是對南許許作了暗示。花犯捫心自問自己爲何要這麼做，莫非就是因爲南許許曾救了他一命？

這自是重要的原因，但若僅僅因爲這一點，那花犯豈非目光過於短淺，只顧一己之私，而不顧天下正義?!

花犯自忖自己應不是如此是非不分的人，但若是讓他親手對付一個曾救過他性命的人，又委實非他所願。

花犯心中一片茫然。

他料定南許許已察覺到自己的行蹤暴露，處境危險，所以在他們三人前去還初藥鋪時，南許許應該已趁機走脫。

照理，這應是花犯所樂於見到的結果，否則他又何必暗示南許許？

但以南許許的易容術以及漫長的逃亡生涯所積累的經驗，這一次南許許逃脫之後，若想再一次找到其下落，不知又要花費多少時日。

身爲四大聖地的傳人，花犯又很難接受自己放走了作惡多端、爲禍樂土的南許許的這一事實！這與他平日的信念是截然背道而馳的。

也許，花犯最希望出現的真相是救他的人並非南許許，而是與南許許一樣身負醫道奇術的異人。

縱然心中左右爲難，但花犯仍是沒有選擇回避，他也不允許自己回避事實。

這一次，南許許所居住的屋子的前門是敞開著的，巷子依舊十分安靜，陽光從層層密密的陰雲中穿透而過，再越過小巷上方高低參差的屋簷，斑斑駁駁地落在地上，組成了光怪陸離的圖案。

花犯舉步進入屋內。屋內空無一人，而且有明顯的經過一番緊張收拾的情形——顯然，屋子的主人已離開了，而且也許永遠也不會再返。

而這一點，也等於證實了凡伽、風淺舞的猜測！

花犯在屋中默默佇立了良久，心頭感慨良多。在事情發生之前，他決不可能料到有朝一日，他會被自己一心追查的南許許救得一命。

看來命運與他開了一個不大不小的玩笑！

「他們已有所警覺，連告訴我們南許許可能到還初藥鋪的老嫗也一併不知去向了。」甫見凡伽、風淺舞，花犯便如此說道，「也許我們中了那老嫗的調虎離山之計——也許，她也與南許許有某種聯繫。」

花犯是一個不願說謊的人，事實上，在此之前，他也是一直遵循以誠待人的原則。但今天他卻不得不一而再、再而三對與自己關係密切的夥伴說謊，唯有如此，他才能對先前的話自圓其說。

花犯心頭頗有些不安。好在凡伽、風淺舞都未多加追問，只是連嘆可惜，輾轉追查南許許這麼久，沒想到竟錯失良機，與南許許擦身而過。

現在，他們已確信救花犯一命的人就是南許許。

凡伽、風淺舞的信任並未讓花犯感到輕鬆。

凡伽目光投向窗外，望著在長空翺翔的大黑，聲音低沉地道：「他們一定未走出太遠，但願大黑這一次能立下大功！」

一日之後。

苦木集北向二百餘里外，百合平原之外的山梁上盤旋的山道上，有兩人一前一後順著山道向上攀登，一人身材偉岸，另一人則很是消瘦。

他們正是顧浪子、南許許二人。

此時，南許許已易容成另一副容貌，衣飾樸實，但收掇得乾淨俐落，面目和善，乍一看極似一勤懇忠心的老家人，甚至連那張明顯病態的臉容也被掩飾得了無痕跡。

他的肩上背負著一個鼓鼓囊囊的包裹，手上還提著一隻籃子，籃子裏擺放著香燭、香紙以及一些果點，讓人感到這像是一位老家人陪著主人去上墳祭奠亡靈。

南許許以爲這是顧浪子爲了盡可能不引人注意，才讓他買了這些香燭、果點作掩飾。同時他覺得，這種方式也的確不錯，至少常人決不會起疑。

但南許許卻不知顧浪子爲何要登上這道山梁，由山道的荒蕪程度推測，這條山道顯然不會通向另一個集鎮、村落。南許許甚至懷疑這條山路恐怕至少有數月長時間不曾有人涉足了。

偏偏顧浪子說是要去見一個人。

由如此荒涼的山道攀上山梁，會見到什麼人？南許許百思不得其解。

更何況，他們如今的處境十分不妙，如果在苦木集不是花犯有意暗示他們，恐怕他們早已逃不出四大聖地的追蹤！顧浪子想見的人究竟是何方神聖，可以讓顧浪子不顧危險？

如今顧浪子的精力甚至還不如常人，所以兩人的腳程並不快。南許許走在前面，用空著的手撥開亂草荊棘。

當山路繞過一塊青灰色的巨岩後，開始變成不再陡峭，而是平緩地斜斜穿過一片楓樹林。

當南許許穿過楓樹林後，赫然發現前面出現了一片空闊之地，在空地的中央有一座墳丘，顯得格外醒目。

南許許暗吃一驚，以至於不由自主地停下了腳步。他一直以爲購置的香燭之類的物品只是爲作掩飾之用，不曾料到在這兒真有一座墳墓。

「你可知今日是什麼日子？」顧浪子忽然在南許許的身後問道。

南許許一怔，皺眉思忖了片刻，惑然道：「今日是九月二十四……但這似乎並非什麼特殊時日啊？」

「如今的九月二十四當然不是特殊的日子，但十九年前的九月二十四對我來說，卻是一個特殊的日子。」顧浪子的聲音低沉而緩慢，在這樣靜謐的密林間，讓人感到格外凝重。

「十九年前？」南許許若有所悟，他轉過身來，望著顧浪子道，「十九年前，應是你我被不二法門追殺，朝不保夕的時候。」

顧浪子微微頷首，「正是，而十九年前的九月二十四，則是我被梅一笑梅大俠所『殺』的日子！」

南許許先是一震，復而指著那座墳丘道：「莫非……那是你自己的墳墓?!」

墓碑上剛勁有力的刻著：「顧君滿庭之墓」，深入石碑半寸，且無一處頓滯不暢，是出自梅一笑之手。

墳丘長滿了青草，墓碑上也落滿了塵埃枯葉，石碑底部有青苔的痕跡。雖然明知這墓其實是一副空墓，但這番情景，仍是讓人感到不勝淒涼。

目睹這座別有一番來歷的空墓，一幕幕往事浮上南許許、顧浪子的心頭。

讓南許許感到有些意外的是，在空墓前竟然依稀可見曾有人祭奠過的痕跡，半截已變得發白的未燃盡的香燭，插在墓碑前小竹筒中的香火，難道在以往的日子裏，顧浪子也會攜香燭、燭香來祭奠自己？

若真如此，那此舉真有些不可思議了，唯一合理的解釋就是顧浪子之所以這麼做，是爲了讓他人不會對他的死亡有所懷疑。但事實上以這種方式掩蓋事實並無多少實際用途，因爲一旦真的有人對顧浪子的死亡起疑的話，那麼就不是半截香燭、幾枝香火能打消其疑心的了。

剩下的另一種可能就是來此祭奠的人是顧浪子的親人，因爲除梅一笑、南許許及顧浪子本人之外，再無人知道真相——也許靈使是一個例外。

不過，顧浪子是天闕山莊的傳人，以天闕山莊當年的富豪，自然有專屬天闕山莊的墳山，而顧浪子的墳墓卻無法與其先祖修在一起，足見天闕山莊當年對這不肖之子的失望與不滿，如此看來，來祭奠顧浪子的人是否是天闕山莊的人還値得懷疑。

南許許忍不住問道：「你以前也常來此地……爲自己上一炷香？」

「每年我都會來此一次，但我從未為自己焚香祭奠。」顧浪子苦笑了一下，「畢竟我還活著。」

南許許道：「我可是第一次知道你還有『滿庭』此名，照理這名字應比『浪子』這樣的稱謂文雅順耳多了，但不知為何，我的感覺卻恰恰相反。」

「恐怕除了我的長輩之外，已沒有幾人知道我真的名字是顧滿庭了。滿庭……滿庭……」顧浪子輕輕地重複著自己的名字，眼睛忽然濕潤了，他緩緩地道：「我娘就是這麼喚我的，最後一次聽她喚我，已是二十多年前了。二十餘年彈指而過，如今，她老人家恐怕已是白髮斑斑了吧？而我除了讓她老人家傷悲之外，竟不曾盡過一次孝心。……」

他說不下去了，便轉過話題道：「有時候，我有一種奇怪的感覺，我覺得『滿庭』並非我從前的名字，而是我一個兄弟、一個朋友的名字，他與我有一樣的容貌、一樣的出身，但他性情平和，並不執著於刀道。他老成持重，肩負著承延天闕山莊顯赫家世的重任，並且做得極為稱職出色……你明白我所說的話嗎？」

南許許沉默了片刻，「你來此地想見的人是你的親人？」

顧浪子道：「正是。」

南許許正色道：「你本不該如此！其實，顧滿庭的確已死了，死於十九年前的九月二十四！活下來的不是顧滿庭，而是顧浪子！十九年過去了，天闕山莊縱有傷悲，也會有所消淡了。若今日天闕山莊知悉你還活著，這消息一經傳開，帶給天闕山莊的恐怕不僅是驚喜，便會是一場災難吧？」

顧浪子道：「你的擔憂不無道理，但我自有分寸。」

日已西斜。

墳丘周圍的雜草已被南許許、顧浪子拔去，再無其他事可做時，兩人便開始等待顧浪子想見的人出現。

眼見黃昏已至，四周歸巢鳥兒的鳴叫開始漸漸增多，林中像是有一層看不見、摸不著的霧氣在悄然瀰漫開來，使人的視線慢慢變得模糊。

「也許你要等的人並非一定是在九月二十四來此地。」南許許也沒有多少信心了。

「不，她一定會在九月二十四這一天來此的！」顧浪子很有把握地道。

南許許道：「但願如此。」

言罷，他將手伸入那隻鼓鼓的包裹中，摸索了半天，似摸出了一點什麼，緊握於手心，隨後放入口中，咽了下去。

他嘆了一口氣，「四大聖地定是受靈使唆使，才派出這麼多年輕弟子尋找我們的下落。這些人雖然年輕，卻也不可小覷！也不知他們怎會對你我起疑，若非花犯感念我救了他一命，恐怕那三個年輕人就夠棘手的了。照此下去，我們恐怕又要長年疲於奔命，不得安寧了。如此一來，要找到可以壓制我所中之毒的毒物也不易了。」

他本是席地而坐的，說到這兒，他的身子向後一靠，倚靠於一棵樹幹上閉目養神。方才他咽下的定是一至毒之物，此刻他要靜心「消受」。

正當此時，卻聽顧浪子低聲道：「果不出我所料，她果然來了。」

南許許依然閉著雙眼，「雖然往日你的內力修爲遠在我之上，但如今卻今非昔比了，怎可能我尚未察知你已先察覺？」

「你的說法不無道理，不過若我不是憑感覺，而是憑雙眼，是否又另當別論？」顧浪子道。

南許許一下子睜開雙目，坐直身子，立時看到正有一女子穿過楓樹林向這邊而來。因爲天色漸暗，相隔有些距離，暫不能將其看清楚。

南許許心道：「此人與我已頗爲接近，我卻絲毫未察覺，看來她的修爲不弱，不愧是天闕山莊的人。」

恐怕那女子不會料到在這樣的黃昏時分，會有人守候於荒墳前。南許許想到這一點，擔心那女子受到驚嚇，於是先乾咳一聲，以作提醒。

那女子的腳步倏止，目光迅速掃向他們這邊，但很快她便恢復了常態，繼續向這邊靠近。

南許許忽然發現顧浪子的臉上隱有驚愕與意外之色。

是什麼事讓顧浪子感到意外？難道前來的女子並非顧浪子預料中的那女子？

但此刻南許許已不能開口詢問，因爲來者與他們越來越近了。

這時，南許許已看清來者是一位年約十七八歲的年輕女子，容貌清麗脫俗，身材修長曼妙。如此佳麗，在這種時候、這種場合出現，多少有些不協調，但見她一襲素白衣裳，且未著脂粉，手中拿有香燭、香火，又顯然應該是來顧浪子墳前祭奠的。

南許許心中飛速轉念，揣度著這美麗少女的來歷。按理既然此人是顧浪子的親人，那麼她與顧浪子的五官容貌應有相似之處，但顧浪子這些年來受盡磨難，其容貌看起來比實際年齡蒼老許多，臉上皺紋縱橫，這與此少女的水肌雪膚委實難以聯繫在一起。不過，從身形來看，此少女的挺拔高挑與顧浪子的岸偉倒有些相似之處。

奇怪的是，那少女看顧浪子時的眼神與看南許許時的眼神沒有什麼不同，而當少女靠近時，顧浪子既未開口，也未有其他任何表示，讓人感到他與這少女是毫不相干的兩個人。

倒是那少女先開了口，她看了看墳丘那邊，大概是留意到墳丘四周的雜草已被拔去，「二位爺爺也是來拜祭此亡靈的？」

南許許被少女稱做「爺爺」倒在情理之中，而顧浪子其實不過四旬，只是因爲二十年的逃亡生涯使他格外顯得蒼老之故，才讓少女有了錯覺。

顧浪子當然不會在乎這樣的小事，他十分友善地點了點頭，「姑娘也常來嗎？」

那年輕女子搖了搖頭，略略猶豫了一下，卻還是道：「以前是我娘來的。她每年都會來一次。」

南許許恍然大悟！心道：「原來顧兄弟要等的人不是這位小姑娘，而是她的母親！難怪他們兩人似乎都互不相識，十九年前，恐怕這小姑娘還沒有出世呢。」

顧浪子嘆了一口氣，「這樣的荒山野嶺，也真難爲妳娘了……爲何這一次她沒能來？」

顧浪子後面的話像是隨口所問，但對顧浪子十分瞭解的南許許來說，卻已聽出顧浪子問到此事時頗有些緊張不安。

那少女雙目一紅，幽幽地道：「我娘她……病了，不能前來，所以吩咐我代她前來。」

「她……病了？」顧浪子身子微微一震。

由少女憂蹙的神情，誰都可以看出她母親的病絕對不輕。

南許許見顧浪子對少女的母親十分關切，暗自忖道：「顧兄弟『浪子』之名是名副其實，他年輕時恐怕不知有多少紅粉知己，這少女之母會不會也是其中之一？」

想到這兒，南許許開口道：「姑娘，不知這墓中之人是妳什麼親人？」

那少女遲疑了一下，言辭閃爍地道：「墓中人生前是……是我娘的故友。」

她實在不是一個善於說謊的女孩，說完這些，竟連目光也不敢與顧浪子、南許許正視了。

南許許暗嘆一聲，心道：「這小姑娘似乎閱歷甚淺。顧兄弟的身分獨特，與他有關聯的親友面對陌生人顯示有所隱瞞是理所當然的事，但她卻很是不安。幸好這次她遇見的是我與顧兄弟，若是遇見不二法門的人或是顧兄弟的其他仇家，她恐怕要吃大虧了。而靈使已知顧兄弟還活著，那麼他要設法由這空墓查找線索也並非不可能。」

想到這些，南許許眉頭微微皺起。

那少女默默地取出帶來的香燭、香火，將香燭點起，擺好果點祭品，焚香跪叩。

顧浪子神情憂慮，默默地望著那少女有條不紊地做著這一切，而南許許也同樣沉默著。

等所有的香紙焚盡時，天色也已完全黑了下來。

眼見那少女已拜祭完畢，南許許上前幫她一道收拾了祭品，隨後問道：「姑娘，天已黑了，妳還要獨自一人趕回家嗎？」

那少女道：「正是。」

「那妳一路上要多加小心。」顧浪子關切地道。

那少女道：「謝謝爺爺。」

施禮後，循著來時的路向山下走去。

「這孩子，竟不知盤問我們的來歷。」當那少女遠去之後，顧浪子既感嘆又憐惜地道。

「若你我真是居心叵測之人，她盤問了又有何用?難道我們會如實相告嗎？」南許許道。

顧浪子贊同地點了點頭，隨後道：「妳在幫她收拾祭品時，應該已做了手腳了吧？」

南許許嘆了一口氣，「我就知道你會有追蹤她的打算——你是否想到，此舉有可能給她們母女二人帶來危險？」

顧浪子也嘆了一口氣，「她母親如果不是病得很重，一定會來的。」

「你是想讓我救她？」南許許道。

第三章　暗藏殺機

顧浪子點了點頭。

南許許輕輕地笑了一聲，「其實即使她沒有重病，你也很可能會打算去見她的，否則你就不會選擇在今日來這空墓前了。」

顧浪子未說什麼，等於默認了。

南許許嘆道：「我猜到你的想法，雖然我不贊同你的決定，但我的確在幫她收拾祭品時做了手腳，如果你執意要去見她，那麼她永遠無法逃過我們的追蹤，除非她已將帶來的東西全扔了，並且在扔之前從未接觸它，但這已是不可能了。」

「我的確不能不去見她，她是我唯一的姐姐，梅一笑梅大俠已去世，留下她們母女二人相依為命，我怎能在她重病之時仍不聞不問？」顧浪子道。

「姐姐?!」南許許一怔。

隨即他自嘲地笑了笑，無聲地笑。

夜色中，顧浪子的聲音道：「那小女孩叫梅木，雖然在此之前我從未見過她，但我曾在四年前見過刑破，刑破追隨梅一笑梅大俠之後，就再也沒有背離他們一家人，我對刑破不必隱瞞什麼，也是刑破告訴了我一些有關梅一笑梅大俠和我姐姐的一些情況。」

「四年前？」南許許訝然道。

「也就是我暗中隨戰傳說、不二法門的黑衣騎士進入西部荒漠中的那一次。」顧浪子解釋道。

「刑破……梅木……」南許許在心中默默地把這兩個名字念了一遍，心中微有悸動，似乎想到了什麼，但那種念頭卻是極爲短暫縹緲，無法真正地捕捉。

心念一閃即逝，南許許想要細辨，卻已不可能。

正如南許許所言，他們能夠準確地追蹤梅木。先前正是憑藉相似的方式，南許許追蹤晏聰，並且找到了顧浪子。

梅木下山後一路北行。

南許許與顧浪子追隨梅木的行蹤已有半個多時辰了。

南許許低聲道：「梅一笑隱居之地離這兒究竟有多遠？」

「我也不知。」顧浪子道。

南許許有些意外地道：「你不是說刑破曾告訴你不少事情嗎？」

「但我唯獨沒有問梅大俠的隱居之地，因爲對於一個淡出武界的人來說，也許許多東西都是微不足道的，他們最在意的反倒是那份真正的與世無爭的淡泊、清靜。」

頓了頓，顧浪子又補充道，「也許，我之所以不問梅一笑的隱居之地，還有一個原因，就是我擔心有一天我會忍不住去見我姐姐，從而爲他們帶來危險——但今天我仍是違背了我的初衷。」

梅一笑是顧浪子的姐夫，但顧浪子卻更願意稱梅一笑爲「梅大俠」，而非姐夫。

南許許道：「小姑娘獨自一人來墳地，那麼她們所居住的地方與墳地應該不會相去太遠。」

月上樹梢，秋夜涼意沁心。

一路追隨梅木的顧浪子、南許許行至一條寬約五六丈的河前，河的對岸有木屋背倚絕崖構建，河面上有一座簡易的浮橋連繫河兩岸。

由地勢、地形推測，過了橋到達木屋之後，將再無其他途徑向前延伸了。木屋有柔和的燈光透出，燈光更襯得木屋後的危崖猙獰高峻。

顧浪子、南許許站在河的這一邊，望著河對岸的木屋。

南許許很有把握地道：「那間木屋，應該就是小姑娘最終的目的地——或者說就是梅一笑的隱居之地了。這裏依山傍水，實是一清靜之地。」

說到這兒，他看了顧浪子一眼，「是否心意已定？現在改變主意還爲時未晚。」

顧浪子搖了搖頭，「如果說先前我還多少有些猶豫的話，那麼此時我則是決不會改變主意了，至親之人近在咫尺，又在重病中，我豈能置若罔聞？」

南許許道：「我料定你必會如此。」

木屋四周收拾得乾淨整潔，屋內透出的燈光映照著屋外小院中的花花草草，其情形頗有農家庭院的寧靜安詳。

南許許、顧浪子一前一後穿過小院，剛走近小屋，便聽「吱呀」一聲，木屋的木門打開了，從裏面走出一個人來，高挑窈窕，正是梅木。

三人打了一個照面，梅木吃驚非小！以至於過了少頃她才愕然道：「你們……怎會來此?!」

顧浪子自忖自己與南許許突然在此出現的確出人意料，他擔心會引起對方更多的誤會，故決定及時說明真相。

於是，顧浪子直言道：「梅木，妳放心，我們對妳絕無惡意……」

「你……怎知我的名字？」未等顧浪子說完，梅木已失聲驚問。

「因爲……我是妳娘的遠親。」顧浪子道，「聽妳說妳娘病了，恰好我的這位朋友精於醫道，故特意前來。」

他終是擔心若說自己就是本應已死去十九年的顧浪子，會讓梅木受驚。

梅木臉上閃過狐疑之色，她語氣有些淡然地道：「自我出生之後，我娘就未與親友有任何來往，所以即使是我的至親，除我父母之外，也不會有人知道我的名字的！」警惕之心，溢於言表。

顧浪子反而有些欣慰，心道：「先前感到她似乎閱歷甚淺，這一次倒頗富心機。」口中道：「個中詳情，非一言能盡。不過，我帶來一物，只要妳將它交給妳娘，妳娘就自然知道我是什麼人。」說著，他取出一隻以青銅打製而成的雀狀物，其形扁平，輪廓簡樸卻唯妙唯肖。

梅木猶豫了一下，默默接過銅雀，輕聲道：「兩位爺爺先進屋中小坐，待我去問問我娘，只是我娘病得很重，不知她能否清醒識出這銅雀。」

說著，她側身將顧浪子、南許許讓入了木屋，並招呼他們在前堂坐下，敬上茶水後，這才到後室去見她母親。

前堂轉眼間就只剩顧浪子、南許許兩人了，四下打量，只見前堂佈置得很簡單潔淨，與小院中的情景大致相仿。

等了一陣子，卻久久不見梅木出來，兩人都有些不耐了，南許許尤是如此。他忍不住站起身來，在前堂來回踱步。

「會不會是我姐姐她碰巧此時病情加重，梅木一時抽開不身？」顧浪子不安地道。

南許許聽顧浪子這麼說，便停下了腳步，像是想起了什麼，皺了皺眉，用力地吸了吸鼻子，又沉吟了片刻，喃喃道：「奇怪？」

顧浪子忙道：「有何奇怪之處？」

「既然你姐姐身染重疾，爲何我卻未聞到在這木屋中有任何藥味？難道她從未服過藥？」這種可能性極小！而南許許的醫道修爲已臻出神入化之境，對藥性、藥味、藥的氣息、功效無不是洞悉入微，他既然斷言在這木屋中沒有聞到藥味，就決不會有錯。

顧浪子既驚且惑：「難道，是梅木未說實話？但她又有什麼理由要這麼做？」

南許許眉頭越皺越緊，倏地，他失聲驚呼：「我們上當了！」

顧浪子霍然起身，驚道：「此話怎講？」

南許許道：「如果我沒有猜錯的話，你我所見到的年輕女子，根本不是你姐姐的女兒梅木！」

「爲什麼？」顧浪子大吃一驚。

「因爲刑破！」南許許飛快地道，「按理，刑破早該出現了，在梅木前去空墓拜祭時就該出現了，刑破不可能放心讓梅木一人獨自前去空墓！」

事實上，尙在空墓前時，南許許就已隱約有所警兆，但最終卻只是一閃而過。

顧浪子還待再說什麼，南許許已一把拉住他，急切地低聲道：「我們必須儘快離開此屋。」

「就算梅木未說真話，也未必就說明她不是真正的梅木。」顧浪子已有些語無倫次了，從感情上說，他寧可南許許的推測是錯誤的。

倏地，木屋四周幾扇窗子同時爆響，窗櫺四碎，碎片橫飛，人影閃動！

「嗖嗖嗖……」箭矢由幾個方向同時向南許許、顧浪子立足之處射至，來勢甚疾。

南許許一把抓起身邊的木桌，順勢一掄，「篤篤篤」連串撞擊聲驚心動魄，箭矢來勢奇猛，木桌雖然掄轉如飛，對射於其上的箭矢產生了極大的橫向撞擊力，但絕大部分的利箭竟都射穿了木桌，隨後向各個方向跌落。

顧浪子雖曾縱橫刀道，但此時卻幾近絲毫不諳武學的人，面對來勢凌厲的飛箭，他只能徒呼奈何。若非有南許許相助，第一輪箭矢的攻擊就足以置顧浪子於死地。

事發突然，顧浪子又毫無戰鬥力，而對手又在屋外暗處，南許許空有一身殺人於無形的毒功，也難以發揮作用，明智之舉顯然是儘早從這種被動不利的局面中抽身退走。

但要想全身而退又談何容易？南許許心知今夜只能是全力一搏，能否逃離險境，就看造化如何了。

險險避開第一輪箭矢，南許許一把挽住顧浪子，向一側貼地滾去。

他所取的方向，是他依據箭矢的來向判斷出的唯一有可能沒有隱伏對手的方位。

「剁剁剁……」勁箭在南許許、顧浪子貼地滾過的地方迅速排列成一條線，並循著南許許、顧浪子所取的方向飛速延伸，只要南許許的速度略有滯緩，就必會立即被亂箭釘死於以木板鋪就的地面上。

轉瞬間，南許許挽著顧浪子已滾至前堂的一側邊緣，木壁矗立，擋住了他們的去路。

南許許毫不猶豫地弓腰聳肩，借身軀一曲一彈之力奮力躍起，背向木壁，全力撞去。

「哎喲……砰……」顧浪子的痛呼聲與木壁被撞得洞開的聲音同時響起，看樣子顧浪子已被箭射中了，但由他的痛呼聲聽來，應該不是致命傷。

南許許自忖撞開木壁進入內室後，因為空間的變化，伏擊者形成的包圍圈也許會出現空檔，加上內室空間狹小，有利於他利用毒物發動突襲，也許能贏得脫身之機。

這少許的欣慰才剛剛浮上他的心頭，驀聞顧浪子驚呼一聲：「不好！」

南許許一震之餘，立即明白顧浪子何以如此驚呼。

因為他們撞開木壁之後，本應在極短的瞬間便要跌落地上的身軀，竟仍在一個勁地下墜！

木壁之後，根本不是內室，反而更像是無底的深淵！

南許許忽然一下子明白過來，方才他所推察出的伏擊者唯一的空檔，其實根本不是可以借其脫身的空檔，而是一個陷阱！對方是有意將他們引至這個方向。

下墜的速度迅速加快，耳邊風聲呼呼。

即使只有一人，以南許許的修爲，也未必能夠緩止下墜的速度，更何況他還身負顧浪子的重量，而且又是在毫無防備的情況下墜落的，重心已完全失去。

南許許頗有萬念俱灰之感。

對方既然設下了這一陷阱，那麼就完全可能在下方設上尖刀等致命之物，偏偏此時南許許、顧浪子只感到四周一片漆黑，根本看不見任何東西，只能由呼呼的風聲來感覺自己的飛速下墜。

兩人心頭同時升起幾乎相同的念頭：「沒想到亡命天涯這麼多年，竟在今日以這種方式結束性命！」

就在兩人都已絕望之時，他們身軀下墜的過程終於終止！

卻並非如他們想像的那樣在堅石上撞個粉身碎骨，也沒有被利刃貫體，而是重重地撞在一張冰涼、堅韌而有彈性的網上。

兩人的身軀撞在網上，立時再度彈起。

但就在他們的身子撞在網上的同時，上方響起了鐵物軋軋之聲。兩人的身子剛剛彈起，立即又撞在了粗大的鐵柵上，再度落下。

最初下墜時毫無遮攔，而彈起時卻撞上了鐵柵，可見是在他們的身子剛撞上那張不知以何物製成的網時，啓動了機括，上方的鐵柵及時彈出，正好擋住了顧浪子、南許許二人。

這一次下落撞在網上時，南許許立即及時用手扣住網眼，穩住身形，以免再一次彈起——當然，他也知道這一舉止絲毫無法改變一個殘酷的事實：他們已落入圈套，並被困於此！

等兩人的身形完全穩下來之後，南許許趕緊問道：「顧兄弟，你傷在什麼地方？」

「右臂……無妨。」顧浪子道。

南許許知道顧浪子本不是傷在要害處，但他擔心在方才的跌撞中，那支箭又會對顧浪子造成新的傷痕。

隨即顧浪子又道：「看樣子，伏擊我們的人其實並不想立即取我們性命，否則，『迎接』我們的就不是這張網了。」

兩人說話時，聲音在「嗡嗡」迴響不絕，就像是在井中說話。

「也不知他們看中的是我這把老骨頭，還是你這個酒鬼。」南許許道。

顧浪子所想的卻是另一件事，他壓低了聲音道：「既然這個梅木是假的，那豈非……」後面的話，他未說出口，但意思卻十分明瞭。

未等南許許開口，黑暗中已響起一個熟悉的聲音：「真正的梅木姑娘當然已被老夫所控制。」聲音就在顧浪子、南許許兩人的正上方！

赫然是靈使的聲音！

忽然有火光亮起，黑暗退去了。南許許、顧浪子終於可以看清自己的處境。

此時他們正躺坐在一張泛著烏光的網上，此網不知以何物織成，網線如麥稈粗細，網的四周嵌入石壁中，下方凌空，透過網眼向下望，隱隱可見波光粼粼，不難推斷，這下方的水與南許許、顧浪子進入木屋前曾經過的小河十有八九是相連的。

四周是平整的石壁，再往上看，靈使正站在橫封於兩人頂上兩丈多高的鐵柵上，居高臨下地望著他們，在靈使的身旁，有數人手持火把站著。

無疑，這是一個構造緊密的地下囚室！而這樣的囚室顯然不是一朝一夕所能築成，它應當已存在了頗長的時間。

在這種情形下，被對方以居高臨下的目光相望，南許許、顧浪子心中的滋味可想而知。

靈使像是有意要徹底摧垮他們的尊嚴與自信，他道：「論武道修爲，你們已敗在本使手下；論智謀，你們同樣是無法逃脫本使的運籌之中！本使只是暗使小計，就足以讓你們自投羅網！」

頓了一頓，靈使繼續道：「事實上早在本使推測顧浪子還活著的時候起，本使就已開始留意那座空墓，從而也借空墓爲線索，找到了梅一笑的隱居地。梅一笑之妻，亦即顧浪子的胞姐母女二人的行蹤早已在本使的掌握之中，但本使一直未驚動她們。一則因爲梅一笑乃世所公認的俠者，不二法門沒有必要驚擾他一家人；二來本使也擔心打草驚蛇，讓顧浪子你有所警覺。直到前些日子真正地確知你還活著，而與你一戰又讓你僥倖逃脫，本使才想到利用顧影母女誘擒你們，果然一舉而成。」

「顧浪子，本使寬宏大度，可以告訴你顧影並沒有身患重疾，她們母女二人是在前去拜祭空墓的途中被本使將她們請去另一地方，你放心，本使不會爲難她們。梅一笑曾救過你一命，你對梅一笑十分敬重，而且你與唯一的姐姐顧影自幼便十分融洽，所以當你聽說她身患重疾時，你不可能置之不理——剩下的事，其過程不需多說，你們也應想像得到吧？」

顧浪子沉默了良久，方緩聲道：「看來，你對顧某的性情倒瞭解不少。」

靈使淡淡一笑，「你莫忘了，我乃不二法門四使之中的靈使。察人心靈，有如洞燭，這對本使而言，實是再正常不過的事。」

顧浪子道：「是嗎？相信你之所以沒有立即將我們除去，以絕你心頭之患，定是你還想從我們這兒得到什麼。不過，你自詡能察人心靈，有如洞燭，不知可曾洞悉我們寧願賭上兩條性命，也不會讓你如願以償？」

靈使正色道：「若連這一點都不能看透，本使豈非枉稱一個『靈』字？本使相信你們可以不顧惜自己的性命，但同時本使卻也相信有些人的性命，你們卻不能不顧！」

顧浪子神色倏變！他嘶聲道：「你是說梅木母女?!哼，片刻前，你還聲稱決不會爲難她們，此刻卻已食言！枉你好歹也是有臉有面的人！」

顧浪子只恐靈使對顧影、梅木母女二人有所不利，故有意讓靈使顧及自己的身分、地位，而不便過於反覆無常。

靈使哈哈一笑，「顧浪子，你不必再自作聰明，沒有顧影母女二人，本使同樣可以讓你就範！」說到這兒，他再也不多看顧浪子、南許許二人一眼，轉身離去。

如果說顧浪子二人被困處所有如一口深井的話，那麼方才靈使所立的地方就是深井的中部，而靈使離去的橫向通道，顯然可以通達地面。

誰會料到一間木屋下面，竟有這一番天地？

南許許、顧浪子甚至相信他們所見到的、發現的只是一小部分，在木屋的下面，定還有更爲錯綜複雜的結構。

靈使離去之後，他身邊的幾個人也隨之離去了，一切又重新陷於黑暗之中。

方才有火光時，南許許已看到了顧浪子的箭傷所在的具體部位，這時他對顧浪子道：「讓我先將你所中的箭拔出吧。」

很快，他就摸到了射入顧浪子右臂的利箭。南許許在黑暗中解開一直隨身攜帶的包裹，包裹中有他視如性命的奇藥、奇毒，黑暗絲毫不會給他帶來不便，因爲他對這些藥的熟悉程度，決不亞於對自己十指的熟悉，很快南許許便找到了他所要的藥。

隨後，他的右手五指在顧浪子箭傷傷口部位的四周以快不可言的速度飛快遊走，似乎在尋找什麼，又像在醞釀什麼，冷不丁地，南許許右手食指、中指一曲一揚，一挾一帶，箭已被拔起！

而顧浪子幾乎沒有感到有任何痛感。

早已準備好的藥灑落在了傷口處。顧浪子知道不出幾日，他的右臂必會恢復得比原先還完

好。

他這才道：「老兄弟，靈使既然否認了會利用梅木母女要脅我，那麼他還可以憑藉什麼予我們以壓力？」

南許許笑了笑，「看來，靈使說他能察人心靈有如洞燭，也並非完全是誇大其詞，至少他知道如何才能讓你心存顧忌，從而他便可在心理上佔據主動。如今哪怕其實根本沒有他人落在靈使手中，你也顧慮重重了。」

顧浪子恍然道：「言之有理！」頓了頓，轉而道，「此處如此清靜，且也不必再擔心被人察覺行蹤——美中不足的就是少了一壺美酒。」

戲言之中，充滿了自嘲與滄桑感。

南許許拊掌大笑，笑聲一樣的愴然。

待他笑畢，顧浪子方道：「你說你我能暫且活下來的原因何在？」

南許許沉吟了片刻，「莫非，是因爲靈使想查出『他』的下落？」

南許許隱晦地以「他」指涉了某一個人，但顧浪子卻是對南許許所指的人物心知肚明，他道：「十有八九就是因爲這一原因。」

井狀的地下囚室一下子靜了下來。竟能聽到下方「淙淙」的流水聲——看來下方的水果然與那條小河相連。

經歷了一次浩劫後的坐忘城，經過了一些日子後，總算恢復了平靜——至少，表面上是平靜了。

被毀壞的城牆、城門已修復，被焚燒過的乘風宮也開始逐步修葺。

只是，西城山腰上多出的墳墓，卻在無時無刻不在提醒著坐忘城萬民：曾有一場劫難降臨於坐忘城。

除此之外，還有一引人注目的變化就是在坐忘城城東門外竟修建起一間茶寮，茶寮不大，但收拾得乾乾淨淨，沏的茶也一律是新茶，茶寮的主人是一個劍帛人，與所有的劍帛人一樣：白淨、和氣、精明。

奇怪的是，這間茶寮竟不是搭建在路邊，而是搭建在與道路有些距離的土崗上。

初時茶寮的出現讓坐忘城中人感到十分意外，並多少心存顧忌，於是先後有人前去茶寮明察暗訪，結果是並未發現此茶寮有何不妥，反而無意中成全了茶寮的生意。茶寮所沏的茶無論火候、工藝皆是不凡，以至於有半數的人成了回頭客。

隨後，茶寮前豎起了一塊大招牌，上書斗大的「雙城之語」四個大字，即使站在一里之外也能將招牌上的字看得清清楚楚。

乍一看，「雙城之語」四字與茶寮實在有些風馬牛不相干，反倒是會讓人不由自主地想起前不久的卜城、坐忘城之戰。

卜城、坐忘城雙城之戰曾震撼樂土，當然能吸引人注意，但那畢竟是一場血淋淋的殘酷爭戰，若是直接將之與茶寮聯繫在一起，只怕會讓人反感。

而一個「語」字卻不見絲毫兵刃血腥氣息，偏偏又能巧妙借用雙城之戰來引起人的好奇之心，以至於豎起「雙城之語」這一招牌後，路經此地的人幾乎一無遺漏地會爬上土崗，進入茶寮。

而茶寮的主人也並非僅以四字招牌做噱頭，在茶寮中還可以見到卜城的戰甲、兵器，喝上卜城獨有的奶酒，觸摸名滿樂土的卜城特產龜甲雕。

當然，這兒亦有富有坐忘城特徵之物，尤爲醒目的是一隻風乾製成的灰鷹，被固定在一木柱上，栩栩如生，讓人一下子想到了與坐忘城有關的傳說。

面對眾茶寮幾乎一無例外地會問到何以稱「雙城之語」，茶寮的主人總是很自謙地聲稱：「鄙人姓物名語，來往的客人多是雙城的朋友，茶寮的生計，就是依仗雙城，雙城即是鄙人的衣食父母，鄙人物語自是屬於雙城之『語』！」似乎不無道理。

但顯然這招牌有似是而非、出奇制勝的巧妙。本應生意清淡的茶寮竟甚是熱鬧。

與「雙城之語」茶寮的熱鬧相反，坐忘城內卻透出了往日所少見的冷清。

重山河戰亡，城主殞驚天前往禪都，凶吉未卜，昆吾爲救護城主殞驚天，也已遠赴禪都，坐忘城重要頭領有近半不在城中，冷清是在所難免的事。

南尉將伯頌對坐忘城實力空虛的局面多少有些擔憂，唯一能讓他可以自我安慰的是殞驚天已在前去禪都的途中，冥皇再難找到藉口發動其他勢力圍攻坐忘城。

除了擔憂坐忘城的局勢、殞驚天禪都之行的安危外，伯頌還牽掛著老友石敢當。

石敢當已前往天機峰，雖然石敢當本是天機峰道宗宗主，但在伯頌看來，這並不能保證石敢當此行定能安然無恙，白中貽的事就已是預兆。石敢當離開坐忘城前往天機峰時，伯頌等一干人爲其送行，察覺到石敢當的神情有些異樣，作爲與石敢當相交數十年的老友，伯頌推知石敢當必有心事。

雖有所擔憂，但在伯頌看來，畢竟石敢當是道宗昔日宗主，此次天機峰之行就算有所波折，也決不會有性命之憂。而遠涉禪都的殞驚天才是真正處於生死存亡之境！

只是伯頌不會知道，他的預料並不正確。

天機峰乃映月山脈的最高峰。非但如此，天機峰同時也是映月山脈群峰山勢最複雜多變的山峰之一，忽而峭壁陡立，忽而洞穴幽深。

清晏壇是道宗重地，修建於天機峰峰巔，是道宗宗主的清修之地，也是收藏道宗寶珍之地。比如新近爲道宗得到的「九戒戟」就是藏於清晏壇。

清晏壇的安危本是由道宗三旗主輪流負責，可自藍傾城成爲道宗宗主之後，修改舊律，改由藍傾城兩大嫡傳弟子伏降、韋驚及其統領的三十六壇士守護。

藍傾城修改舊律的理由是擔心三大旗主既然是輪流守護，恐怕就有可能出現相互推諉責任的情況。藍傾城這一說法不無道理，故未遭到什麼質疑。

清晏壇的一間密室。

油燈如豆，一室昏黃，外面的絢麗陽光根本無法照進這間密室。

一枯瘦老者被特製的鎖具牢牢地困鎖住了，手足雖可活動，卻無法掙脫，因爲一旦運起內家真力，其雙手脈門立時被扣緊，真力再難爲續。

昏黃油燈隱約可以照出一張飽經滄桑的臉——他，赫然就是石敢當！

密室以堅石砌成，連唯一的一扇門也是石門。

這時，密室外響起了一陣腳步聲，少頃過後，石門忽然緩緩地滑開了，只有極爲輕微的聲音，讓人難以相信這是一扇石門！

一容貌威儀、相貌堂堂的男子出現在石門外。此人五官衣飾都予人以精心修飾過的感覺，乍一看，頗爲年輕，但再細看時，卻又像應在五旬左右年紀，很難作出準確判斷。

在他的身側，是一個三旬左右的男子，身形矮壯，比前者足足矮了一個頭。此人目光如炬，顯得精力旺盛，讓人不敢小覷。

矮壯男子是負責守護清晏壇的伏降，而與他一同出現的人則是其師藍傾城。由於藍傾城保養得很好，從外表上看，很難看出他們是師徒關係。

石敢當本是微合著雙目，爲聲音所驚動，緩緩地睜開眼來。

藍傾城緩緩步入密室內，居高臨下地望著石敢當，笑了笑道：「老宗主，你受委屈了。」

石敢當神色平靜，沒有出聲。

藍傾城也不尷尬，自顧接著往下說：「藍某之所以如此對待老宗主，實在有情非得已之處。」

石敢當本是平和的目光倏然暴現精光！刹那間，本是枯瘦蒼老，又被困縛的石敢當竟有凌然之勢，一直做胸有成竹狀的藍傾城忽然感到莫名的心虛與驚悸，竟不由自主地後退一步。

隨即他便意識到石敢當已被牢牢控制，根本無法對他形成威脅時，方暗自鬆了一口氣，同時又有些惱羞成怒。

石敢當緩聲道：「藍傾城，你心虛了。」

藍傾城哈哈大笑，笑得很是張狂！笑畢，他不屑地道：「藍某在宴席上出手擒你，至今道宗內無一人就此事說一個『不』字，無一人爲你求情，足見本宗主早已成爲道宗人心所向！雖然你昔日曾是宗主，但二十年過去了，你已是孤家寡人，若以爲在道宗你還能呼風喚雨，就未免太天真了！」

伏降在一旁道：「石敢當，當年你棄道宗大業於不顧，私自離開天機峰，一去二十年不回，早已讓道宗上下怨聲載道。二十年後你走投無路，返回天機峰，若安分守己，宗主念你年歲已高，自會讓你在天機峰頤養天年，聊度殘生，可恨你竟不自量力，宗主好心設宴為你接風，你卻不識抬舉，衝撞誹謗宗主，實是自取其辱！」

石敢當連正眼都不看他，沉聲道：「黃書山、白中貽是為何而死？你們應該心知肚明！設宴是假，毒害我是真，否則何以在宴席上只見你的親信，而不見昔日為我所倚重之人？藍傾城，我早已料到一旦我回天機峰，你一定會急欲除去我而後快！只是沒想到你會那麼明目張膽。如此看來，今日道宗，的確已面目全非了。」

藍傾城略顯詭秘地一笑，「恐怕出乎意料的不僅僅是這些吧？」

石敢當默然無言。

藍傾城背負雙手，在密室中緩緩踱步，邊走邊道：「二十年前，你的『星移七神訣』修為已臻驚人境界，甚至青出於藍而勝於藍。本宗主自忖以自身的修為，毫無勝過你的把握，但事實上你我在宴席上交手，你卻完全處於下風，其中原因，恐怕只有你我二人知曉吧？」

石敢當眼中流露出極為複雜的神色。

藍傾城對自己言語的效果很滿意，他終於說出了最為關鍵的一番話：「在你修煉『星移七神訣』時，因爲某種原因，你的體內留下了不可磨滅的缺陷，或者說是種下了可怕的禍根，每當酉、戌之交的時候，你的內力便會突然消滅過半。這對於一個武道中人來說，顯然是致命的缺陷，因爲一旦這一點被仇敵所利用，其結果可想而知。所以，你全心全意地保守著這個秘密，以免日後爲自己帶來禍患，包括如黃書山這樣的心腹，你也未向他們透露半句。」

說到這兒，他有意停頓了片刻，予石敢當一個揣測的空間。

石敢當雖然依舊沉默，但他心頭的震動其實極大！正如藍傾城所言，他的內力修爲的確是存在一個不爲外人所知的致命缺陷。這個秘密，他只告訴過兩個人，而這兩個人是絕對不應會出賣他的——至少石敢當深信這一點。

但事實卻顯然出乎了石敢當的意料，藍傾城知悉這一點，就證明這兩個知情者當中，至少有一人將他的秘密傳開了。

石敢當心頭之震撼可想而知！

回到天機峰的當天夜裏，藍傾城便設下宴席爲他接風，石敢當對藍傾城的所作所爲早已憤慨不已，但他自恃身分，當然不能立即魯莽至甫一見面即出手，既然藍傾城設下宴席，石敢當正好要借這機會將藍傾城的真面目揭穿。

藍傾城設下宴席，決不會是真的出於對老宗主的尊重。對於這一點，石敢當心中清楚至極，宴無好宴。但石敢當暗忖藍傾城一定對他的武道修爲有所忌憚，只要自己在其他方面多加小心，藍傾城就無能為力。

而石敢當之所以作如此信心十足的設想，是基於堅信藍傾城不會知道他的秘密，故他的「星移七神訣」能對藍傾城形成足夠威懾的前提下的。

沒想到後來事態的發展完全出乎他的預料，宴席之中，石敢當當眾指摘藍傾城在道宗所犯下的種種罪責，藍傾城竟毫不示弱，其親信弟子亦借石敢當二十年前私自離開天機峰大做文章，群起發難，席間共有一百餘人，竟無一人為石敢當說話！

這已讓石敢當大感意外，而更意外的是藍傾城最後竟然主動出手，似乎根本無懼於石敢當名動天下的「星移七神訣」！

其時正是酉、戌之交，石敢當的內力修為僅及平時一半，以致在藍傾城的攻擊下受挫被擒。

石敢當一直以為這只是巧合，藍傾城驟然發難時正好湊巧是酉、戌之交。但藍傾城方才所說的這一番話，卻徹底否定了石敢當的猜測！藍傾城在酉、戌之交時發難並非巧合，而是有意而為之！

「藍傾城何以知道我的秘密？」石敢當大惑不解。

而最讓石敢當在意的並不是藍傾城知悉這一秘密，而是他本堅信知道這一秘密的人，決不會將此事向外人透露，因為那兩人是他此生最信任的兩個人。

藍傾城站定了，以很是懇切的語氣道：「老宗主，你一定在想如此機密的事我藍傾城何以知道吧？不錯，這一秘密本應是你最信任的人才有可能知道的，可是你忘了，這世間只有絕對的利益，沒有絕對的親友！唯一可以永遠信任的只有一個人，那就是自己！」

石敢當忽然失聲笑了，不無譏諷地道：「藍傾城，你費盡心思將老夫擒住囚押於此，卻既未取老夫性命，也無其他舉措，難道將老夫一連囚押數日的目的，就是要讓老夫明白這樣一個道理？」

藍傾城倒很沉得住氣，他依舊不疾不徐地道：「藍某從未要取老宗主性命的意思，只是因為老宗主對藍某有些誤會，爲了道宗好不容易才得來的安定大局，藍某只好出此下策。如今，藍某只想向你打聽一個人的下落，老宗主若願意說出，那麼從此在天機峰，老宗主是去是留都悉聽尊便。」

石敢當輕嘆了一口氣，「你們將我囚禁在此這麼久，就是爲了向老夫打聽一個人的下落？如此看來，此人必定十分重要了。」

藍傾城見石敢當口氣並不強硬，似乎有商量的餘地，心中暗自歡喜，「其實也並不如何重要，甚至此人如今在樂土武道藉藉無名。」

石敢當掃了他一眼，「話已至此，何必再拐彎抹角？」他心中道：「藍傾城必然是一直欲除我而後快，那樣他才會感到在宗主這一位置上能坐得安心。能讓他暫時放棄取我性命的機會的事，必是非比尋常。我倒應借這個機會，從他口中套出真相。」

但藍傾城比他想像中更沉不住氣——或者也許是因爲藍傾城認爲既已完全控制了石敢當，故他不必再有任何顧忌。

藍傾城道：「藍某要找的人，就是一直在玄流三宗內暗中傳說的『天殘』！」

「天殘?!」石敢當心頭微微一震，似有所悟。

「當年，玄流先祖天玄老人神功蓋世，但天玄老人一生卻從未親傳弟子，其中原因，在之後的玄流三宗的歷代弟子心目中，一直是一個不解的謎。與此同時，在三宗內，私下裏還有一種說法，那便是天玄老人並非沒有親傳弟子，只是他老人家的親傳弟子是一個永遠無法擁有內力修爲的人，傳說此人之名即爲『天殘』。之所以有此名，是因爲他自出生之日起，便天生殘缺，注定他一輩子也無法修煉內力修爲。對於這傳說，玄流三宗所屬有的深信不疑，有的卻與之相反。之所以會如此，是因爲所謂的天玄老人的唯一親傳弟子從未真的出現過，一切都只是始於口頭相傳，止於口頭相傳。老宗主，你在二十年前就已是三宗宗主之一，對於這種說法，當然是早已有所聞，藍某也不必贅言，而藍某所要告訴老宗主的是，藍某已確知『天殘』是確實存在的！」

說到此處，他的話頭倏然而止，只是目不瞬轉地望著石敢當，似乎是要從石敢當的神情變化中窺出什麼。

石敢當臉上古波不興，藍傾城暗暗失望，但話已至此，他只能接著往下說：「藍某已確知，老宗主你必然知道天殘身在何處。論輩分，天殘是藍某的師叔，將他老人家請至道宗，是做晚輩的應盡的孝心。再則，如今三宗對峙，若能得到天玄老人唯一親傳弟子的支持，那麼在道義上，道宗就將穩穩地佔據優勢。」

石敢當緩聲道：「如此說來，你是處處爲道宗著想了？」

「藍某乃道宗宗主，自是希望道宗日趨輝煌。」藍傾城道。

石敢當道：「可惜老夫要讓你失望了。老夫並不知天玄老人的親傳弟子天殘是否真的存在，自然更不可能知道他的下落。就算知曉，老夫也決不可能告訴你。」

藍傾城的笑意一點一點地消失，臉色慢慢地沉了下來，久久不語。

半晌，他才打破沉默道：「本宗主既然可以知曉你的秘密，就同樣會有辦法讓你說出一切。一個沒有絲毫內力修爲的糟老頭，就是遲上幾年找到他，對本宗主也沒有什麼影響，但在這間密室中待上幾年，那種滋味可不好受。」

頓了頓，又道：「本宗主知道你一定暗自企盼道宗會有人設法救你，但請老宗主莫忘了，連你最信任的人都會把你的秘密透露出去，那麼你身處密室中時，與你接近的人當中，你又怎能正確判斷出誰是值得你信任的人？老宗主，但願多加小心，別再一次被你信任的人出賣。」

言罷，他似乎不想給石敢當有任何駁斥的時間，立即對伏降揮了揮手，兩人先後退出密室，隨即石門緩緩合上，密室內重新陷於一片昏暗。

密室中又恢復了寂靜，甚至連偶爾火花爆開的「劈啪」輕微響聲也聽得清清楚楚。

石敢當的神情並無什麼變化。獨處，對石敢當來說，已成了一種最爲習慣的生存狀態，在隱鳳谷的近二十年中，絕大多數時間裏，他都是在獨處中度過，這也鑄就了石敢當驚人的冷靜。

但這一次，石敢當卻再也不能真正地平靜了。藍傾城所說的，未必全是真話，但有一點卻是對石敢當有極大震撼力的，那就是藍傾城竟然知道他的內力修爲在酉、戌之交時減半！

看來，爲了對付石敢當，藍傾城的確是預謀已久，並且是處心積慮，費盡了心思。故此，藍傾城的所作所爲，已不能再簡單地視作是欲除去石敢當，以鞏固他的宗主地位那麼簡單了。

是誰將秘密透露給藍傾城的？

藍傾城一心想找到天殘的真正目的何在？

石敢當反反覆覆地思忖著這一切。

終於，他們見到了交錯重疊的馬蹄印以及車輪壓過的印痕。這些痕跡，應當是卜城人留下的，由痕跡的清晰程度來看，卜城人馬應當與此地相去不太遠。

戰傳說、小夭、爻意三人一路北行。

三人精神爲之一振，不由加快了行程。

又趕了一陣，三人進入一處山隘後，到了一葫蘆狀的山谷中。只見山谷較爲平緩處，大片範圍內出現雜草灌木被劈斬壓伏過，若再細細觀察，還能在草叢中見到尚在冒著熱氣的馬糞。

小夭雀躍道：「我爹一定就在前方不遠處，也許穿過這山谷就可以見到我爹了！」

戰傳說也同意小夭的這一判斷，但他卻沒有小夭的興奮，因爲他比小夭想得更多。殞驚天此去禪都的原因、方式都十分的微妙，所以即使自己很快就可以見到殞驚天，也未必就能改變什麼。至少殞驚天本人就是一個障礙，他並不想在抵達禪都之前被人救走。

爻意貴爲火帝之女，千金之體，何嘗受過此等顛簸勞累？此刻只見她香腮泛紅，雲鬢微亂，如玉琢的鼻翼已見汗，我見猶憐，她伸手理了理鬢髮，「好悶熱的天氣。」

山谷中竟沒有一絲風，谷中的雜草樹枝全都一動不動。季已是秋後，竟還如此悶熱，的確少見。先前三人急著趕路，故一直忽視了這一點，此時目標在即，才意識到。

戰傳說抬頭望了望天空，卻並未見太陽，遠處天邊的烏雲在翻湧滾動著，他道：「恐怕將有一場暴雨！」舉目向前方望去，只見山谷在靠近「葫蘆口」的那一段，兩側絕壁聳立，猙獰森然，樹木卻十分稀落，若是一場暴雨引得陡壁坍塌，堵住山路，那將讓戰傳說三人要費不少周折。

當下，戰傳說道：「我們繼續前行，爭取在暴雨來臨之前穿過山谷。」

小夭四下望了望，惑然道：「真會有暴雨？」

空氣依舊是十分的乾燥。

話雖如此，但小夭還是依言策馬前行，隨後是爻意，最後才是戰傳說。

行了一陣，漸漸地接近了葫蘆狀山谷的「葫蘆口」，小夭感到天色似乎暗下來不少，她忍不住再度抬頭向天空望去，只見先前還在天邊翻湧滾動的烏雲此刻竟已密佈於自己正上方的天空中，黑壓壓的一片，以不可言喻的方式、軌跡在作著複雜莫測的變化。

以小夭天不怕、地不怕的性情，也不由為之咋舌，驚呼一聲：「來得好快！」三人下意識地加快了速度。

但暴雨降臨的速度卻仍是遠遠超過了他們的想像。

當三人剛剛進入「葫蘆口」時，忽然不知從何處刮來一陣涼風，一下子竄過了整個山谷，刮得草木「嘩嘩」亂響。一直大覺悶氣的三人一下子涼了下來，其變化之快，仿若忽然一腳踏入了另一個世界。

與此同時，天色竟重新變明亮了些，但此時的明亮卻總讓人感到有些詭異，而且很快便消失了，天色比原來更為昏暗，視線已難及遠，彷彿夜色已降臨。

現在看來，前方的峭壁已更顯猙獰突兀，讓人望而生畏，讓人感到兩側的陡崖隨時會向中間壓下。

小夭身上的坐騎開始變得很不安分，左衝右突，很不情願再向前行。小夭的好勝之心頓時被激起，她猛地雙腳用力狠夾馬腹，催馬前行。爻意、戰傳說依次跟進。

風，更為猛烈，從山谷入口處長驅狂捲而至，山谷中的草木如被一隻無形的巨手撫過，全部朝北倒伏，顯出一片灰白色，與平時的大片黃綠色截然不同。

還沒等三人回過神來，暴雨已突如其來地降臨，沒有積蓄醞釀的過程，雨勢是迅雷不及掩耳的迅疾猛烈。剎那間，山谷已被暴雨激得煙塵滾滾，那是天氣乾熱時草木山岩上積下的塵埃。

山谷中迅即便是白茫茫的一片，豆大的雨水在狂風猛烈牽扯下，竟再也沒有統一的流向，而是在山谷中的每一個角度、方向飛舞，打在臉上、手臂上生生作痛。樹葉被狂風生生撕下後，先是聚作一團，以極快的速度飛旋上升，倏而毫無徵兆地突然散開，葉兒向四面八方毫無章法地飛落。

天色更暗！雨水與狂風一道襲擊著人的視覺、聽覺，並且予人以一種風雨已佔據了整個天地間的錯覺。

馬兒受此驚嚇，開始惶恐地「嗚嗚」驚叫，毫無目的地奮力掙扎，三人竭力約束，雨水早已將他們淋得透濕。

「戰大哥，我們該怎麼辦？」小夭大聲呼道，雖然她甚是膽大，但在這種時刻，仍是與其她女子一樣本能地對男人有著依賴心理。

戰傳說還沒來得及回答，忽聞小夭身下坐騎一聲長嘶，緊接著便是小夭的驚叫聲，她的坐騎竟不受約束，如瘋了一般向前疾衝而去！

距離迅速拉大，戰傳說已看不清小夭！

在這種地方，又是狂風暴雨中，坐騎失蹄頗為危險。戰傳說一時無法作出決定，山道狹窄，又是昏天暗地，若讓小夭在馬兒飛奔疾馳的情況下強行下馬，恐怕會有危險！

戰傳說還有一個念頭，那就是讓小夭將身上的馬兒擊斃，但他知道小夭未帶兵器，又不知小夭的內力修為如何，若是慌亂一掌擊下未能擊斃坐騎，反而更會激發牠的野性，那便不妙了。

戰傳說只在片刻的猶豫後，便立即作出了決定，他單掌輕按，已自馬背躍起，掠向與他相距不遠的爻意，道了聲：「得罪了！」攔腰將爻意抱起。

對他這突如其來的舉止，爻意嚇了一跳，本能地一掙，卻沒能掙脫，人也清醒了，她相信戰傳說此舉不會有惡意。

戰傳說隻手攔腰抱著爻意，將自身的修為提至極高境界，向小夭消失的方向疾掠而去！

此時以他的修為，其視線也難以穿透重重雨幕，只能分辨眼前丈許範圍內的情形，如此一來，在如此陡峭的山道上急速掠走，就難免險象環生，戰傳說的反應能力經受著極大的考驗！

爻意只覺耳邊風聲呼呼，黑壓壓的山崖如怪獸異魔般向自己飛撲而至，近在咫尺間忽已自身邊擦身而過，讓人感到若是失之毫釐，便會被山崖撞得粉身碎骨。

此等情景，實是對人的心靈的極大衝擊！爻意的性命便繫於戰傳說的身上，已無法自主，便索性將雙目閉上。

驀地，戰傳說一聲驚呼：「小夭！」

幾乎是與戰傳說的驚呼聲同時，爻意聽到驚人的馬嘶聲，嘶聲極爲短促，旋即戛然而止，此聲消失得過快，讓人聞之感到極爲不適。

原來是小夭的馬在狂奔中被路旁突起的岩石絆倒，馬兒收勢不住，重重撞向堅石，立時撞得腦袋崩裂，而小夭也一下子被拋飛出去，巨大的慣性使她身不由己地向山岩撞去。

眼看就要撞向山岩時，她的右臂忽然一緊，已被一隻有力的大手扣住，耳邊傳來戰傳說的聲音：「別怕！」小夭懸起的心立時落地了。

三人總算有驚無險地聚在了一起，但暴雨仍是無邊無際地狂瀉而下，山谷中、岩縫間已有「嘩嘩……」的流水聲。

戰傳說隱約看見前方路旁有一處地方上凸下凹，正好可以容三人藏身，但不知隱身於此會否有危險。

戰傳說一手攔腰抱著爻意，一手牽著小夭向前走了幾步，放開爻意，遙遙凌空擊出數掌，但只見有泥沙被震落，而山岩卻巍然不動。能承受得了戰傳說的掌風，自然也就無懼於風雨侵襲，戰傳說連忙將二女連抱帶拉藏進了岩石下。

有驚無險讓戰傳說鬆了一口氣。

但這份輕鬆並沒有維持多久，不知什麼時候起，戰傳說忽然意識到自己正處於足以讓任何男子血脈賁張的處境中。

山岩之下，空間狹小，三人不得不緊緊挨擠縮在一起半坐半蹲，幾如擁作一處。

小夭、爻意的衣衫經雨一淋，完全貼於身上，將她們美豔急極的軀體曲線顯露無遺！此時光線極爲昏暗，爻意、小夭兩人一時尚未意識到這一點，但戰傳說的內力修爲深厚，目力超越常人，卻已在無意中把這香豔急極的情形完全捕捉，他幾乎將二女軀體的每一道弧線、每一處凸凹都看得清清楚楚，濕透了的輕衫根本遮不住滿園春色！

戰傳說心頭一陣狂跳，急忙閉目，再也不敢多看。

但這並不能讓他靜下心來，因爲那誘人的情形已深深地印於他的腦海中。何況，二女還與他以最親密無間的方式緊緊依偎在一起。

尤其是戰傳說本是攔腰挾抱著爻意的，躲入洞中後，因爲空間狹小，背抵堅石，不便抽出，他的手便一直環抱著爻意的身軀，爻意只要稍一動彈，他的手掌便或是搓摩過爻意平坦結實的腹部，或是碰觸於爻意極富彈性的胸部。

而小夭的大半個身子自後依靠在他的左側，戰傳說能夠借著這種接觸清晰無比地感覺到小夭年輕軀體的玲瓏浮突以及火熱。

讓戰傳說不堪承受的是，小夭不知爲何，在這種時候還是如平時一樣不肯安分，嬌軀不時做讓人心神搖盪的扭動，她那芬芳的處子氣息一陣陣地向戰傳說襲來。

戰傳說只感到喉間一陣陣發緊，身子也越來越熱，生理上開始發生悄然卻明顯的變化。

戰傳說暗叫慚愧，他唯恐爻意、小夭察覺到他的這種變化，一動也不敢動，整個人都幾近僵硬。

他卻不知，此時與他一樣備受情欲煎熬的還有小夭。

小夭正值情竇初開的年華，正是許多美好的東西開始在心中、身上悄然萌芽、開放的年紀。戰傳說以獨特的方式出現在她的生活中，一下子撥動了她的情懷，佔據了她的心靈。

此刻，與暗中心儀的男子如此相擁而坐，小夭幸福得幾乎暈眩，而從未與男子有過肌膚接觸的她，此刻卻不可避免地感受著年輕男子的健壯與強悍，而且此人還是她魂牽夢縈之人，小夭一顆芳心早已亂作一團，羞赧、開心、膽怯、刺激……種種心緒齊齊湧上她的心頭。

戰傳說越來越僵硬的軀體、漸顯粗重的呼吸在不知不覺中給予了小夭以神秘的暗示，這是亙古以來男女之間就一直存在的只可意會、不可言傳的訊號。

小夭忽然有了不可抑制的衝動，她猛地無聲卻用力地緊緊擁著戰傳說的左臂，將自己滾燙的身軀死命地抵於戰傳說的身側，似欲將自己完全地融入戰傳說的軀體中。未等戰傳說回過神來，她火熱的香吻已印在了戰傳說的臉上。

戰傳說一下子呆住了！

他的身體卻另有反應，一股莫名的力量在他軀體內左衝右突，似在尋找著一個突破口、一個宣洩點，讓他既煩躁又不安。

慌亂中，他忽然察覺爻意的氣息變得有些急促了。

「難道她察覺到了什麼？或是她的目力並不在我之下，所以把一切看得清清楚楚？」戰傳說腦海中飛速轉念。

他忘了爻意的目力雖不及他，但她卻有著常人根本無法比擬的感覺。此時戰傳說、小夭的異常心理、情緒，自然更是能被近在咫尺的爻意捕捉判斷，身邊曖昧充滿情欲的氛圍，與她的威郎酷似的戰傳說與她貼身相擁，這一切，豈能不使她心如鹿撞，芳心大亂？

一時間，山岩下的三人雖然無人言語，但卻決不平靜，無聲之中，心緒潮起潮落，澎湃激昂。

暴雨來得快，去得也快，倏忽之間，便突然停止了，天色很快亮了起來，風雨聲消失無蹤，只聽得「嘩嘩」的流水聲。

三人幾乎同時說了一句：「總算停了。」

暴雨之後，山谷中的一切景致都變得格外清新。

只是三人都無心欣賞，這場暴雨定然將卜城人馬留下的痕跡沖毀了。雖然卜城人馬並非在有意逃避他們的追蹤，但三人也是不想再節外生枝，再為尋找殞驚天等人的行蹤另費一番周折。

戰傳說找回那只裝有貴重之物，也裝有那幅血字的盒子後，三人繼續前行。

這一次，他們只能步行了。小夭的坐騎已死，而戰傳說、爻意的坐騎則早已不知去向。

但願過了山谷，很快就可以找到集鎮，否則沒有馬匹，如何能長距離追蹤卜城人馬及殞驚天一干人？

這一路上，小夭忽然變得少言寡語了，只是默默地趕路。

穿過山谷，前方是一座不高的山丘。

三人很快便攀至山丘之頂。當他們立足於山丘之巔，向前方望去時，立時被眼前的一幕驚呆了！

只見山丘北向腳下是一馬平川的草地，足足有數千畝，就在與山丘相距不遠的地方，赫然有數百人的隊伍整齊排列著，正以緩慢的速度向北移動。

此時，已是陽光普照，天地間一片明朗，立足山巔，就可以把隊伍的旗號、衣飾看得一清二楚。何況，這些人馬的旗號、衣飾對戰傳說三人來說，是再熟悉不過的，那正是卜城人馬的衣飾、旗號！這麼快便尾隨上卜城人馬，實是有些出乎三人的意料之外。

但最讓三人吃驚的還不是這個，而是在卜城人馬的四周，還來回奔馳著數十名黑衣騎士，每一名騎士手中都高擎一面旗幟，旗幟是黑色的網底，上面繡著血紅色的劍形圖案，那繡著的劍正是象徵著不二法門無上權威的「獨語劍」！不言而喻，這些騎士就是不二法門的黑衣騎士。

雖然不二法門黑衣騎士只有數十人，人數遠遠不及卜城人馬，但讓人感到其氣勢甚至遠在卜城人馬之上。

黑紅兩色的獨語旗在風中獵獵飛揚，黑衣騎士身下的坐騎四蹄飛揚，在廣闊的草地上劃出一道道軌跡，其疾如風。在奔掠於馳騁中，不二法門的自信與氣勢強盛顯露無遺！

眼見數十名黑衣騎士出現在眼前，戰傳說心頭甚是吃驚！因爲，當年他父親與千異決戰龍靈關時，不二法門所動用的黑衣騎士也不及今日人數眾多。

戰傳說曾與六名黑衣騎士一道進入西部荒漠，他知道不二法門的每一名黑衣騎士都是一等一的好手，如果這些黑衣騎士是爲對付卜城人馬而來，那麼縱然卜城人馬有十倍於對方的兵力，也是根本無法抵擋黑衣騎士的衝擊！

但很快戰傳說便意識到自己的擔心是多餘的，因爲此時卜城的人馬依舊保持先前的隊形前進，而沒有改成臨陣對敵時的隊形，由這一點可以判斷卜城人馬並沒有受到不二法門黑衣騎士的衝擊與威脅。

那麼不二法門黑衣騎士爲何會在此出現？是巧合，還是另有原因？

一連追蹤了數日，此刻終於見到了卜城人馬，而父親殞驚天極可能也在其中，小夭興奮不已。同時，她也因不二法門黑衣騎士的出現而有些不安，看不透這又意味著什麼。她望著戰傳說，等待他作出決定。

戰傳說穩穩佇立於山丘之頂，俯瞰著廣袤的大片草地以及在草地上推進的卜城人馬、馳騁的黑衣騎士，神色凝重，心頭思緒萬千。

良久，他輕輕地吐了一口氣，很有把握地對小夭道：「妳父親此去禪都的途中已不會有任何危險了。」

小夭既驚訝又期盼地詫異道：「何以見得？」

「因為不二法門的人希望他能平安抵達禪都。」戰傳說聲音低緩地道。

聽他的語氣，似乎並未因為確信殞驚天前去禪都的途中必然無恙而有所欣喜，反而顯得憂心忡忡。

小夭驚訝地望著戰傳說……

第四章　行雲刀法

禪都。

紫晶宮北殿中的搖光閣。

樂土最爲尊貴者——冥皇一向氣度沉穩，但此刻他卻顯得有些煩躁不安，在殿內不停地踱著步。

偌大的搖光閣內，只有兩個人。除冥皇之外，另有一人正靜靜地端坐於一張金漆椅上。

這是一位蒼老得讓人難以確知他的年齡的老者。他的衣飾樸實無華，幾乎沒有任何修飾，但他置身在這樣富麗堂皇的宮殿之中，卻絲毫不會讓人感到不協調，而是那麼的自然。

當冥皇站著的時候還能端坐著的人，只有雙相：無惑大相與法應大相，這是冥皇賜予他們的權力。

而這老者，正是無惑大相！

無惑大相置身搖光閣這等重地，面對的是至高無上的冥皇，竟能如此平靜，實是匪夷所思！換作他人，即使是冷酷無畏的地司殺這樣的人物，面對冥皇，也難免有惴惴不安之感。

冥皇終於止步，轉身正對著無惑大相道：「此次不二法門動用了四十名黑衣騎士守護殞驚天，依大相之見，不二法門用意何在？」

無惑大相的目光迎向冥皇，以蒼老而平緩的聲音道：「聖皇想問的應不是這一點，因為聖皇應已察知不二法門此舉的用意。」

他的語氣十分平淡，緩緩道來，如敘家常，偏偏所說的每一句話又予人以道盡風雲變幻的真諦之感，仿若一切的驚世駭俗、一切的風雲變幻，在無惑大相眼中，都是意料中事，不過爾爾。

冥皇以意味深長的目光望著無惑大相，少頃，他偏過視線，輕嘆一聲，「祭湖之約，天下共知，沒想到不二法門竟會公然插手大冥王朝的事！」

無惑大相淡淡一笑，緩緩起身，「恕臣斗膽猜測，聖皇其實早已知道不二法門插手大冥王朝事宜遲早會發生，只是沒有料到這一天會來得這麼快罷了。」

冥皇眼中精芒倏閃，復而哈哈一笑，「既然大相對本皇的心事如此清楚，就必然有為本皇化解心事的良策了。」

無惑大相道：「不二法門護送殞驚天是以助王朝押送逆臣為名，在他人看來，不二法門此舉是對聖皇的一番好意，所以聖皇暫時只能任憑不二法門將殞驚天護送至禪都。」

冥皇略顯不悅地道：「殞驚天是不請自來，看樣子他是想借進入禪都的機會，將事情鬧大，讓樂土中人都急欲知道本皇發卜城之兵攻打坐忘城，是否合情合理，本皇甚至懷疑殞驚天想迫使本皇對他進行天審！」

說到這兒，冥皇放緩了語速，接道：「雖然本皇能向萬民證實攻打坐忘城是勢所必然，但人心複雜，一旦進行『天審』，引得萬眾矚目，就算最後能使殞驚天服罪就誅，恐怕千里樂土之內，也會因此而萌生一些對本皇有所不滿的言辭吧？樂土難得有今日安寧平定，本皇委實不願為了一個殞驚天，而破壞這份安寧。」

無惑大相道：「殞驚天既然是坐忘城城主，以其地位，的確夠格要求『天審』，但聖皇莫忘了，因為『天審』所針對的皆是曾身居王朝要職的人，所以其運行規則嚴謹至極，比如務必要有聖皇、法應大相、天司殺、地司殺及老臣五人同時在場；還有，天災之年不可進行天審；先祖忌日不可進行天審；皇族若有吉慶喜事，此年不可進行天審……」

話至此處，已不必再往下說了。

冥皇只覺眼前一亮，臉顯喜色，欣然道：「大相智謀過人，無愧於『無惑』之雅號！」顯然，經無惑大相的提醒，冥皇已有應對之策了。

冥皇自知發卜城之兵攻襲坐忘城，絕對是師出無名，由卜城落木四及其他卜城人對進攻坐忘城的態度來看，此舉很難會有真心回應之人。而殞驚天既然敢主動入甕，任卜城人將之押送禪都，在冥皇推測中，殞驚天應是有所恃，包括殞驚天很可能會利用請求「天審」的機會爭取把真相公諸於眾。

如果僅僅考慮這些，冥皇還不會如此擔憂，殞驚天不過是一城主而已，在禪都又能掀起幾尺風浪？但若不二法門介入此事，則又另當別論了。

冥皇知道看似風光無限、曾備受世人稱頌的祭湖之約的真正意義，祭湖盟約，絕非外人所想像的那樣是大冥王朝與不二法門和睦共處的象徵，而只是一種暫時的相互妥協。

此次如果沒有不二法門插手，那麼冥皇將不會有什麼擔憂。他可以讓殞驚天在未至禪都時就斷送其性命，即使不這麼做，殞驚天就算進入了禪都，冥皇也有絕對的把握將事態的變化牢牢控制在他所願意的方向。

不二法門的插手卻讓冥皇再也無法穩如磐石。

他堅信不二法門這麼做的目的，就是要借殞驚天這枚棋子，在禪都乃至樂土攪起一片風雨。

冥皇可以忽視殞驚天的打算，卻決不敢忽視不二法門的預謀！

所以，他才召見無惑大相。而此時，他的心緒已平靜了不少，一個對策已在他心中悄然形成。

如果可能，他更願意讓對他有威脅的人與物在無聲無息中消失無蹤，而不願經歷血雨腥風，因爲他是冥皇，是樂土的主人。

而這一點，與和他有神秘聯繫的劫域的無所顧忌，顯然是不同的。

心事已了，冥皇心頭輕鬆不少，他轉過話題道：「有人向本皇稟報說近些日子劫域的人頻頻在樂土境內出現，依大相之見，這些音訊是否可靠？」

無惑大相未經任何思索地道：「老臣認爲，這絕對是妖言惑眾！」

冥皇一怔。他相信無惑大相此言必有深意。因爲以無惑大相的洞察力以及在樂土一人之下、萬人之上的地位，怎可能沒有得到有關劫域的人在樂土頻頻出現的稟報？無論無惑大相對此是否完全相信，至少本不會如此斷然否定。冥皇問及此事，本就是爲了試探無惑大相對此事的態度。

冥皇皺眉道：「大相何以如此肯定？」

無惑大相道：「劫域乃邪魔之地，與我樂土的清朗乾坤水火不融。歷來劫域群邪只能苟且偷生於一隅，不能越雷池半步，更勿論深入樂土腹地！若說如今有劫域中人在樂土頻頻出現，大冥聲威何在？於聖皇威儀亦將有所不利。」

冥皇一下子明白了無惑大相的真正意思，看來，無惑大相並非不知劫域中人已深入樂土，恰恰相反，無惑大相已對此事知道得很清楚。他之所以斷然否定，其實是在暗示冥皇一定要將此事平息下去，不可讓這不利於冥皇的消息廣泛傳開。甚至無惑大相這一番話很可能還給冥皇施加了壓力：若劫域人長驅直入樂土的事不解決，終會釀成大患。

冥皇的心事被無惑大相的這番話勾起了，心頭頓時浮現了陰影。

但他還是強自展露出一個笑容，「大相此言甚合本皇之意！雖然關於劫域的說法只是妖言惑眾，但也應防患於未然。本皇會派出得力人手探明此事，若真有劫域中人企圖染指樂土，本皇必定使其圖謀胎死腹中！」

無惑大相聽到這兒，知道冥皇已決定遣出高手，對付已在樂土境內的劫域中人了。他本應見好就收，但因為劫域人在樂土境內頻頻出現且製造了不少殺孽，無惑大相對此甚是不平，故他忍不住又加問了一句：「老臣斗膽問聖皇一句：不知聖皇會派誰擔當此重任？」

「論權責歸屬，論武學修爲，地司危都是最合適的人選。」冥皇倒回答得十分乾脆，也並未因爲無惑大相多問而不快。

無惑大相施禮道：「聖皇英明。」他相信若冥皇真的以地司危對付進入樂土的劫域中人，那麼驅除劫域群邪，將指日可待。

「一、二、三、四……」輕輕的數數聲在黑暗的狹小空間裏顯得那麼清晰。是南許許的聲音。

「唉！」南許許嘆了一口氣，「算來算去，隨身帶來的這些毒物最多也只能維持五天了，老酒……顧兄弟，看樣子我得先走一步了。」

他本想稱顧浪子爲「老酒鬼」，但話到嘴邊，立即想起顧浪子已有兩日滴酒未沾，這對顧浪子來說已是莫大的煎熬，若此時再提「酒」字，豈非雪上加霜？

離開苦木集時，南許許將自己備下的所有毒物都帶在身上了。當年中了勾禍在他身上下的毒之後，他一直是靠這些奇毒之物以匪夷所思的「以毒攻毒」之術維持自己的性命至今，如今他與顧浪子雙雙被靈使所擒押，脫身無望，靈使除了讓人定時給他們送一些吃的食物與水之外，自不可能還提供毒物與酒。而失去毒物的支撐，南許許又豈能久撐？

顧浪子心知南許許所說的確是一個嚴酷的事實，但他還是寬慰南許許道：「靈使不會讓你就這麼死的，若想取你性命，他早已可以做到了。」

南許許否定道：「對他來說，你我兩者之間只要有一人還活著就夠了。」

顧浪子緊接著他的話頭道：「但他卻不知先前我受了重傷之後，是你將我救起，而且至今尚未痊癒，若一旦你有了三長兩短，我顧浪子也將舊傷復發，步你後塵。」

南許許心道：「這正是我最擔心的。」口中卻淡然道：「你未免太低估我毒瘋子的能耐了，以我回春之手，你已無恙，現在即便換上一個不學無術的藥醫，也可保你平安無事。」

顧浪子笑道：「但只有你一人知曉靈使這魔頭要找的人的下落，若是他將希望寄託於我顧浪子身上，倒是有趣得緊！」

他有意將聲音壓低，似乎是不願讓外人聽見。其實他料定他們所說的每一句話都會清清楚楚地傳至靈使耳中。

忽聞一聲冷笑，旋即燈火四起。

只聽得靈使的聲音，「你們都一心想讓本使保全另一個人的性命，如此俠義，實是讓人感動。只是既然已成了階下之囚，自保尚且無力，卻還妄想講什麼俠義，真是可笑至極！」

顧浪子沉聲道：「我們之所以不肯就此斷送性命，是因爲我們仍指望有一日能揭穿不二法門的真面目！但若你想借此達到什麼目的，我們只怕會讓你失望了。」

靈使道：「那可未必。其一，本使要找的人根本不值得你們捨命保他；其二，本使手中還有一個籌碼，一個你們決不會放棄的籌碼。」

聽到此處，顧浪子心頭莫名一跳，頓時有了不祥的預兆。

但聞靈使對他身邊的人吩咐道：「將人帶進來，讓他們過過目！」

顧浪子透過鐵柵搭就的空隙向上望去，心頭有些緊張。

很快，便見有兩人架著一個人出現在靈使的身旁。那人像是被抽去了全身的骨架，身軀軟弱無力地下墜，若不是有兩人將之架住，只怕此人必然轟然倒地！他的頭髮披散下來，將其臉容遮住了。

但此人的身材輪廓顧浪子太熟悉了，他的心一下子懸起！

就在此時，架人的兩個人齊齊鬆手，任憑那人如同一隻被掏光了的布袋般無依無靠地頹然墜下。

「砰」的一聲，那人重重地撞在鐵柵欄上，竟未聞呻吟聲，也未見他有何掙扎，讓人不由懷疑他是否還活著。

被拋棄於顧浪子頭頂上方的鐵柵欄上的人，俯身向下躺著，他的臉也正好壓在鐵柵欄上，被鐵柵欄分割開來，無法看清此人的整張臉，但顧浪子仍是一眼便識出了此人！

因為此人正是他唯一的弟子晏聰！

顧浪子的心頓時驟然下沉。

晏聰果然沒能逃過靈使的毒手！

晏聰與靈使的實力相差太過懸殊，顧浪子對此早有心理準備，但當自己的預想得到了證實時，顧浪子仍是震動非小！

顧浪子脫口驚呼：「聰兒！聰兒……你怎麼樣了？」

「他還活著。」南許許在一旁道，「如果他有個三長兩短，靈使又豈能借他要脅你我？」

他三言兩語便解開了顧浪子的擔憂。終究是旁觀者清，雖然南許許不能算是旁觀者，但畢竟不如顧浪子與晏聰的關係那麼密不可分，故能比顧浪子更冷靜理智。

果如南許許所言，晏聰的身子動了動，隨後他艱難而緩慢地支起了上半身。

他的目光穿過冰冷的鐵柵欄，與顧浪子關切的目光相遇了。

晏聰的臉上頓時有了吃力而欣喜的笑意，他張了張口，似乎想說什麼，但還未等他開口，一隻大腳已重重踏下，狠狠地跺在了他的頸部，本就已筋疲力盡的晏聰如何能夠支撐？立時被跺踏得撲身倒下，那隻腳尚在用力，晏聰的臉被狠狠地擠在鐵柵之間，痛苦不堪。

「王八蛋，真是太過分！讓你小子吃點苦頭！」南許許一聲低吼，指掌間已隱有奇毒之物，只需彈指間便可讓那個在折磨著晏聰的人立時中毒！那人就站在南許許正上方一丈餘高的位置，這點距離尚難不倒南許許。

南許許即將發難的那一剎那，顧浪子已及時制止：「且慢！」

南許許一怔，懸崖勒馬，不再出手，旋即明白顧浪子是有所顧忌，怕毒物也涉及晏聰。若在平日，就算晏聰中了毒也無妨，有南許許在自可保其無恙，但今日卻另當別論。南許許所用之毒，無不是霸道至極，片刻也耽誤不得，而晏聰與他們之間隔著障礙，就算靈使願意解除阻隔，所花費的時間也足以讓晏聰毒發身亡。

南許許氣惱不過，狠狠地啐了一口。

顧浪子見晏聰正受著屈辱與折磨，心頭很不是滋味，但他還是狠下心來，「聰兒，『無言渡』之約，是否是你透露出去的？」

顧浪子對靈使能在無言渡截殺戰傳說一事一直耿耿於懷，即使是在這種情況下，他也要先追問此事。

晏聰的五官幾乎被擠壓得變形了，連開口都很是困難，但他還是竭力地吐出了一個字：

「是。」

顧浪子神色倏變！

雖然在此之前，顧浪子就一直有些擔憂，但當晏聰親口承認此事時，他卻感到無法接受。顧浪子可以接受晏聰的失敗，可以接受晏聰的平庸，卻無法接受晏聰出賣他人！

一怒之下，顧浪子甚至對南許許道：「罷了，你替我將這無用之才了結了吧，以免他在此丟人現眼！」失望之情，溢於言表。

南許許卻道：「你真是醉糊塗了，若他真的透露了『無言渡』相約一事，又豈會承認？」

顧浪子方才也是一時氣憤有失理智之言，當下默不作聲。

只聽得靈使冷笑道：「顧浪子，你躲藏了二十年，尚且躲不過本使的追查，何況一個無知小兒？要查他的行蹤，何需你的寶貝徒兒開口？是了，這小子的確向本使透露了與陳籍相見的地點，但卻是假的，他沒能騙過本使，卻為此品嘗了一回筋骨錯逆、氣血倒流之苦！」

「好！」顧浪子不怒反喜！

看晏聰的情形，無疑曾備受折磨，所以當這一點為靈使親口證實時，顧浪子並不意外。而靈使說晏聰並未出賣戰傳說，才是讓顧浪子最在意的一點。方才的氣憤與失望一掃而空，代之而生的已是對晏聰傷勢的關切。

靈使這時才道：「你們如今應知道已別無選擇了吧？在本使眼中，如晏聰這般無名小子的生或死根本微不足道，而對你們而言卻非如此。由此刻起，在半個時辰內，本使希望在你們口中聽到一個人的下落。」

「誰？」南許許問了一句。

「勾——禍！」靈使字字清晰。

南許許與顧浪子相視一眼，彼此皆有愕然之色。

南許許迅速恢復了冷靜，他淡然道：「勾禍已死，天下共知，你卻費盡周折，要找勾禍，實是可笑！」

靈使哼了一聲道：「顧浪子為梅一笑所殺，豈非也是天下共知？你們亦無權與本使討價還價，半個時辰後，本使若還未能得知勾禍的下落，那麼你們再見到這小子時，他已是一具屍體！」言罷徑直離去，早有人將晏聰架了起來，腳不沾地地被帶走了，四周的燈火也隨即消失，一切重歸黑暗。

沉默了少頃，南許許道：「他……」

只說了一字，顧浪子已伸手將他的嘴捂住，制止他繼續往下說。

南許許明白顧浪子是擔心他所說的話落入靈使耳中，當下他靈機一動，抓過顧浪子的右手，以手指在顧浪子掌心畫出一個個字：「他——怎——知——勾——禍——還——活——著？」

顧浪子也如法炮製，在南許許的手心中寫道：「不——知，該——當——如——何？」

兩人以這種方式交流著，初時他們常辨不出對方所「寫」的字，漸漸地開始習慣了，「寫」的速度也大大加快。

南許許寫道：「勾禍的確是死有餘辜，當年我之所以給了他苟且偷生的機會，一是恨不二法門反覆無常，視他人如玩偶；二是指望有一日還要借助勾禍說明當年的真相。」

兩人以獨特的方式作著無聲的交談時，時間也在悄然流逝，靈使所限的半個時辰轉眼間已過去大半。

與此同時，在顧浪子與南許許的上方，那間曾遭了一定程度破壞的木屋已完全修復，就在顧浪子、南許許遭到亂箭襲擊的那間正堂內，靈使負手而立，晏聰則埋身於一張寬大的椅子中，看樣子他的確傷得不輕。

但在他的眼神中，卻並無多少痛苦之色，相反，卻有著近乎冷酷的堅毅！

靈使以很滿意的目光望著他，就如同一個巧匠在得意地欣賞著自己最滿意的一件佳作。

半晌方道：「晏聰，你做得很好！此刻，顧浪子一定因為曾『誤會』了你而有所內疚，所以他在下意識中更急於要救你性命。相信半個時辰一到，他一定會說出勾禍的下落！」

晏聰很恭敬地道：「恭喜主人！」

靈使微微一笑道：「其實顧浪子、南許許一旦被除去，就算找不到勾禍，也根本不足為慮。因為在樂土境內，幾乎沒有人會相信勾禍所言，這也是為什麼勾禍已偷生二十年，卻從未拋頭露面的原因。」

「我更在意的是，你可以合情合理地與顧浪子、南許許在一起了，那時，我會設法讓南許許以他『萬象歸宗』的陰訣助你一臂之力，使你能鑄成真正完美的『三劫戰體』！那時，你便可以橫行天下，無人能敵！」

「但晏聰仍是主人的忠實僕從，永遠爲主人效勞！」晏聰畢恭畢敬地道。

靈使的嘴角處慢慢地浮現出一抹笑意，笑意越來越甚，直至仰天狂笑，笑聲張揚肆意，震得木屋一陣陣戰慄！

這時，外面有人稟報：「稟靈使，顧浪子、南許許欲見靈使！」

靈使哈哈一笑，「他們果然沉不住氣了，晏聰，接下來該怎麼做，你應清楚吧？」

「晏聰明白！」回答簡練。

晏聰緩緩地站起身來，他站得很是挺直！

但靈使知道他的確受了不輕的傷，面對南許許這樣的醫道高手，靈使不能不謹慎。

天機峰道宗清晏壇。

藍傾城再一次與其親傳弟子伏降一同出現在密室中。自石敢當被擒押於此的五天以來，藍傾城每天都要前來密室一次。

與前幾次不同的是，這次藍傾城、伏降出現在密室中時，還帶來了一隻朱漆木匣。

藍傾城重複著已說過不知多少遍的話：「老宗主，現在你是否願將天殘的下落告訴藍某？」

石敢當淡然掃了他一眼，並未開口。

藍傾城似乎已料到石敢當不會理會他的追問，也不氣惱，而是向伏降揮了揮手道：「將帶來的東西給老宗主過過目。」

「是！」伏降應了一聲，將那隻朱漆木匣擺放在石敢當的面前，正面朝著石敢當，隨後將木匣開啓，「請老宗主過目。」

石敢當不知藍傾城又有什麼花招，向那木匣看了一眼。

只看了一眼，他立時神色倏變，既驚且怒！凌厲目光如刀劍般逼視著藍傾城！

他在匣內所見到的赫然是數根血淋淋的拇指！

伏降心頭暗自打了個冷戰，忖道：「好不奇怪，我明知他已被制住，根本無法再對我們形成威脅，但只是與他的目光相接觸，竟也有……心懼之感！」

只聽得藍傾城道：「老宗主，昨夜道宗有人強闖清晏壇，試圖救你，被守護清晏壇的弟子阻擋，殺三人，擒六人，這六根拇指，就是來自被擒的六人。」

石敢當怒髮衝冠，目齒欲裂，霍然起身，與他的身體連繫在一起的鏈子被扯動得「嘩嘩」直響。

石敢當冷冷地逼視著藍傾城，幾乎是一字一句地道：「多行不義必自斃！殘殺道宗弟子，你已是道宗的千古罪人！」

藍傾城不屑地一笑道：「清晏壇乃道宗重地，尋常弟子未得宗主親准，決不可妄自涉足，你應知這一戒律吧？被擒殺者身為道宗弟子，明知此戒律而故犯，守壇弟子豈能坐視不理？如此手足相殘的慘劇，其實皆是因你而起，若是你不這般頑冥不化，我又何必一直將你禁押於此？」

「簧舌巧言，顛倒黑白——你成了道宗宗主，實是道宗之大不幸！逆賊，老夫勸你還是早早將我殺了，若是讓我脫身，便將是你的末日！」

「脫身？」藍傾城很是驚訝的模樣，「這副專用來對付你的鎖具，是出於天下第一巧匠『天工』之手，任憑你有天大的本事，也休想自行掙脫！」

他伸出一隻腳輕輕地踢了地上的木匣一下，接著道：「一日之後，若本宗主還不能得知想知道的東西，那麼裝在這匣子裏的將不再是六根拇指，而將是六隻手掌！」

他向前緩緩踏進一步，森然道：「兩日後，則是六顆頭顱！而且，誰也無法擔保三日之後不會再有人欲救你！」

「老宗主，你三思吧……哈哈哈……哈哈哈！」藍傾城得意地仰天長笑。

他知道石敢當可以將自己的生死置之度外，但卻絕對無法漠視道宗弟子的生死！

石敢當臉色蒼白如紙！

奇怪的是，在極度的激動之餘，他反而漸漸地冷靜下來，冷靜得出奇，他甚至重新盤腿坐下，默然無言。

藍傾城忽然有一種奇怪的感覺：他生平第一次發現，有時沉默竟也蘊涵驚心動魄的力量，它可以予他人的心神以極大的衝擊！

至少，此時的藍傾城，原本一直自認爲已牢牢控制了一切，但當他面對石敢當此刻的冷靜時，忽然又有了極不踏實之感。

坐忘城南門。

黃昏時分，南門外出現一騎馬老者，不緊不慢地向坐忘城而來，夕陽將其影子拉得極長。

在經過鐵索橋時，老者竟也不下馬，走在鐵索橋上，人也晃蕩，馬也晃蕩，連對岸的坐忘城南尉府的人也暗自爲他捏著一把冷汗，直到老者騎著馬如喝醉了酒般搖搖晃晃度過鐵索橋，到達南門前時，觀者的心這才放下。

只見這老者一身青衫已洗得泛白，眼神之間既透出迂氣又隱有傲氣，清瘦而頗見風骨。他座下的則是一匹又老又瘦的馬，毛色極雜，很難分辨出牠的主要毛色是什麼。

青衫老者入城之後，穿街過巷，竟是向乘風宮方向而去。

至乘風宮前，青衫老者翻身下馬，似欲入宮。早有乘風宮侍衛上前擋在他的身前，客氣中隱有警惕地道：「老人家請止步，再往前就是乘風宮了。」

青衫老者正色道：「老朽正是要進乘風宮。」

幾名乘風宮侍衛相互交換了眼神，其中一人問道：「不知老人家進乘風宮所爲何事？」

他們身負守衛乘風宮的重責，大大小小的風浪見識了不少，練就了一副好眼力，一般人的虛實都能被估摸得八九不離十，眼前這青衫老者決不會是武道中人，但他那從容不迫的氣度卻讓眾人又有些捉摸不透。

青衫老者道：「老朽是要見昆吾。」

「是找昆統領的？」眾乘風宮侍衛皆有些意外，因爲在坐忘城眼中，昆吾似乎天生就是乘風宮侍衛的統領，已淡忘了他是否還有親友。而事實上，昆吾也的確像是沒有任何親友，這些年來，從未見有坐忘城之外的人與昆吾聯繫。

對於自己的統領昆吾，眾乘風宮侍衛都抱有一份敬意，所以當青衫老者聲言是爲見昆吾而來時，他們更爲熱情。

但昆吾的去向卻非他們這些侍衛所能確知的，他們只知已有數日未見昆吾的身影在乘風宮——甚至坐忘城出現了。

所以，他們只能對青衫老者很客氣地道：「請老人家稍候片刻，待我等進去稟報一聲。」心頭則暗自嘀咕這老者與昆吾統領是何關係。

青衫老者很矜持地頷首示可。其中一名乘風宮侍衛於是進入乘風宮。

不過片刻，竟見他又折了回來。

眾人正驚異間，隨後又見南尉將伯頌與乘風宮貝總管並肩走來，方才明白過來，知道一定是他進入稟報時在途中遇到了貝總管二人。如今殞驚天不在坐忘城，貝總管要打理的事更多了，不知這一次他在乘風宮與伯頌相見是爲何事。

進去稟報的乘風宮侍衛見貝總管、伯頌走近了，指了指青衫老者道：「要見昆統領的就是這位老伯。」

貝總管點點頭，目光投向青衫老者，略加打量後，臉露笑容道：「不知老人家如何稱呼？實是不巧，昆統領正好不在城內，有什麼話貝某可以代爲帶給昆統領。」

以他坐忘城一人之下、萬人之上的身分，能如此禮待一落魄老者，實屬不易。

但青衫老者似乎並不領情，他道：「既然昆吾不在，你又如何轉告？他不在坐忘城，老朽去禪都尋他便是。」

青衫老者此言像是隨口道來，卻立時將貝總管、伯頌驚出一身冷汗！

兩人迅速交換了一個眼神，貝總管清咳一聲，「在下乃乘風宮總管，既然老人家已至此地，請入宮一敘，也好讓我等代昆統領略盡地主之誼。」

那青衫老者搖了搖頭，「老朽與昆吾只剩三十六日的緣分，豈敢再作無謂耽擱？」

伯頌見青衫老者言辭神秘，似在故弄玄虛，不覺有些好笑。

但貝總管竟似對青衫老者產生了濃厚的興趣，他道：「你怎知與昆統領只剩三十六日之緣？」

青衫老者先沉默了片刻，似乎不願作答，但最終他還是道：「老朽略懂相術，故作此言。譬如總管頭上『席座』部位呈紫黃色，是大吉之相，不出十日，必然有擢升之佳音。」

貝總管哈哈一笑，「貝某只知為坐忘城盡心盡力，只知為城主鞍前馬後，何來擢升一說？」

青衫老者卻殊無笑容，他正色道：「不過，老朽見總管笑時隱有冷意，嘴紋內斂，說明你為人寡情，日後難保忠義！」

此言一出，眾侍衛如聞驚天霹靂，駭然失色，一時不知所措！

伯頌也是大吃一驚！忠厚篤實的他萬萬沒有料到這青衫老者會突然話鋒疾轉，很是唐突地責難貝總管，一時大為尷尬，不知當如何圓場，心頭暗暗責備這青衫老者無中生有，忖道：「你與貝總管素不相識，豈能斷言貝總管不忠不義？實是無禮！」

貝總管先是神色一變，隨即已恢復如常，他很平靜地道：「老人家這番話是提醒貝某要嚴守『忠義』二字，貝某多謝了。」

被人當面指責寡情無義，卻仍能平靜對待而未惱羞成怒，伯頌對貝總管的這份大度寬容佩服至極。

眾乘風宮侍衛呆立當場，久久未回過神來。

青衫老者胡亂地一拱手，道了聲：「好說，好說，告辭了。」便翻身上了那匹雜色瘦馬，逕自離去。

望著青衫老者漸行漸遠的背影，貝總管像是自言自語般低聲道：「奇怪，他怎知昆統領不在坐忘城而在禪都？」

聲音雖輕，旁人卻也聽得清楚了。

伯頌道：「所幸他決不是武道中人，否則倒真讓人爲昆統領擔憂了。昆統領此行，本應是越保密越好。」

貝總管點了點頭，隨後又道：「按行程計畫，昆統領明日應已能抵達禪都了。這幾天來，由昆統領那邊以靈鴿捎來的皆是平安無事的消息，但願最後一天也能如此順利。」

伯頌感嘆道：「是啊，坐忘城不能再經歷更多的風浪了。」

說話間，青衫老者已消失於眾人的視線之外。

青衫老者由坐忘城南門進，北門出，隨後向北而行。

他所選擇的路，正是昆吾前往禪都所經之路。

夜色一點一點地加深，道路漸漸變成一條輪廓模糊的灰白色的帶子，一直向遠方延伸。

青衫老者坐在馬背上，從不催趕坐騎，任憑坐下的瘦馬不緊不慢地趕路。他微微閉著雙眼，對外界的一切都不聞不見，身子隨著瘦馬的顛簸而左搖右晃，像是隨時都有可能栽至馬下。

坐忘城已遠得無法望見了。

忽然老者身下的瘦馬放緩了步伐，直至完全停下。

青衫老者睜開雙眼，借著朦朦朧朧的月光，赫然可見前方三四丈之外立著一個黑影，無法看清其面目，只能看出這應是一個高而瘦的男子。

高瘦男子靜靜地立於道路中央，絲毫沒有給青衫老者讓路的意思。

他背上倒插著的一柄寒刃如水的刀，與他的沉默揉合在一起，形成一股強烈的危險氣息。

青衫老者似乎沒有意識到自己處境的危險，他依舊穩穩當當地坐在馬背上，沒有絲毫欲下馬的意思。他從從容容地理了理頷下的銀鬚，方道：「尊駕是爲老朽而來？」

「我是來送你一程的。」聲音低啞，而且森寒！

青衫老者竟未能由對方的語氣中聽出不友善的意味，而是道：「是貝總管讓你來送我一程的？」

那人沉默了片刻，未置可否，只是道：「禍從口出，我只是奉命行事。」一反手，「錚」的一聲輕響，寒刃在朦朧月光中一閃，刀已在手。

再糊塗的人，此時也應該能明白接下來會發生什麼。

但青衫老者竟像是根本沒有意識到死亡已迫在眉睫，他依舊穩穩地坐在馬背上，淡淡地道：「刀法起手之時略沉肘翻腕，招式未出，刀身已偏離身軀，你曾師從風雲門，用的是『行雲刀法』？」

高瘦男子一怔，半晌，方像是很不情願地道：「是又如何？」

「行雲刀法貴在飄忽多變，但以你的內力修爲，用行雲刀法，定是飄忽有餘，而根基不足，有若無根浮萍，威力如何，不言而喻。」青衫老者娓娓道來，他的語氣始終平緩如一，寧靜淡泊，讓人感到此時他並非面臨生死關頭，而是與一老友在交流切磋。

高瘦男子冷笑一聲，「你如何知道我內力修爲不足？分明是一派胡言！」口氣雖強硬，但既然發問，本身就說明青衫老者已說中了其要害之處。

青衫老者先是看出他師承風雲門，隨後又直言他「行雲刀法」的利弊之處，而至此他尙未出手，而只不過是拔刀在手，這如何不讓他心頭暗驚？頓時感到青衫老者深不可測。

青衫老者道：「風雲門開宗鼻祖谷虛懷的內力修爲本是以剛猛見長，後來，因爲機緣巧合，他從阿耳四國得到一種刀法，並加以融會貫通，這便是後來的『行雲刀法』。阿耳四國的刀法劍術皆以連綿柔韌著稱，這與谷虛懷內力修爲本是格格不入，爲了能將這套刀法的威力真正地達到巔峰，谷虛懷不惜自廢內力，重新修煉陰柔的內家真力，以求能與『行雲刀法』相匹配。谷虛懷不愧爲武學奇才，他在有生之年最終竟真的達到了這一境界！只是，對於武道中人來說，自廢內力後再重新修煉另一種與之屬性相反的內家真力實非易事，谷虛懷亦是耗盡一生心血，方做到了這常人絕對無法做到的事。但歲月無情，此時谷虛懷已是垂垂老矣！未等他將後一種內力心法傳給後人，便已辭世。如此一來，谷虛懷的傳人只得到了他所傳的『行雲刀法』，卻未能得到能與之匹配的內力心法。」

那高瘦男子先是不以為然地聽著，但聽到後來，卻是深為青衫老者的話所吸引了，幾可謂如癡如醉。

青衫老者接著道：「正因為如此，風雲門才未能在樂土成為巔峰刀道門派，因為風雲門的內力修為總難與『行雲刀法』真正匹配！谷虛懷之後的風雲門傳人當然也屢屢嘗試試圖改變這一點，但其天賦皆不如谷虛懷，又如何能再做突破？功力高者，未免能將『行雲刀法』的精髓真正發揮，功力低者則流於飄池，更是難有大成。」

高瘦男子遲疑了一下，終還是忍不住道：「照你說來，我風雲門的『行雲刀法』豈非永遠都無法發揮出十成的威力？」

青衫老者斷然否定道：「當然不是！只要能使自身的內力修為與行雲刀法相匹配，即有可能事半功倍！」

「難道這麼多年來，我風雲門的弟子竟無一人所修煉的內力是與行雲刀法相融相符的？」高瘦男子完全忘記了自己的來意。

青衫老者哈哈一笑道：「雖然自谷虛懷之後，風雲門歷代弟子不知凡幾，但你莫忘了每一代弟子都是師承於上一輩，既然上一輩的人無法真正有所突破，達到谷虛懷的境界，那麼他們豈能甘心讓自己後人的成就超越自己，甚至一舉大成，達到『行雲刀法』的巔峰之境？」

「所以每一個人向後人傳授內力心法時，雖然明知不妥，卻偏偏要將之傳下去，如此周而復始，終成積疽，風雲門也日漸式微！若指望能有所突破，風雲門的人就必須有谷虛懷當年自廢功力的勇氣，大膽摒棄昔日所習練的內功心法，另闢捷徑！」

高瘦男子沉吟道：「另闢捷徑？」似為青衫老者的言語所動。

「老朽敢斷言，二十歲那年，是你內力修為進展最快的一年，但也就在那一年，你定曾大病過一場。」

高瘦男子瞠目結舌，愕然道：「這……那又如何？」

顯然，青衫老者一語道中，高瘦男子驚愕之情可想而知。

青衫老者冷笑一聲，「若你甘心只擁有平庸的內力修為，自可苟延性命，但若是還欲更進一層，那麼不出十年，定然氣血岔逆，不進反退！」

高瘦男子已為對方的一番話而驚愕莫名，深感對方高深莫測。但慌亂之餘，他總算未忘記自己的使命，當下沉聲道：「廢話少說，你我雖無怨仇，但我是奉命行事，不能不殺你！」

話已出，卻未立即出手。

青衫老者心頭暗笑，對方的心意已爲之洞悉得一清二楚。

他淡然一笑道：「貝總管讓你前來阻殺老朽時，曾告訴你我不諳武學，是也不是？」

未等對方回答，他已接著道：「身爲乘風宮總管，若是連一個不諳武學的垂垂老朽也心存忌畏，未免太可笑！他之所以這麼做，只是想讓你試探一下我的真正實力。只是，以你今日修爲，只怕枉送性命也根本無法試探出我的修爲如何。」

他娓娓道來，從容自若，聲音平緩，在這份淡然中反而顯出無可抗衡的驚人自信與氣勢。

高瘦男子手中的刀越握越緊！他全身的每一寸肌膚也越繃越緊，就如同一張不斷拉滿的弓，但卻遲遲忍而未發。

他一向自認爲雖然不是乘風宮武功最好的侍衛，但卻絕對是乘風宮最勇敢的侍衛之一，否則爲何貝總管單單選擇了他前來？但此刻，他對這一點竟已不再有信心！往日的英勇無畏此時竟消失如雲煙。

青衫老者悲天憫人般嘆了一口氣，「行雲刀法也算是刀道奇葩，若從此日漸隕落，實是可惜，老朽就贈你數言，能否助你，就要看你造化如何了。天地之常，一陰一陽，一陰一陽之謂道，陰陽者，氣也，變也，機也，機則神，萬物負陰而抱陽，沖氣以爲和，剛柔之道，相益相洽。」

高瘦男子沉吟不語，默默地揣摩著這番話：「剛柔之道，相益相洽……萬物負陰而抱陽，沖氣以爲和……」竟深爲之所吸引，沉浸其中。愈是揣摩，愈覺餘韻無窮，玄奧至極！不知過了多久，待他回過神來時，竟已是皓月當空之時，天地間的景致更顯明晰。

青衫老者早已不知去向。

天地蒼茫而冷清，讓人有如置身夢中之感。

高瘦男子不由輕聲喟嘆。

他決不會料知事情會以這樣的方式結束，青衫老者的一番話讓他忽然對「行雲刀法」有了與以往截然不同的認知，心中大有峰迴路轉、柳暗花明的欣喜與激動。

正如青衫老者所言，風雲門一直爲莫名癥結所困擾，「行雲刀法」的威力總是無法發揮至極限，風雲門上上下下已日漸絕望，以爲風雲門的衰弱將是不可避免的事——他亦如此認爲！

但此時此刻，他卻有種夢魘已去之感，對重攀行雲刀道的更高境界有了無比的自信！

這份自信，竟是源自青衫老者，所以他已分不清自己對青衫老者的情感：是畏？是敬？抑或是感激？

無論如何，他已認定，自己奉命狙殺青衫老者，絕對是蚍蜉撼樹，自取滅亡！他深信對方的武道修爲已臻一個他無法想像的境界。

禪都終於遙遙在望。

對於殞驚天來說，禪都本應是為他所熟悉的，既身為樂土六大要塞的頭領之一，出入禪都在所難免。

但這一次，當殞驚天透過馬車車窗遙望禪都時，心中滋味卻與以往任何一次都不同，因此也感到了禪都的陌生。

禪都分為內城與外城，內城主要由紫晶宮的南廷北殿組成，氣勢磅礡，全都建築於高臺之上。整個紫晶宮的地勢整體比外城高出兩丈，大有上扼蒼穹，下壓萬民的尊崇博大的氣魄，君臨天下的氣象顯露無遺。

而外城則比內城大上數倍，除了平民聚居外，還有幾處營地駐紮，有為數眾多的禪戰士，他們是大冥王朝的基石！

落日的餘暉下，遠處的禪都整個被鍍上了一層淡淡的金黃色，顯得富麗堂皇。

只是卜城人馬過處，揚起的塵埃久久不落，使這幅景致蒙上了一層灰濛濛的色調。

這一路來平靜得出乎殞驚天的預料，如果不是在接近禪都時出現了不二法門的黑衣騎士，那麼此次行程幾乎可以用一帆風順來形容——殞驚天並不知道在他以及單問所率領的卜城四百戰士離開苦木集之後，苦木集即發生了一場血腥廝殺。

對於這出人意料的平靜，殞驚天非但沒有驚喜，反而感到有些不安。

對自己心頭的不安，殞驚天也難以理解。按理說，他的本意就是希望能在進入禪都後，爭取有「天審」的機會，從而將真相公諸於天下，能平安到達禪都是其計畫成功的第一步，他應稱幸才是。

直到當不二法門的黑衣騎士出現時，殞驚天才明白自己何以會心中不安。他是擔心一旦揭穿雙城之戰的真相，會否引來樂土更大的動亂？

殞驚天不明白既然冥皇與不二法門元尊之間有祭湖之約，何以此次會有三十餘名不二法門的黑衣騎士插足此事？這是冥皇向不二法門求助的結果，還是不二法門自作的主張？

若是後者，那此舉豈非有違「祭湖盟約」？不二法門此舉的目的又是什麼？

若在從前，殞驚天對不二法門此舉用意的猜測是決不會從壞處想的，但自從雙城之戰後，他對人心之險惡認識更多。連他一向誓死效忠的冥皇都可能一心要置他於死地，何況他人？

殞驚天輕輕喟嘆一聲，將目光由窗外收回，放下簾子。

回過頭，卻見單問正無聲地望著他。

殞驚天道：「單兄弟，到達禪都後，你便可以折返卜城了。卜城負有對抗千島盟的重責，望單兄弟勉力為之。」

單問一怔，愕然道：「就在片刻之前，你還說要與我一道在禪都相呼相應，揭開雙城之戰的真相！我相信你所說的皆屬實，所謂的你背逆大冥王朝一說，只是誣陷之語！」

這一路來，單問與殞驚天皆是同乘一輛馬車，兩人幾乎到了無話不談的份上。在交談中，單問越來越感到殞驚天與自己的城主落木四一樣，都是磊磊落落、頂天立地的漢子。

城主落木四已遭了毒手，單問不願殞驚天也步落木四的後塵。單問十分尊重落木四，他為落木四被害而自己卻未能加以阻止，且至今尚未能查出真凶感到甚是自責、遺憾。

而單問這份自責、遺憾，不知不覺中已轉變為一種信念，那就是全力幫助殞驚天的信念！從某種意義上說，他已將殞驚天視作另一個落木四。

殞驚天一直信念堅定，欲借天審之機還他自己以清白，這自然需要他人相助，其中來自卜城的相助是至關重要的，因為雙城之戰對陣的卜城與坐忘城，如果連卜城都有人支持殞驚天，其作用不言而喻，而單問也有了這種打算。

所以當殞驚天忽然改變主意時，單問感到很是吃驚。

殞驚天笑了笑道：「單兄弟的心意殞某心領了，只是，殞某一人的清白，與整個樂土的安寧相比，又何足道哉？」

單問微微動容，欲言又止。

就在這時，忽聞前方傳來整齊劃一的馬蹄聲，因為節奏整齊，以至於卜城四百餘人的車馬腳步聲都未能將其掩蓋，僅憑這馬蹄聲，就隱隱透出了一種氣勢。

隨後，殞驚天所在的馬車微微一震晃，竟放慢了速度，直至停下。

「稟單尉，前方出現百餘名禪戰士擋住去路！」單問與殞驚天相視一眼，皆看出對方心緒複

雜。

單問對車外的人吩咐道：「停止前進，靜觀其變！」

「是！」外面的人領命而去。

他剛離去，單問便聽得有人振聲高呼：「本禪將奉命押送逆賊殞驚天前去『黑獄』！卜城統領者何人？速將逆賊交付與本禪將，即刻返回卜城！」

單問皺了皺眉，心道：「居然不讓我等有進入禪都的機會，看來冥皇對卜城人也起了戒心！」隨即又忖道，「左知己乃冥皇親信，他定早已把一切告之冥皇，冥皇對我起戒心自是情理中事。」

禪將地位不低，乃禪都數萬禪戰士的將領，禪都共有四員禪將，這是在禪都南郊外，來者應是鎮守禪都南向的禪將離天闕。

單問不能不下車應話。

正如單問所料，來者乃禪都四大禪將中的南禪將離天闕。

離天闕年約四旬，滿臉風霜，讓人感到他必經歷了無數的磨難。雙目藏神，卻幾乎不帶任何感情。他的身材並不十分高大，卻極爲勻稱，予人以精力無窮之感。背插雙矛，矛身幽黑發亮，氣勢不凡。

此時，離天闕端坐於一鐵青色的高頭大馬上，在他的身後，百餘名禪戰士呈人雁隊形分列開來，個個裝備精良。

單問視線的餘光四向一掃，但見這兩日來一直如影子般不離卜城人馬左右的不二法門黑衣騎士已集合成一個小小的方陣，遠遠地陳列於西北角，看樣子，殞驚天若沒有被押送進禪都，這三十六名黑衣騎士是不會離去的。

單問的目光重新落在離天闕身上。

兩人之間，雖有十餘丈的距離以及一眾卜城戰士的間隔，但雙方的目光卻迅速在虛空接實、碰撞。

離天闕的目光中不帶有絲毫的情感，仿若在他眼中，單問並不存在，或者離天闕所看到的並不是一個活生生的人，而是一件沒有生命、沒有思想的東西，這讓單問心頭不由泛起不適之感。

定了定神，他大步向離天闕迎去，卜城戰士主動為他閃開了一條道。

見單問下車向自己走來，離天闕卻依舊穩坐馬背。論權位，離天闕的地位應比殞驚天、落木四略低一些，比單問略高一些，雖然只是略高少許，但因為禪戰士是大冥王朝的基石，離天闕身為統領萬餘禪戰士的禪將，自是比單問風光得多。

單問對離天闕早已有所瞭解，而離天闕對單問恐怕是一無所知。

單問一向喜著輕裝，今日也不例外，加上他形貌文弱，看上去予人以謙謙君子之感。這與離天闕拒人於千里之外的冷漠正好形成了鮮明的對比。

單問越走越近，離天闕卻既無笑容，亦未招呼，更勿論下馬相迎。眾卜城戰士看在眼裏，心頭大為不平，有幾人憤憤之色已溢於言表。

但單問對部屬一向約束嚴謹，若無他的允許，即使有天大的不平，眾人也只能將之強壓心頭。

而眾禪戰士自恃身在禪都，為大冥王朝之精銳，對王朝其餘兵馬多少都有些輕視。既有禪將離天闕在前，他們亦是一臉倨傲地端坐鞍上。

單問雖然心中不平，但他知道禪都「黑獄」也是由禪戰士看守，如果今日與離天闕弄僵，那麼殞驚天被禁押在「黑獄」之後，恐怕會由此而受牽累，備受欺凌，故他只是強作笑容，假作對離天闕的冷漠無禮視而不見，很恭敬地向離天闕施了一禮，朗聲道：「卜城單問受我城主之託，已將殞驚天帶至此地，此後的事宜，還要有勞離禪將了。」

他所說的「城主」已不再是落木四，而是新登卜城城主寶座不久的左知己。讓左知己替代落木四是冥皇的旨意，而左知己已是冥皇的親信之臣，單問這麼說，自是為了緩和離天闕敵對的態度。

但單問實是不願稱殞驚天為「逆賊」，同時他亦知不宜稱其為「城主」，故取了折中之選。

離天闕微微點頭，沒有還禮，而是直接道：「將囚押殞驚天的囚車留下，你們可以立即退出十里之外，明日起程返回卜城。」

單問心道：「這一招釜底抽薪頗為毒辣，一旦所有可能會助殞驚天一臂之力的力量都被拒之於禪都之外，獨留殞驚天一人被帶入宮中，那豈非就唯有聽任宰割的份了？」

單問委實不甘，但若衝撞了離天闕，則更為不妙，當下單問只有陪著笑臉道：「離禪將，我手下的弟兄奔波數日，十分勞頓，欲在禪都歇息一陣子，補充一些糧草，望離禪將能體恤我這些手下兄弟。」話已說得甚是低聲下氣。

離天闕淡漠地道：「此乃冥皇之令，你不必再多言，逆賊殞驚天何在?!」

單問頓知無望，要想入禪都，還得另覓他途，而且決不可能領著這幾百人進入禪都了。雖不情願，但他還是不得不為離天闕指引殞驚天所在。

離天闕輕輕地哼了一聲，略略打了個手勢，他身後禪戰士心領神會，立即有十二名禪戰士策馬衝出，向殞驚天所在的馬車衝去。

急促的馬蹄聲如同敲打在單問的心坎上，隱隱作痛，心頭暗自長嘆。

禪都南郊外的一高處，戰傳說、爻意、小夭三人默默地遙望殞驚天被押入禪都的全過程。出乎戰傳說意料的是，自始至終小夭都未出一言，只是無聲地望著，這反而讓戰傳說有些擔心。

這時，爻意道：「卜城的人馬沒有進禪都，而是沿原路返回了。」

戰傳說一看，果然如此，而不二法門黑衣騎士則已由南向北繞過禪都疾馳而去。

沉吟片刻，戰傳說道：「我們不妨設法向卜城的人打聽殞城主的情況。」

對於卜城人願否如實相告，戰傳說心中沒底。

他們三人迎著卜城的隊伍立於道上，待卜城人馬走近了，戰傳說向行走於隊伍最前面的幾名卜城戰士大聲招呼道：「在下欲見你們的頭領，不知諸位大哥願否為我引見？」

戰傳說對自己這一方式並不抱太大的希望，沒想到他招呼的幾名卜城戰士中，有人在戰傳說與千島盟大盟司一戰時見過他，一眼便識出了戰傳說，既驚且喜地大叫了一聲：「是救過單尉的少俠！」

此人如此一呼喊，又有幾人識出了戰傳說，當下全都停住了，若不是單問約束嚴明，只怕有熱心的卜城戰士就要上前寒暄了。

戰傳說見此情景，心頭一寬，對身側的爻意、小夭低聲道：「看來事情應該很順利了。」

小夭道：「想不到戰大哥無論是在坐忘城，還是在卜城，都如此受歡迎。」

她的言行舉止與平日沒什麼不同，並沒有因為石岩避雨發生的一幕而對戰傳說有所回避，依舊落落大方，毫不避嫌，像是根本不曾發生過什麼，倒是戰傳說多少有些不自在。

戰傳說聽不出她的話是否有調侃的意味，笑了笑，「都是機緣巧合罷了。」

早有卜城戰士飛速將遇見戰傳說的事報與單問，單問正自苦悶，聽得此訊，大有眼前一亮的感覺，立即一把掀起車簾，下得馬車，逕自向戰傳說這邊大步流星地趕來。

眾卜城戰士先前見單問還鬱鬱不樂，此時卻腳步輕快了不少，都猜知這是因為戰傳說的緣故。

戰傳說見來者是單問，也是心頭暗喜，卜城中與他最熟悉的就是落木四與單問二人了，他對單問有救命之恩，而且看得出單問也是個正直之士，自己找他探聽殞驚天的情況，最合適不過了。

戰傳說遙遙施禮道：「單尉，沒想到你我會在此碰面！」

自落木四被殺害而左知己成了卜城城主之後，單問忽然間大有孤軍奮戰的感覺，甚是迷茫，這卜城公認的鐵腕人物平生第一次感到茫然——若到卜城，左知己明知單問是忠於落木四的，以左知己的性情，恐怕少不了與單問的明爭暗鬥，直至左知己覺得單問不再能對他構成威脅為止；欲在禪都作逗留卻為冥皇所排斥。

最孤立無援的時候，戰傳說的出現可謂十分及時，雖然單問心目中視戰傳說為坐忘城的人，但至少在援助殞驚天這一點上，兩人有共同的立場。

單問搶上前幾步，雙手用力抓住戰傳說的雙臂，面帶笑容地激動道：「你是為殞城主而來的嗎？」

只此一句話，小夭心頭暗藏的顧忌就立時煙消雲散了。在此之前，她很難相信曾以重兵圍困坐忘城的卜城人會真心相助坐忘城——也許，這就是女人的天性，愛即愛，恨即恨，很難調和二者。

但這一次，單問向戰傳說問那句話時眼中的期待與興奮，還是改變了小夭原有的想法。她暗忖道：「究竟是什麼原因讓這個顯得有些文弱的卜城人如此關切我爹？」

戰傳說對單問也毫不回避，他點了點頭道：「正是。」轉而將身邊的爻意、小夭介紹給了單問。

小夭因曾假扮成車夫牛二，一身既破爛又滑稽的衣衫掩蓋了她的部分麗質倒也罷了，爻意的風華絕代而著實讓單問驚為天人，暗忖：戰傳說年紀輕輕就能力敵大盟司，環視樂土能出其右的年輕人恐怕難尋，又仗義熱腸，這樣的少年俊傑，也只有眼前這位女子方能匹配了。

至於小夭，則讓單問感到大惑不解，不知她何以要作如此古怪裝束。與殞驚天共處幾日，他對殞驚天的性情多少有些瞭解，也從殞驚天口中聽說他有一女兒，但他萬萬沒有料到殞驚天的女兒會以這副模樣出現在他面前，這與殞驚天的性情習慣委實相去太遠。

雖然心頭詫異，但單問決不會顯露出來，面對眼前三個年輕人，他覺得有必要消除他們過度的擔憂，於是對小夭道：「殞姑娘請放心，這一路上我卜城已盡可能照應殞城主，眼下殞城主已入禪都，短時間內是不會有危險的。」

他只說是卜城盡力照應著殞驚天，而不說是自己所為，這讓戰傳說更添對單問的好感。

戰傳說問了一句小夭想問的話：「單尉如何知道殞城主短時間內不會有危險？」

單問的答覆十分簡單：「因爲不二法門。」

但對戰傳說來說，這樣的回答已足夠，因爲在此之前他就已有想法，聽單問這麼回答，他知道自己與單問的想法已不謀而合。

戰傳說道：「看來，單尉的想法與在下相同。」

單問面有喜色道：「如此一來，這種看法應有七八成把握了！」

其實在這件事上，戰傳說比單問想得更遠。但他感到此時還不便將自己的更多顧慮告訴單問，於是轉了話題，向單問詢問前來禪都途中殞驚天的情形如何，單問如實告之。

戰傳說想起了另一件事，壓低聲音道：「單尉，關於落城主被害一事，在下已查知一些線索。」

單問身軀劇震，一時說不出話來。

能讓卜城上下敬服的單問如此震動的事實是少之又少，對單問而言，落木四既是其城主，亦是兄長、朋友……他對落木四的敬重超越他人想像，在他心目中，再也沒有比追查殺害落木四真凶更重要的事！只是苦於沒有絲毫線索，才不得不暫且按捺下心頭的憤怒、焦慮。

戰傳說的話則一下子將他對兇手之恨重新挑起，過度的激動反倒讓他一時無法開口。

戰傳說輕嘆一聲，「此事竟牽涉劫域，恐怕誰也不會料到。」

「劫域?!」單問大吃一驚，脫口打斷了戰傳說所說的話。同時，他的腦海中迅速閃過戰傳說在卜城大營中曾對他及落木四所說的一番話，當時戰傳說聲稱冥皇之所以讓卜城長途奔波進入坐忘城，其根源是因爲他殺了劫域哀將。

當時，無論是單問，還是落木四，對戰傳說這一說法都是持懷疑態度，畢竟他們皆是以效忠冥皇爲自身使命的人，如何能接受這一近乎荒誕的說法？沒想到事隔不久，連城主落木四的被殺也與劫域有了牽連，這如何不讓單問驚愕欲絕？

戰傳說點了點頭，鄭重其事地道：「正是！」

單問用力地雙手互搓，沉吟片刻，「此地是在禪都郊外，冥皇對我們卜城人似乎也不信任了，如我等在此逗留過久，有人將此事稟報冥皇，恐怕於我等不利，不如邊走邊談，如何？」

戰傳說道：「也好。」

當下，單問立即讓人牽來兩匹馬，又將自己所乘的馬車讓與爻意、小夭。他與戰傳說則騎馬並行，並有意落在了隊伍的最後。

戰傳說這才將在苦木集發生的事向單問敘說了一遍。

第五章　雙相八司

當戰傳說說到劫域恨將親口承認重山河、落木四都是爲他所殺時，單問恨得咬牙切齒，目光死死盯著前方某處，眼中有駭人殺機！

而當戰傳說說到他親手斃殺了恨將時，單問眼中先是閃過萬分驚喜之色，擊掌叫了一聲：「好！」但這份激動只是維持了很短的時間，旋即眉頭微微皺起，眼中閃過疑惑之色。

戰傳說聲音低緩地道：「單尉，你是否覺得有些奇怪，爲什麼恨將殺害落城主之後可以在卜城千軍萬馬中從容進退，但與在下決戰時反而敗亡？」

單問看了戰傳說一眼，略作沉默，「我的確對此有所懷疑，不過我所以懷疑，不是你的武道修爲能擊敗恨將。既然你能使千島盟大盟司受傷，那麼挫敗恨將也就並非不可能。我所想的是，落城主的修爲縱然與戰公子相比有所不及，但卻也絕對不低，而且城主的對敵經驗豐富，更是常人所無法企及，但爲何在卜城的大營中，有千軍萬馬守護，結果非但城主遭受不幸，兇手從容脫身，而且連兇手的真面目也未看清。」

說這番話時，他想到了更多值得懷疑的細節，其神情也因此而顯得更為痛苦、憤怒：「還有，從城主被殺地點武備營傳來混亂聲，到有人向我稟報城主遭遇不幸的消息，中間間隔的時間極為短暫，這也不符情理。」

單問的話語中充滿了自責之情，似乎是在為自己的疏忽大意而自責。

單問平定了一下自己的情緒，最後道：「我所懷疑的是，會不會在卜城內有人出賣了城主！」

這正是戰傳說已有的猜測，與單問一樣，他也是由恨將的武道修為作出這一判斷的。恨將的修為的確在落木四之上，但卻不可能在殺害落木四的同時走得那麼從容！

戰傳說道：「單尉的懷疑不無道理。」

單問道：「戰公子也是如此想法？」

戰傳說道：「我不僅有這一推測，而且，我手中還有一物，可以證明你我的推測不是無中生有，空穴來風。」

單問目光倏閃，不由自主地勒止了坐騎。

戰傳說便也帶住了馬韁，取出在盒中發現的寫有血字的黃綢，將其遞與單問，「你看了便知！」

血字凝結，透過背面就可以看出，單問的神情頓時有些緊張了。這個在卜城叱吒風雲、見慣了風雲變幻的鐵腕人物在面對與落木四之死有關的秘密時，仍是無法保持平日的鎮定自若了。

戰傳說甚至發現他的手在接過黃綢時，微微有些顫抖。

也許是過於緊張，以至於單問目光匆匆掃過黃綢上所寫的血字時，竟未在他腦海中留下任何印象，近在咫尺的血字也視若未睹，他不得不平定心緒，重新將那行血字看罷。

目光掃過，單問神色倏變，脫口驚呼：「怎會如此？怎會如此?!」驚愕之情溢於言表。

戰傳說忍不住道：「莫非這司空南山一向對落城主十分忠誠？」

單問長嘆了一口氣，方道：「的確如此，為此，城主還將一柄刀贈與他，以嘉獎其忠心。」

戰傳說心道：「如此說來，是有人有意要以此血字誣陷這名為司空南山的人了。當然，還有另一種可能，那就是司空南山往日的忠勇只是一種假象。」

單問猜知了他的心思，「你是否覺得也許司空南山往日的忠勇只是假象？」

戰傳說一怔，他不能不點頭，心頭暗暗佩服單問的洞察力。

單問苦笑一聲，「你有這種念頭並不奇怪，但事情真正蹊蹺不可捉摸的還不在於這一點。」

戰傳說很是意外地道：「難道還有其他疑點？」

單問很肯定地點了點頭，鄭重地道：「這血字的字跡我十分熟悉，它肯定是出自司空南山之手！」

乍聞「司空南山」四字，戰傳說心頭之吃驚實是非同小可！但看單問的神情，卻是那麼的肯定，決不像是在對戰傳說說謊，事實上，他也沒有對戰傳說說謊的必要！戰傳說有些糊塗了。

如果司空南山是與劫域相勾結殺害落木四的兇手，那麼他又何必寫下這些血字？那豈非等於引火焚身，自我暴露？如果司空南山與此事無關，那麼他就更沒有理由要這麼做了。

沉吟之中，戰傳說忽地心頭一亮，望著單問道：「會不會有這種可能：司空南山並非殺落城主的兇手，但卻是此事的知情者，因爲某種緣故，他無法向外人透露這一點，但他又希望落城主被殺的真相被揭穿，所以他想出了此策。一旦血字落到如單尉這樣欲爲落城主報仇的人手中，自會有人接近司空南山以查明真相是否真如血字上所寫！這樣一來，司空南山的目的亦達到了。而這黃綢若是落在劫域人手中，因爲是聲稱司空南山爲兇手，劫域中人以及或許存在的與劫域勾結者斷然不會想到這是司空南山自己留下的，司空南山就不會有危險，甚至兇手還暗自慶幸找到了司空南山這一替死鬼。司空南山這一手的確十分高明。」

戰傳說的推測有理有據，合情合理，但單問仍隱隱覺得有漏洞存在，但一時又想之不出，於是索性不再細思，轉而道：「既然已有了這一線索，那單某便需立即趕回卜城了——殞城主的事，還要戰公子多加留意。」

戰傳說已看出落木四在單問心中的分量，在這種情況下，無論誰也無法改變單問立即折返卜城，由司空南山處著手查明真相的決心。

當下他點頭道：「你放心，我一定全力以赴，也多謝單尉一路上對殞城主的照顧。實不相瞞，除我與小夭、爻意二位姑娘之外，坐忘城另有一路人馬也與我們三人一同趕赴禪都，準備伺機助殞城主洗脫罪名，逃避加害的。」

單問不無感慨地道：「殞城主胸襟寬廣，沒想到其愛女也是如此。」

戰傳說知道他所指的是就在不久前雙城還面臨生死之戰，劍拔弩張，如今小夭竟也能解除芥蒂，而不是與卜城人怒目相向。

單問接著道：「戰公子，你可知我爲何斷言短時間內殞城主不會有性命之憂？」

未等戰傳說回答，他已自續道：「不二法門派出三十六名黑衣騎士，雖然看似未做任何有實質意義的事，實際上卻等於從此將冥皇推至一個騎虎難下的境地，冥皇再也不能不聲不響地將殞驚天一殺了之！而要定殞城主之罪，殞城主恰好可以提出『天審』的請求，冥皇一旦應允，就非一日兩日所能了結的，時間拖得越長，對殞城主越有利。」

單問的這一番話，自是出自真心。

戰傳說心頭暗忖：「時間拖得越長，恐怕是對不二法門越有利！」

但此言他暫時還不願對單問說，其中曲折也非一言兩語所能說清的。

他只是道：「但願如此吧。」

單問聽出戰傳說說這話時有些勉強，甚是意外，一時倒猜不透戰傳說的心思了。何況，他也無暇細加揣度，此刻，他恨不能插生雙翅，立時飛回卜城，由司空南山著手，將城主落木四被殺害的真相查個水落石出。

戰傳說理解單問的心情，於是他道：「我們就此別過吧，無論落城主是否是劫域人親手殺害，至少與劫域有著莫大的關係。劫域中人手段狠辣，你要多加小心。」

單問道：「多謝關照，戰公子也要多加小心，但願他日相見之時，單某已手刃了殺害落城主之真凶，而戰公子已與殞城主一道平安返回坐忘城。」

戰傳說哈哈一笑，「託單尉吉言！」

臨分別時，單問送給三人一匹馬代步，方依依惜別。

不過片刻間，卜城的人馬已走出老遠，單問回首來望，依舊可見戰傳說三人在目送著他們。單問不由心頭一熱，暗忖道：「戰傳說如此年紀，卻先後得罪了冥皇、千島盟，如今竟更加上了劫域！往後不知他將會承受多少劫難！」

將單問的人馬目送出視線所能及的最大範圍，戰傳說才收回目光，對小夭、爻意道：「踏入禪都，便是身不由己了，以後的事就要看造化如何！」

他本想儘量將語氣放得輕鬆些，但如今他們的處境不言自明，所以他的話聽來無論如何都有些悲壯的意味。

爻意的神情卻是十分平靜，她淡淡地笑道：「眼下最關鍵的恐怕不是進入禪都後當如何如何，而是能否進入禪都。」

戰傳說猛地醒悟過來，「不錯，早在坐忘城的時候，冥皇就已暗派人手四下查尋我的下落，今日我卻主動送上門來了！禪都處處都是冥皇的親信心腹，只怕我一踏入禪都，一舉一動都在他們嚴密的監視之下了。」

小夭道：「若是南……南前輩在就好了，以他的易容術，定可暢通無阻。」

以她的性情，本會直呼南許許之名，在坐忘城中她是大大咧咧慣了的，誰不知「美女大龍頭」的豪氣不讓鬚眉？但這一次話到嘴邊，還是臨時改了口。

戰傳說與單問一樣，相信暫時殞驚天不會有危險，既然如此，他們也不必著急進入禪都，欲速則不達，於是他道：「不若我們暫時先在郊外尋一歇息之地，今夜且由我先獨自一人潛入禪都探聽一番，看看情形如何，有無可乘之機再作計議，如何？」

其實戰傳說自身就身懷不俗的易容之術，因自幼戰傳說劍道悟力一直不如其父戰曲之意，無奈之下，戰曲唯有多向戰傳說傳授諸如易容、醫術、星象之類的學問。因涉及領域過多，戰傳說並未能成為其間頂尖高手，但應付一般場合還是綽綽有餘的。戰傳說之所以未向小夭、爻意二人透露這一點，是因為他的確不想讓爻意、小夭輕易進入禪都，一旦進入禪都，恐怕將步步凶險。

爻意道：「我已留意過，自禪都十里之內，未見有任何民舍村落，顯然這是為了便於守護禪都而有意爲之的。無民舍村落，則進攻禪都者就會早早暴露行蹤，同時也少了可以借作依憑之物。就算我們願找一歇息之地，只怕也頗爲不易！」

戰傳說回憶了片刻，記起沿途的確是如爻意所說的情形，不由很是佩服爻意的心細。

事情又有了棘手之處，戰傳說一時躊躇難決。

正當此時，忽聞馬嘶人歡，一馬隊逶迤而來，無論是騎士衣衫，還是馬車的修飾，皆甚是明豔，使古老的馳道平添了一份喜氣與熱鬧。

戰傳說三人的心情一直頗有些沉重，這時心頭之沉重竟被沖淡了不少，三人驚訝地望著這隊來歷不明的人馬。

小夭如秋水般的美眸一輪，面有得色，她低聲道：「有了。」

戰傳說、爻意的目光都投向她。

小夭背負起雙手，挺起酥胸，道：「本小姐已有一計，定可讓我們三人平安無事地進入禪都！」

戰傳說忙道：「快說。」

小夭不知想到了什麼有趣的事，還未開口自己便先「撲哧」一聲笑了，隨即強忍住笑，正色道：「戰大哥，你背過身去，不許回頭。」

戰傳說一怔，小夭已連聲催促，他只好依言轉身背向小夭、爻意二人。

只聽得身後先是「刺刺啦啦」幾聲，隨後又聽得一陣「索索」響聲，戰傳說越發好奇，好不容易等到小夭說了聲：「可以了。」立即轉過身來，一看，頓時啞然失笑！

只見小夭的兩隻衣袖已被撕下了半截，露出了光潔晶瑩的玉臂，本是做車夫裝束的她，立時平添了幾分女人的韻味。而最讓戰傳說忍受不禁的是小夭的腹部竟高高隆起，狀如身懷六甲之婦人，再看她腳下還散著一些草葉，戰傳說猜測她定是用兩隻衣衫捲裹著草葉放入衣衫內了。

戰傳說強忍住笑，「妳這是何意？」

小夭道：「從此刻起，我便是你的女人了。待那馬隊過來，你就說我不小心動了胎氣，請他們借一輛馬車，這樣我們三人便可以混在馬隊中進入禪都了。」

戰傳說哈哈大笑，指著小夭道：「妳是我的女人？哈哈哈……我的女人竟穿這種奇裝異服。」

他自十四歲後整整四年時光是在無知無覺中度過，這使他偶爾會流露出少年人才有的性情。

小夭的臉色忽然變得有些蒼白，她冷冷地道：「我自知是不配做戰大哥的女人的，不過戰大哥大可放心，這只是權宜之策，往後我小夭自不會借此賴著你的。」

說著說著，她眼圈一紅，竟有淚水奪眶而出。

戰傳說頓時呆住了，一時不知所措，無辜地望著爻意。

好在小夭很快便又恢復了過來，她道：「我這模樣與戰大哥的確不匹配，所以還需將你也作些改變。」

沒等戰傳說回過神來，小夭已將一把髒兮兮的泥巴順手抹在他的衣衫上，隨後又將他的頭髮弄亂了，再把他的臉也抹得灰撲撲的這才罷手。

戰傳說心頭大叫：「妳這莫不是在報復我？」

這一番「改動」，的確讓戰傳說與小夭「般配」了不少，而這時那馬隊也近了。

小夭對戰傳說道：「戰大哥，你將我攙扶過去，爻意姐姐，妳就說是我遠房表姐，與我們兩口子結伴而行的。」

爻意莞爾一笑，點了點頭。

戰傳說只好上前抓住小夭的一手讓它搭在自己的肩上，自己則將手環在小夭的腰上，攙扶著小夭。

小夭竟像真的動了胎氣無力支撐身子般軟軟地依著他，戰傳說偷眼一瞥，卻見小夭的臉上洋溢著幸福的光暈，卻又猶帶淚痕，戰傳說心頭一動，不由記起在山岩下那個火熱的吻，他忽然覺得小夭越來越難懂，有時豪爽直接得讓人一眼可以將她的心思看穿，有時卻如秋天的雲般不可捉摸。

馬隊越來越近，小夭也被戰傳說攙扶到了馳道旁，爲了假戲真演，她開始低聲呻吟。當馬隊越來越近，與他們已近在咫尺時，她暗中用手捅了戰傳說一下，示意他開口，而她自己則因爲

「疼痛」而弓身垂首，呻吟不絕。

卻聽戰傳說以極爲吃驚的語氣驚道：「是物先生?!」

小夭聽戰傳說稱呼「物先生」，暗吃一驚，一邊想既然他與馬隊中的人相識，那麼這場戲自是再也無法演下去了，一邊又暗忖這「物先生」的稱呼好不熟悉，應是何時聽過。

戰傳說心道：「這位物先生怎會在這兒出現？」

對與小夭假做夫妻一事，戰傳說因本以爲將面對的是陌生人，倒沒什麼，不料卻撞見了劍帛人物語，頓讓他大覺難堪，雖然物語也未必知道他與小夭這一對是真是假。

回避自是來不及了，戰傳說暗自叫苦的同時，不得不主動向劍帛人物語招呼，心道：「不知他這一次又在做什麼買賣？」

物語騎著一匹很溫柔的壯馬，似乎並未對戰傳說多加注意。戰傳說的一聲招呼讓他吃了一驚，趕緊挽住坐騎，翻身下馬，同時又向後面吆喝了幾聲，所用的言語戰傳說三人是一個字也聽不懂，只覺每個字都吐得極快，一發即止，大概這就是劍帛語了。

戰傳說不由又留意多看了幾眼馬隊其他人，發現有不少人都如物語一樣膚色格外白皙。看來，先前兩次戰傳說遇見物語時都只有物語一個劍帛人，而這次卻是有所不同了。

物語一番吆喝之後，整個馬隊緩緩停下了。

戰傳說略略一看，發現這支馬隊恐怕足足有三百餘眾，大多數人是騎馬而行，另有五輛馬車夾雜其間，而中間的那輛漆成金銀兩色的馬車顯得格外氣派華貴，在這樣馬車的前後左右各有四名年輕男子，個個體形健碩，目光凌厲，雖看不出他們身上攜藏兵刃，但卻依舊可以感受到一股如臨大敵的肅殺氣息，一望可知在這金銀兩色相間的奇異馬車內，必有大比尋常的來歷。

若不是馬隊中有不少劍帛人，戰傳說只怕會認定自己無意撞上了禪都中極有身分者的隊伍，恐有自投羅網之嫌。

物語這才上上下下地打量著戰傳說，流露出疑惑之色，但他的話仍透著客氣：「這位公子識得物某？」

戰傳說一怔，猛地想起自己經過小夭一番「整改」，恐怕近乎面目全非了，自己與物語只是偶遇兩次，所以物語一時未能認出。

想到此處，他忙道：「在下姓陳，與物先生曾有兩面之緣——物先生可還記得，你曾說過要在坐忘城外建一茶寮？」

「茶寮？」物語有些疑惑地重複著這兩個字，沉吟片刻，忽然哈哈一笑，「誤會，誤會！」

小夭這時早已偷偷地看清了物語及他身後的人馬，所幸她還沒有忘記呻吟。聽對方連說誤會，她不由在心頭暗罵：「劍帛人果然精怪，定是看出我們要向他求助，想假稱是戰大哥認錯了人。」

小夭不幸而言中，物語接著道：「公子是認錯人了。」

「怎麼可能？」戰傳說脫口道。

此時光線明亮，距離又近，眼前這劍帛人分明就是物語。

戰傳說不由有了與小夭類似的猜測，他年輕氣盛，就算知道對方在回避，反而緊追不捨：「在下決不會認錯！」

物語笑著搖了搖頭道：「的確是誤會，陳公子所見到的其實是我的同胞兄長，在下物行，與他是雙生兄弟，自幼以來便容貌一般無二，難怪陳公子會認錯人。」

戰傳說大感意外！

這時，爻意開口道：「物先生腿腳有傷，還是請上馬吧，以免不利於傷口癒合。」

那自稱「物行」的男子目光倏然一閃，有如流星乍現，一閃即逝，卻讓戰傳說心頭一震，立時斷定眼前此人的確不是物語！其眼神足以顯示出他是個果決而且充滿了智慧與毅力的人，並且有著物語所絕對沒有的逼人氣勢，儘管這種氣勢在他身上隱藏得很深很深。

物行的目光側向了爻意那邊──戰傳說忽然意識到方才物行並未對爻意多看。能在爻意絕世容顏前保持這份平靜的人絕對極少──物行又恢復了他的和氣，他笑著對爻意道：「小姐好厲害的眼光，一眼看出物某腿腳有疾。不過，這已不是新傷，而是自幼便落下的，如此一來，分辨不出我與我兄長者，倒可以借這一點加以分辨了。多謝小姐關照。」

爻意恬淡一笑，未說什麼。

物行話鋒一轉，「既然三位是我兄長的朋友，也就是我的朋友，若有什麼可以為三位效勞之處，請儘管開口。實不相瞞，物某與兄長也有許久未見，今日能自三位口中聽到有關他的消息，實是萬分高興。」

他的爽快倒讓戰傳說與小夭有些不自在，但若說出真相反而更讓彼此難堪，戰傳說只有硬著頭皮依照小夭的計謀編造謊言：「我……咳咳……內人在途中不慎動了胎氣，不便騎馬，想請物先生幫忙捎上一程。」

說完這幾句話，戰傳說已是額頭見汗，不知情者恐怕會誤以為他是在為自己「嬌妻」擔憂。

物行大為為難，他遲疑了一下，「不如物某留下幾個人，由他們負責在此為你們攔其他的馬車，無論花費多少，皆算在物某身上，如何？這幾輛馬車……實在無法騰出，還望見諒，實在對不住。」

他又是作揖又是陪著笑臉，倒好像他真有對不起戰傳說的地方。這份殷切，戰傳說如何招架得住？以至於對自己欺瞞了對方很是內疚。

他本想借車隊混入禪都，既然不能如願，自是不必讓物行留下人手幫忙。

戰傳說正斟酌著字句時，忽聞一柔和動聽的女子的聲音傳至耳中：「物行，你幫這位公子騰出一輛馬車吧。」

其聲雖不如爻意天籟之音般悅耳，卻更為親切，讓人一聽如沐春風，忍不住就對其產生信任感，而且她的語調平淡中透著熱情，明明是予戰傳說三人以恩惠，卻不會讓人感到有絲毫壓力，顯得那麼自然。

爻意一直是那麼的恬淡與超然，仿若這世間的一切都不會真正地進入她的心頭，但這一刻，她卻有所觸動了。

這種觸動，是絕世佳人對另一個與自己一樣風華絕代者的奇妙感應，正如兩個傲視眾生的絕世高人，只需相視一眼，便自有彼此相應之感。

聲音是自那輛最華貴的馬車車廂內傳出的，這使戰傳說等人不由對其充滿了極大的好奇心。

物行左手五指併攏，撫於自己額頭，雙目微合，面向那輛華貴的馬車垂首致禮，神情極為恭敬。

若戰傳說等人見多識廣，就可以知道這是劍帛人對最尊貴者所行的「晤禮」。

不過，即使不知這一點，戰傳說也知方才發話的女子地位超然，這由物行的恭敬神情即可看出，所以小夭的計謀已成功了大半。

物行的車隊一路暢通無阻。

當戰傳說三人透過車窗向外望去時，方知禪都比他們想像的更為繁華。

如果僅僅如此，還不至於讓三人吃驚。

更讓戰傳說三人吃驚的是自由南門進入禪都後，一路上便見沿街皆張燈結綵，一派喜氣洋洋的景象。

戰傳說琢磨著，卻委實想不出今日是什麼佳節良辰，不由很是惑然。車內只有他們三人，想打聽也無處打聽，何況這事也無關緊要。

小夭為自己的計謀大功告成而欣喜異常，只覺禪都之行，不過爾爾，先前將禪都視作龍潭虎穴，實是大可不必，若不是爻意低聲提醒，她恐怕早已忘了自己是「身懷六甲」之人。

馬隊穿街過巷，不知不覺中已穿過了外城，進入內城，戰傳說對此卻渾然不知。

直到他忽然覺得外面似乎清靜了許多，再也沒有了先前那種嘈雜時，才猛地想起了什麼，暗叫不妙，趕緊掀開車簾向外望去，只見兩側各是暗紅色的高牆，一直向前延伸，高牆內古柏森然，偶有勾簷斗角自參天古木之中顯露，車隊所經過的道上不見一個閒雜人物，馬蹄得得，車輪壓過路面沙沙作響，竟響出一種奇異的空寂。

在離開坐忘城之前，為了讓戰傳說三人進入禪都後不至於茫然失措，貝總管早已將禪都諸如佈局、位置之類的情況告訴戰傳說，所以戰傳說能夠判斷出自己已進入內城。

內城除了紫晶宮的南廷北殿之外，其餘的皆是大冥王朝極有身分者的府第。

這物行以及那神秘女子究竟是什麼來頭？以他們劍帛人的身分，何以能直入內城？

戰傳說對二女壓低聲音道：「此時我們已在內城，看來他們今夜落腳之地必是禪都權貴的府第。」

無須說得更明瞭，爻意、小夭也知戰傳說擔憂的是什麼。若是隨車隊一同進入某座府第，一則戰傳說就很有身分暴露的可能，二則小夭這齣戲也很難再演下去。

但此時他們被捲裹於車隊當中，要想借機抽身退走談何容易？當然，憑戰傳說的修爲，也許的確可以帶爻意、小夭二人逃離，但在不明那神秘女子的身分之前，這麼做無疑極爲冒險，若引起對方的猜疑，那麼即使戰傳說三人能脫身，在禪都也更難立足了。單看那一臉和氣的物行就已絕非泛泛之輩，何況還有未露面的神秘女子？

進也難，退亦難，戰傳說先前混入禪都的欣喜早已一掃而空。

這時，卻聽爻意低聲道：「其實他們早已看出小夭所謂的『身懷六甲』是假的，物行是個極精明厲害的人物，此事根本瞞不了他。」

戰傳說、小夭齊齊一震，皆瞪大雙眼望著爻意，雖未開口，但二人心思卻不言自明，都是不解爻意既然早已看出這一點，何以此時方才點明？而她又是如何知道物行一定已看破了小夭的僞裝？

爻意笑了笑，以同樣低的聲音道：「小夭的辦法甚佳，唯一不巧的是，我們所選擇的對象不是普普通通的馬隊，無論是物行，還是那未露面的女子，都絕非泛泛之輩。因此，一旦我們攔下了車隊，我們就已別無選擇。物行既看穿假象卻不點破，若他們對我們懷有惡意，那麼即使不與他們同行，他們也同樣極可能會暗中追蹤我們；若他們對我等並無惡意，那麼隨他們入禪都並無不可。故此，我才沒有早早點破這一點——事實上，當時我也根本沒有機會點明此事。我本決定進入禪都後立即與你們商議此事，但當見禪都內處處張燈結綵時，我又改變了主意。」

小夭大惑道：「禪都張燈結綵，與妳我有何關係？」

爻意道：「舉城張燈結綵，高懸燈籠，這種情形，只有一種可能，那就是近日樂土將有諸如冥皇誕辰或皇族婚嫁迎娶之類的大典。既如此，若非萬不得已，任誰也不會在這樣的日子裏在禪都製造血腥與混亂，所以即使物行諸人對我們有所戒備，暫時也不會有所舉措的，只要我們多加小心，應該能安然無恙。」

戰傳說頷首道：「也只有如此了。」

馬車又奔馳了一陣，終於放緩速度，直至完全停下。

車內三人相視一眼，默默點頭。此時，言語都已多餘，一切唯有隨機應變了。

外面傳來物行的聲音：「三位請移駕至司祿府歇息如何？」

「司祿府?!」車內三人神色皆變。

從貝總管口中，戰傳說、爻意對大冥王朝多少有所瞭解，知道冥皇駕前有雙相八司，其中執掌財庫錢物的便是天、地二司祿，沒想到物行等人竟是直奔司祿府而來的！卻不知物行口中的「司祿府」是天司祿的府第，還是地司祿的府第。

戰傳說攙扶著小夭，「小心翼翼」地下了馬車，目光四下一掃，只見眾人皆已下馬，且散至兩側。而所有的車馬皆是在一個極大的院子中，三百餘人外加馬匹、車輛在這院子裏竟不顯得十分擁擠，此府占地之廣，讓人咋舌。

驚嘆之餘，戰傳說忽然發現那輛最為華貴的馬車竟不在院中，不由暗吃一驚。

沒等他多想，物行已向他們走來。他果然腳有病疾，每當左腿落地時，他的身子都微微有些傾斜。但奇怪的是雖然如此，物行行走時卻並不會予人以不協調之感，而是再自然不過，以至於旁人幾乎要心生錯覺，以為行走本就應如物行這般。

物行未語先笑，笑容很真切：「我家小姐是天司祿大人的朋友，三位若是沒有合適的去處，可在司祿府中先歇息數日；若三位覺得有何不便，物某今夜便讓人為三位另作安置。」

他與戰傳說素昧平生，如此熱情，不能不讓人感動。

照理，這是三人自司祿府脫身離去的大好機會，但不知為何，戰傳說卻沒有絲毫猶豫就放棄了這一機會，「如此也好，只恐怕驚憂了司祿大人。」

物行道：「無妨，我家小姐是天司祿大人的朋友，這點忙，司祿大人一定肯幫的。我已讓人去藥鋪選藥，郎中也很快將至，請三位放心。」

戰傳說心中大為感慨，忖道：「就算是多年摯友，也未必照顧得如此周全細緻！」口中忙道：「她的情形已好了不少，選些藥即可，郎中就不必請了。」

物行也不堅持，「既然如此，我就另外吩咐人將郎中打發回去便是。」

戰傳說暗自鬆了一口氣，心道：「若是來了郎中，只要一搭脈，就一切都無所遁形了，萬幸這物行並不固執。」

這時，物行已向院中一消瘦的中年男子引見道：「陰管家，這三位是我家小姐的朋友，勞煩你一併為之安排個清靜些的住處。」

戰傳說這才留意到院中除了與物行同來的人之外，還有一些家將裝束的人，而物行所招呼的，大概就是司祿府的管家。

與物行的滿臉春風正好相反，陰管家臉色很是陰沉，雙目暗淡無光，以至於讓人很難揣測出他在想些什麼。物行的熱情引見，換來的不過只是陰管家有些不經意的微微頷首，以及漫不經心的一句話：「物先生放心。」

戰傳說反倒鬆了一口氣，暗忖幸虧陰管家不像物行這般熱心，否則兩人一同上前噓寒問暖，恐怕很快便可以讓自己大露馬腳。

沒想到陰管家性情陰鬱寡言，辦事卻很俐落，很快戰傳說三人便已被安排得妥妥帖帖：戰傳說、小夭被安置於大院西側的一間房內，爻意則在他們隔壁。也許是考慮到小夭「身懷六甲」，陰管家還找來一個婢女讓戰傳說、小夭使喚。

戰傳說更是好奇，他知道劍帛人在樂土一向地位卑微，常受凌辱鄙視，而天司祿貴為大冥王朝雙相八司之一，地位超然，何以天司祿會結交劍帛人爲友？而且由陰管家乃至司祿府其他人的態度可以看出，天司祿對這些劍帛人絲毫不曾怠慢，其中原因，實是讓人難以猜透。

陰差陽錯之間，三人已成了天司祿的賓客，這番經歷，實是出乎三人的預料。

這等若一下子便將三人推至生死攸關的境地，迴旋緩和的餘地大大減少，雖然此時風平浪靜，但也許頃刻間便風雲突變。

過於順利反而讓戰傳說心頭有些不安，他甚至想這會不會是請君入甕之計，冥皇借機可以在神不知鬼不覺中將他這顆眼中釘拔去。

戰傳說的思緒陷得太深，以至於小夭在他身旁坐下也未察覺，直到小夭拍了他的肩一下，方猛地回過神來。

小夭笑吟吟地望著他道：「戰大哥，你在想什麼？」

看她的神態，非但輕鬆，甚至可謂欣喜，似乎此刻他們不是身處司祿府，而是在坐忘城乘風宮。看來，自知道父親殞驚天暫時決不會有性命之憂後，她已寬心不少，而且她對戰傳說很有信心，似乎只要戰傳說願意，自可立即將她的父親救出。

戰傳說道：「我在想爻意姑娘所說很可能是真的，否則物行怎會輕易答應讓找來的郎中退回？」

小夭不知想起了什麼，笑得有些詭秘，她道：「既然你也如此想，爲何方才不趁機讓物行爲我們另覓住處？至少可以不在這戒備森嚴的司祿府中。」

戰傳說道：「我……」卻不知該如何措辭，促使他作出這決定的原因有很多，其中有爻意的那一番話對他的影響，甚至還有對那神秘女子的好奇心，但這一切又如何向小夭說清？

小夭「咯咯」一笑道：「戰大哥，你有沒有想到身在司祿府，你就必須處處做出是我夫君的樣子，包括……與我共處一室？」

戰傳說幾乎自床榻上一蹦而起──此屋只有一張椅子，但因爲是擺在窗下，戰傳說留了個心眼，擔心在窗下說話不便，爲外人所竊聽，故唯有坐在床榻上──小夭忽出此言，實是既香豔又刺激。

她之所以如此大膽直接，倒並非生性輕浮，而是一則對戰傳說早已傾心，芳心暗許；二則正因爲她尚是未經人事的少女，所以才不知她這番話對於男人而言具有怎樣的挑逗與暗示。

所幸戰傳說也是對男女歡愛懵然未知之人，所以除了大驚之外，倒無更多反應，換作已知悉個中滋味的年輕男子，只怕已把持不住，會立時引來一場風雨。

「陳夫人的藥已送來了。」

戰傳說正拘束不安之際，忽聞此聲，竟自駭了一跳，定了定神，方知是屋外奉命照應侍候他們的婢女。

他忙向小夭使了個眼色，小夭即乖乖地在床上躺下，手捂腹部，高一聲低一聲地呻吟起來。

戰傳說這才將門打開，將那婢女讓入屋內，一時滿室藥香。

那婢女很是乖巧，「夫人，煎好的藥要趁熱喝，是否讓小桐為夫人餵藥？」

小夭吃力地搖了搖頭，戰傳說以為她會讓這叫做「小桐」的婢女退出去，以減少暴露真相的可能，沒想到小夭竟低聲道：「藥我夫君自會餵我……妳把藥給他即可。」

戰傳說大驚失色！小夭根本沒有病，若貿然將藥服下，會否真的弄出病來還未為可知，何況身處司祿府，這藥更不能隨便服用！他本想將婢女支走後把藥潑了，沒想到小夭卻像是根本沒有意識到這一點。

他忙趁背向小桐的機會向小夭遞個眼色，小夭明明已看在眼裏，卻視如未見，而是有氣無力地道：「將我……扶起來吧。」

戰傳說又氣又急又是納悶，在小桐的目光下，他已無法拒絕小夭的話，只好以臂彎將小夭的上半身扶起，讓她半倚半靠在他的身上，小桐適時將藥缽遞過來。

戰傳說暗嘆一聲，接過瓷勺，輕輕地在藥缽中舀了半勺藥，又湊到嘴邊，像是怕燙著小夭般吹了幾口，半勺藥又讓他吹得灑了一半。而戰傳說心中則是恨不得一口氣就將這半勺藥吹得一滴不剩。

再如何細緻，最終戰傳說還是需得將藥湊到小夭唇邊，小夭如點漆般的眸子泛著亮亮的光，動情地望著戰傳說，臉上浮現出幸福的紅暈，戰傳說則已額頭見汗。

小夭輕啓櫻唇時，戰傳說忽然想起了什麼，「啊」的一聲，側向問小桐道：「這藥湯裏有沒有加糖？」

「沒有。」小桐道。

「不行，夫人向來怕苦，妳將藥湯加了糖再送來吧。」戰傳說道，心頭暗為自己的隨機應變而高興。

小桐道：「良藥苦口，加糖恐怕藥性會淡。」

戰傳說正待堅持，小夭卻拉了拉他的衣袖，柔聲道：「我不怕苦……只要是你餵我。」

戰傳說一時不知說什麼好。

小桐則抿嘴一樂，「夫人真有福氣。」

戰傳說暗一咬牙，「如此更好。」說著已將藥匙伸入藥鉢中，迅即指尖伸出暗力，不著痕跡地一帶，小桐只覺藥鉢忽然一滑，「啪」的一聲，已墜落地上，摔了個粉碎，藥湯四濺。

戰傳說大嘆可惜，自責不已。

小桐忙道：「所幸送來的藥分量很足，待小桐再去為夫人煎一碗便是。」

戰傳說道：「也只好如此了——有勞姑娘了。」

小桐剛一離去，戰傳說立即湊到小夭面前，狠狠地望著她，幾乎是兇神惡煞地沉聲道：「胡鬧！禪都司祿府的藥豈是能輕易服用的？萬一有人在藥中下了毒怎麼辦？」

小夭既不生氣，也不害怕，她微笑著道：「我願意，只要是戰大哥餵我的，就是毒藥，我也甘願喝下。」

她的聲音同樣很輕，柔柔的，緩緩的，彷彿說的是一件微不足道的事。

戰傳說如被人重重砍了一刀，表情一下子凝固了。

屋內靜寂無聲。

當小桐第二次送來藥時，小夭沒有再任性，而是依照戰傳說的意思將小桐支開了，隨即將藥湯潑在了一個不顯眼的角落裏。

而後，戰傳說因放心不下爻意，又至相鄰的爻意屋內，見爻意一切如舊，這才放心。

但很快戰傳說發現他必須擔心的事還遠未結束，黃昏時分，小桐又為三人送來了晚膳，除了豐盛的菜肴，還有一壺佳釀。

小桐道：「司祿大人得知陳夫人身體欠安，所以沒有請三位參加今次晚宴，司祿大人還說待陳夫人身子恢復了，他定與陳公子擇日一敘。」

戰傳說暗自好笑，心道：「怎麼好事全讓我撞上了？先是物行古道熱腸，現在連天司祿也客氣有加，若他知道我就是冥皇必欲除之而後快的人，又當如何想？」

自離開坐忘城後，三人一直風餐露宿，此時見那色、香、味俱全的美味佳餚，頓時食欲大動。

但戰傳說不能不強忍住，「我們三人都食欲欠佳，妳將酒與菜肴留下便是。」

小桐很善解人意地道：「服了藥夫人自會好起來的，你們不必太擔心。我讓伙房爲三位備下宵點，三位什麼時候餓了，只管吩咐小桐便是。」

戰傳說心頭感慨萬千，忖道：「若天司祿其實對我們毫無惡意，那我們可真是辜負了他們的數番好意了。」

雖然這麼想，但他還是決定小心爲上，到了後半夜再夜訪伙房，尋些吃食。

也許戰傳說是對坐忘城被戚七毒殺數百號人一事記憶太深了，才對此事顯得格外敏感、警惕。

從黃昏時分到子時的這段時間，在戰傳說的感覺中格外漫長，腹中一直饑腸轆轆，心神也因此而不寧，他卻不知人的饑餓感有時更是心理作用，若是在極度危險緊張的環境中，只怕他早已忽視了饑餓的存在。

還因與小夭的相處有些尷尬，同時兩人同處一室沉默以對，那份滋味，難以言喻。

好不容易等到預期的時間，戰傳說有長出一口氣之感，他向窗外望了望，但見月亮正好隱入一大片烏雲中，光線很是暗淡，暗叫一聲：「天助我也。」

回首對小夭低聲道：「一刻鐘之內我定會返回。」

頓了頓，像是爲了寬慰小夭，他又補充了一句：「放心，就算被發現了，相信在這司祿府中也沒有什麼人能對我構成威脅。」

「我信。」小夭道。

戰傳說聽她這麼說，不由暗叫一聲慚愧，心道：「休說雙相八司個個皆是有一身驚世駭俗的修為，連那些劍帛人也決不可小覷！還有那個神秘女子。」

想到這兒，他才猛地意識到自己在潛意識中其實還有另外一個目的，就是想試探試探司祿府的底細。

戰傳說悄無聲息地推開窗，前幾次他早已將窗外的地形看得清清楚楚，所以儘管此時月亮被烏雲遮隱，對戰傳說的行動卻絲毫沒有影響。

他幾乎如一陣風般穿窗而過，飄然落在側前方兩丈之外。

他的身前是一座假山，身旁則是一叢夾竹桃，若非從身側經過，根本無法發現他。

靜了片刻，戰傳說伏下身子，幾乎將整個身子貼在地面上。

四周的聲音清晰無比地為他準確捕捉到，連秋蟲啾啾之聲都一無遺漏地落入他耳中。

當然，還有足音。

足音很平穩，幾乎輕重如一，節奏亦很平穩，看來，司祿府的家將中不乏高手。

戰傳說俯身足足有一盞茶的工夫絲毫不動，仿若他的身軀已與大地融作一體。

形形色色的聲音為他所捕捉，並由此作出推斷，漸漸地，他的腦海中浮現出方圓數十丈之內的大致地形圖——由足音的變化可以判斷出哪兒是草坪，哪裡是石徑；由風吹草動、枝葉拂動的聲音可以推斷何處是草木。

終於戰傳說動了！由極靜而極動，其間幾乎沒有任何過渡。

而且其速一瞬千里，快不可言。

戰傳說狂飆突進，仿若此刻根本沒有黑暗，沒有陌生的環境，沒有高度警惕的司祿府家將。

此刻，他的身軀儼然已成一縷無形之風，以驚人的方式在黑暗中飄掠，每一次急停驟轉都是那麼的突兀卻又恰到好處，使危險與阻礙不差分毫地與之擦身而過。

足足掠出有二十餘丈距離，戰傳說倏然凝身。

他的身軀恰到好處地倚在一棵參天古柏的軀幹上，只聽得風過時頭頂上方「沙沙」亂響。

以如此驚人的速度在黑暗中穿掠二十餘丈距離，卻未引起任何風吹草動，這已近乎奇蹟。

戰傳說卻自知在伏地辨察時自己幾乎耗盡心血，任何一個偏差都可能讓他暴露無遺。

但他成功了！

他背倚著古柏的軀幹，竟有虛脫之感！而他的臉上卻有了自豪自信的笑容。

他相信現在無論他做什麼，司祿府的人都很難懷疑到他身上，因爲在他居處四周巡視的司祿府家將會證實他今夜根本沒有離開屋中半步。

片刻之後，戰傳說已悄然出現在司祿府的一座三層的木樓閣的二樓屋簷上。

這時，他已能將整個司祿府的大致佈局看清。他發現自己所在的閣樓是處於司祿府的西南位置，而自己所居住的地方則應是司祿府的正南方位。

戰傳說四下眺望，試圖找出伙房所在，這麼一望，才知司祿府內大大小小的房屋逾百間，他一個外人要想在夜裏找出伙房所在實非易事，一時不由大搔其頭。

打量一陣，只見西向有一間屋子沒有燈火，已偏於一隅，不由忖道：「會不會就是這間？」雖心中沒底，但現在也只能搏一搏運氣了。

想必由此向西已非司祿府重地，一路上戰傳說幾乎沒有遇到任何阻礙。

等走近了，戰傳說聽得那邊傳來了沙沙聲，以及其他一些雜音，他一琢磨，恍然大悟，原來那間屋子並非他要尋找的伙房，而是馬房！那「沙沙」之聲是草料亂擦的聲音，還有咀嚼聲、趵蹄聲。

戰傳說在黑暗中自嘲地苦笑著，正待另擇目標，忽見馬房那邊隱有火光一閃，不由又站定了。

火光一閃即沒，但很快又重現了，而且比原先更亮。

「畢畢剝剝……」烈焰吞吐聲隨即響起，有火光自馬房內倏然躥起，並越來越猛烈，馬房四周頓時為火光所照亮了，戰傳說急忙閃至隱蔽處。

馬房失火，勢必會引來司祿府的人救火，看來此地是不宜久留了。

「梆梆梆……」梆子聲又響又緊，衝擊著人的耳膜，一下子打破了夜的寧靜。

戰傳說剛從隱身處掠出身來，忽見馬房那邊有人影倏然閃現，如一縷淡煙般向北掠去，速度時快時慢，在房舍、林木之間時隱時現，看得出此人極善於利用地形，以戰傳說的修爲，要捕捉其影蹤也甚是不易。

戰傳說心跳驟然加快！

此人決不會是司祿府的人！僅憑其一身緊身夜行服就可以作此判斷。馬房失火顯然也是此人所爲，這是很尋常卻也常常很有效的調虎離山之計，其目的自是要引開司祿府中人的注意力。

若再留於此地，恐怕就難以脫身，成了他人的替罪羔羊。

戰傳說再不逗留！

他所取的方向竟不是自己的住處，而是那神秘夜行人所隱遁的方向。

他要看看究竟是什麼人竟敢夜闖司祿府！

夜行人的行蹤消失於戰傳說所能捕捉的視野範圍之外，唯一讓他慶幸的是，對方既然也非司祿府的人，那麼也應與他一樣對司祿府地形格局不熟悉。

喧鬧的人聲迅速向馬房彙集，慘烈的馬嘶聲更添了混亂，一旦受驚的馬匹掙脫韁繩衝出馬房，將會引來更大的混亂，看來這夜行人極富經驗。

不知不覺中，戰傳說已跨過幾道園門，並橫穿了一道連廊，直至進入一擺滿了花木的園子裏，一望可知這是司祿府的花圃，置身其中，異香撲鼻。

戰傳說雙目四掃，發現花圃大部分是竹籬虛隔，南、北各有一個入口，方才他是由南側的入口進入花圃的。

「你不該追蹤我，此刻你已中了奇毒，唯有一死！」忽然有一女子冷酷的聲音在戰傳說身後響起，語氣絕對的自信而不帶有絲毫情感。

戰傳說心倏然一沉，立即聯想到滿園異香！顯然，滿園的異香並非全源自花香，這其中另有殺機！而因爲有花香作掩護，更不亦察覺。

戰傳說既驚且怒，他相信對方所說的是事實，原來他的追蹤早已爲對方所察覺。

此刻他所面對的女子非但機警，而且心狠手辣，在根本不知他的身分的情況下便大施毒手。越是明白這一點，戰傳說就越是絕望！對於此類人物而言，她所用的毒絕對是致命的毒物。

那一剎間，戰傳說的心一片冰涼，而他的血液卻又如將沸騰般奔湧！此刻，他的心中只剩下一個念頭——一定要在死亡之前讓對手付出代價！

他的身軀向前一個踉蹌，徑直向前倒去。在那電光石火的一剎那，僅憑雙足用力，由此完成迅雷不及掩耳的動作：身形驀然側旋，並憑空向後倒翻，駢指如劍，浩然氣勁透指而發，直指暗算自己的夜行女子！

戰傳說的內力修爲已今非昔比，足可躋身巔峰之列，何況是在極怒狀態下傾力一擊？凌厲氣勁引得周遭氣虛形成驚人的無形氣旋，聲如鬼哭神號，全力席捲而出。

一擊之下，戰傳說意外地發現自己的功力比之苦木集一戰竟又有了精進。看來，正如爻意所言，涅槃神珠融入他的體內後，雖不能立即將其能量完全發揮，但卻在逐步地為他所用。

尤其是苦木集一役戰傳說身受重傷，在這種情形下，涅槃神珠更能發揮其神奇之處，非但使戰傳說的傷勢迅速消除，並且爆發出比此前更強的生命力。

夜行女子顯然大吃一驚，她萬萬沒有料到在中毒之後，戰傳說還有如此可怕的戰力！

雖然她本是佔據了有利的位置，但由於錯估了形勢，低估了戰傳說，在戰傳說不可思議的凌厲一擊之前，她所佔有的優勢根本未能產生實效性作用，本是牢牢佔據主動的她反而變成了倉促應戰。

反手之間，寒刃倏然暴現，冷風颼颼，寒芒若夢幻般瀰漫開來，竟有一種無可言喻的淒麗之美。

劍出人意料的長，與夜行女子婀娜多姿的身姿相輝相應，相得益彰。

比尋常之劍長出近半的異形長劍迅速迎向戰傳說！

夜行女子大概不會料到，這一次正是此劍異乎尋常的長度救回了她一條性命。

戰傳說盛怒之下，甫一出手，便是「無咎劍道」極具攻擊力的「止觀隨緣滅世道」傾灑而出！

戰傳說的無形劍氣如浩然巨濤撲天蓋地而至，立即突入對方的劍勢之中，並迅猛無匹地予對方劍勢以無情的毀滅性摧殘！刹那間，短暫而密集的有如金鐵交鳴的撞擊聲若驟雨般綿綿不絕，夜行女子雖有長劍之利，卻在驚世駭俗的「無咎劍道」之前潰不成軍，劍勢頓成風中浮萍，殺傷力蕩然無存！

有生之年，她雖然經歷了無數勝與負，但卻還未敗得如此乾脆、迅速！

若不是因爲劍身奇長，加之她在戰傳說發動攻擊時與之間隔的距離甚遠，而且戰傳說手中無劍，否則只怕此時她已立斃當場。

饒是如此，她仍是身不由己地倒跌而出，身形過處，花圃內的盆盆罐罐紛紛斷裂破碎。

她很明智，料定對方在中毒之後，雖然暫時作出驚人反擊，卻決不能持久。故一旦發現對方的修爲遠在自己之上時，她立即明智地選擇了避其鋒芒。

甚至她心中還有悔意，既然明知對手一入花圃就會中毒，她又何必再現身？看來還是低估了對手高估了自己。

戰傳說卻未有絲毫中毒跡象，攻勢綿綿不絕，讓夜行女子大有力盡人亡的感覺。

在極短的時間內，兩人已掠過了花圃。

承受著極大壓力的夜行女子身不由己地撞向一堵土牆。

戰傳說再度如影隨形，迅速欺身而入。

「錚……」夜行女子手中的異形長劍在承受了極限壓力之後，倏然斷折。

而戰傳說在同一剎那第一次變招！由「止觀隨緣滅世道」化為困敵的「悟心無際天羅道」！

頓時，對方的所有退路已被完全封殺，只有任其魚肉的份！

「刺啦」一聲，指風凌厲逾劍，突破夜行女子最後的苦守，自下而上斜斜劃出，立時在對方自腹部至肩部劃出一道傷口，同時餘勁亦將夜行女子的黑色蒙巾一拂而去！

忽然間，一直隱於烏雲後的月光傾灑而下，遍灑銀輝。

戰傳說赫然發現對方蒙巾拂去之後，出現在他面前的是一張冷豔無比的容顏，雖然死亡近在咫尺，但卻難以在其臉上看到驚懼。

因為，她赫然是驚怖流最出色的兩大殺手之一的「孤劍」：斷紅顏！

對一個殺手來說，生或死都是微不足道的，因為這本就是他們每日必須面對的，就如同每天需呼吸空氣一般。

而這種對死亡的淡然，此時使她更添驚心動魄的冷豔之美！

更致命的是戰傳說的氣劍劃開了她的緊身夜行服，使之飽受壓迫的豐挺酥胸生平第一次傲然展現於陌生男子面前，銀色的月光在她的酥胸上塗抹了一層聖潔的光輝，處子之軀那份勾心奪魄的美麗展露無遺。

戰傳說腦海中在極短的那一剎那出現了片刻的空白。

凌厲攻勢戛然而止！

對於斷紅顏這樣的殺手而言，這是一個決不容錯過，也決不會錯過的機會！戰傳說將為他最後的錯誤付出生命的代價！

但斷紅顏竟沒有出手！

雖然劍折人傷，雖然她的修為遠不如戰傳說，但她有著常人所無法企及的對機會的捕捉能力！

她為何沒有出手？莫非，縱然她的靈魂已在日復一日的殺手生涯中被磨礪得冰涼堅硬，但當她的胴體在年輕男子面前暴露的那一刻，她的內心深處屬於年輕女子的天性的那一絲柔情已被觸動？

無論如何，斷紅顏自知在那一刻她心中毫無殺機。

她所有的唯有女孩本能的羞赧！——甚至，還有驕傲。為能夠讓年輕男子震撼而驕傲。

其實，這本就是屬於女子的天性，女為知己者容，即使不是知己，她們仍樂於看到對方為自己的容顏傾倒。

對於自己年輕而美麗的軀體，女人的羞赧其實只是淺層的反應，更多的，是驕傲。

幾乎每一個女人都是為美麗而存在的。

何況，她已識出對方是戰傳說！

她與戰傳說絕對是敵非友，但如果摒棄一切，戰傳說絕對是一個值得讓任何女子欣賞的男人！

斷紅顏也不例外——至少，在這一刻是如此。

也許，這一生中，只有在這一刻，斷紅顏會流露出女子柔弱的本性，而這，似乎毫無理由。片刻前還一心欲置對方於死地的兩個人，忽然同時放棄了取對手性命的機會。儘管十分的突兀，但同時卻又似乎在情理之中。

甚至，斷紅顏隱隱覺得，無論他們之間有誰選擇了另一條路，那都將是一種莫名的遺憾。

斷紅顏的身軀撞坍了土牆，又飛跌出兩丈距離，未等落地，她已以手中斷劍反手疾點地面，借力彈出，斜斜飄掠而出，幾個起落，便自戰傳說眼前消失了。

戰傳說沒有追截！

這已不僅僅是因爲方才那一幕的影響，更因爲他想到無論是殺了斷紅顏還是生擒她，當他面對司祿府的人時，都很可能會引起司祿府的人的懷疑。

他是客居司祿府，爲何會在遠離他居處的地方出現？更何況，戰傳說根本不願引來司祿府太多的注意。同時，戰傳說發現自己身上絲毫沒有中毒的跡象，他料定這是斷紅顏的詐兵之計，其實根本沒有用毒。戰傳說對斷紅顏的憤怒更多是因爲她的用毒，而不是因爲她闖入司祿府。

他與斷紅顏的這場廝殺雖然短暫，卻已經驚動了司祿府的人，立足於此，可以明顯地感覺到人聲，火把已在向這邊迅速彙集。

顯然，這足以讓天司祿明白方才的馬房失火決不是簡單的失火。

戰傳說心中默默地道：「既然已驚動了司祿府上上下下，斷紅顏還能輕易脫身離去嗎？」心頭轉念之際，他已如夜鳥般掠起。

戰傳說居住的四周顯然加強了人手防衛，但他總算平安回到了房內。回到自己的房間時，戰傳說才知除了小夭外，爻意也在。一見戰傳說，二女都喜不自禁。

小夭道：「方才聽到外面有廝殺聲，我還以為是你出了意外，爻意姐姐也很擔心。」

戰傳說簡單地道：「方才我的確出手了，不過對方也不是司祿府的人。」

「是誰？」爻意、小夭同時問道。

戰傳說本待說是驚怖流的人，但話到嘴邊又改了口：「我也沒能看清。我怕暴露身分，所以沒敢纏戰。」他怕說是驚怖流的人，會讓爻意、小夭擔心。

斷紅顏與戰傳說在隱鳳谷見過面，她既然識得戰傳說，那麼只要這次她能自司祿府脫身，此後戰傳說在禪都所要應付的必然又要添上驚怖流。

外面的喧嘩聲漸漸地平靜下來，卻一直沒有聽到廝殺聲，看來斷紅顏應該已安全脫身。

戰傳說的心也漸漸平靜下來，為了讓爻意、小夭放心，他笑道：「遺憾的是沒能找到充饑食物，看來我們要熬上一夜了。明日找個藉口出司祿府，即可大塊朵頤！」

小夭誇張地咽了咽口水，「別說了，戰大哥，你一說我就有些撐不住了。都說酸兒辣女，我現在卻是既想吃酸的也想喝辣的，會不會是生一對像物語、物行那樣的雙生兄弟？」

爻意不禁莞爾。

戰傳說一怔之餘，也忍不住笑出聲來。

第六章　萬象歸宗

忽聞門外有小桐的聲音：「刺客夜襲司祿府，司祿大人擔心三位有什麼意外，特來看望三位了，此時大人已在中堂備下小宴為陳公子壓驚。」

戰傳說的笑容一下子僵住了。

以天司祿之尊，說專程來看他們是客氣之言，其真正用意無非是要一探他們的虛實。而他們也的確有不少讓人起疑之處，小桐言下之意，當然是讓他們去中堂見天司祿。

爻意看出了戰傳說的擔心，附在他耳邊以低如蚊蟻的聲音道：「天司祿未必識得你，冥皇不會讓太多人知道他要追殺你的事，卜城城主落木四對此事不知情就是明證！」

戰傳說一聽，頓時安心不少，心道：「爻意說涅槃神珠有火鳳宗開宗四老的千年智慧與內家真氣，後者我是領教了，並受益匪淺，為何前者卻未能感覺到？若真有火鳳宗開宗四老的智慧，為何我常常束手無策？」

打開門來，門外卻有兩人，除了小桐之外，還有一婢女，此婢女看來比小桐年長一兩歲，也更豐滿成熟些，一雙顧盼生輝的眸子未笑時已滿是笑意。

小桐道：「司祿大人說陳夫人身子不便，需人照顧，小琪是奉司祿大人之命前來照看陳夫人的。」

「有勞二位姑娘了。」戰傳說應付道。

司祿府中堂一片燈火通明，而燈火最輝煌的北向坐著一童顏鶴髮的老者，身軀肥胖，白眉如雪，本應是一個十分矍鑠的老者，但因爲雙眼略有些浮腫而顯得有些精神不佳。

此人顯然就是司祿府的主人天司祿！

當戰傳說剛一進入中堂時，坐於天司祿左下方一膚色焦黑的三旬漢子立即向他投來凌厲如劍的目光，似乎欲洞穿戰傳說的五臟六腑！此人顯然是天司祿身邊的重要人物，他那過於挺削的鼻梁予人以冷酷無情之感。

若在平時，戰傳說的注意力定會落在此人身上，但這一次，他對此人卻幾乎是視若無睹，對對方帶有侵犯性的咄咄逼人的目光也毫不在意。

他的目光落在了主賓席上的一年輕女子身上，刹那間竟有今夕何夕之恍惚。

但見她白衫白裙，飄然如蟾宮仙子，容光明豔，修長曼妙，婀婀婷婷，勝雪玉膚在明亮的燈光映照下，似可透視而過。

在她的身上，竟同時揉合了清純與成熟，溫順與桀傲，冰清聖潔與媚豔入骨。

她的唇如夢與非夢的兩扇心窗，足以讓人在心頭醞釀醇酒——她本就清，歲月替她添了豔；她本就秀，時光爲她添了麗。她的身後立著數名侍女，皆姿色不俗，但與她站在一處，立時被其風韻給遮蓋了。

可是，戰傳說卻已察覺到當他與爻意進入堂內時，那女子雖然也正面朝向他們，但她的雙眸卻未有相應改變。

她，竟是一個目不能視物的盲女！

那一剎那，戰傳說的心像是被鈍物重重地撞了一下，他的心頭莫名地升起一陣悲愴與憐愛。

他也不明白自己面對的只是一個素昧平生的女子，爲何會有這種感觸？

或者說他根本未去思忖這其中的緣由，一切都是那麼自然而然地降臨、發生，就如同水到而渠成，就如同花開花謝，沒有理由，也無須理由。

非但是戰傳說，連爻意也爲這女子所深深吸引。

論容貌，爻意更勝那白衣女子一籌，但她們所擁有的卻是截然不同的魅力，而其中的區別，連她自己一時也無法弄清。

爻意集天下之秀美於一身、風華絕代，而那女子亦獨具風韻。兩個足以讓天下任何男子爲之

傾心的女人竟在此相會，以至於眾人心頭都不由一陣茫然，恍然夢中。

天司祿一聲清咳，「想必這位就是陳公子了？陳公子請入席。」

戰傳說這才意識到自己有些失態了，忙道：「正是在下。」

想到天司祿為雙相八司之一，此刻就與自己直面相對，而自己卻還魂不守舍，只怕人頭落地還懵然未知，不由驚出了一身冷汗，暗叫慚愧。

立即有人上前將戰傳說、爻意引至席間，正與那女子相鄰。

說是小宴，卻也有四席人，奇怪的是卻不見物行。

在這樣的深夜設宴待客，無論怎麼說都有些突兀，天司祿不可能沒有想到這一點，但他卻依舊這麼做了，這只能證明天司祿其實根本未將戰傳說三人視為賓客，為了達到查探戰傳說虛實的目的，他可以隨心所欲做任何事，而不必在乎戰傳說等人的感覺。

待戰傳說一入席，天司祿便道：「今夜有刺客入府，定驚憂了姒小姐、陳公子，本司祿設此小宴，是為幾位壓驚的。」

戰傳說接過話頭道：「其實在司祿大人的府中，即使有膽大妄為的毛賊冒犯，也是飛蛾撲火。」

他見天司祿並沒有識出他是冥皇欲追殺者的跡象，放心不少，思路言語也流暢多了。

「陳公子所言極是！」那臉色焦黑的人沉聲道，「若有人欲窺我司祿府，我獨狼定會讓他付出代價！」一雙如狼目光逼視戰傳說。

戰傳說聽出對方話語中的威脅與挑釁，心道：「若非此人嗅出了什麼？」卻假裝不明對方話中之意，而是惑然道：「這位是？……」

此話一出，那人立即神色倏變，一臉怒色，眼中殺機倏然閃過。

看來，此人應是在整個禪都都是有些名望的，所以他才會對戰傳說的話作如此強烈的反應。

其實戰傳說早已感到此人渾身上下都透發出絕頂高手方有的氣勢，但此人鋒芒太露，戰傳說一時興起，有意激他一激。

未等天司祿開口，那女子已先道：「獨先生是司祿大人身邊的紅人，可惜陳公子是初入禪都，否則定早已耳聞獨先生之名了。」

獨狼的逼人氣勢立時收斂大半，甚至還乾笑兩聲，擠出一個笑容，道：「姒小姐謬誇了。」

不難看出，他也是深深為姒小姐的風韻所折服。她的一番話足以讓他無比受用，而她之所以這麼說，顯然是不願戰傳說與獨狼發生衝突。

戰傳說、爻意都早有預感此女子應是物行的主人，亦即隱身於奢華馬車中只聞其聲、未見其人的女子，唯有如此風韻絕卓的女子方能與那溫和動人的言語聲匹配。

他們的猜測很快被證實了。

那女子端起身前的酒杯，「姒伊僅是只懂市賈之女子，卻蒙司祿大人錯愛，以姒伊為賓客。

今日又有緣結識陳公子賢伉儷及瑤小姐，更是姒伊三生之幸。相識即緣，姒伊借花獻佛，敬諸位一杯！」

雖然雙目不能視物，但她卻很自然地如常人般依次「注視」席間諸人，更顯其誠摯，「目光」最後落在爻意的身上，笑靨一綻，滿室燦然，親切而又動人，連爻意都深爲其所感染。

姒伊微微仰首，以極爲優雅的姿勢將杯中之酒飲盡，臉頰立時浮現紅暈，顯得酒力欠佳。

而這一點更讓人感到她的真摯，席間的男子頓時被激起了男兒豪放本色，只覺自己若再忸怩拘束，便無顏面對姒伊了。

如此一來，所謂小宴竟也耗去了一個多時辰，當戰傳說與爻意離席時，已是月淡星稀了。

爲了不露餡，戰傳說唯有回到小夭所在屋內，而爻意則進了另一間屋子。

戰傳說心忖：好在已快天亮了，只要挨到天亮，無論如何也要設法離開司祿府。

在這司祿府中雖然看起來一切都相安無事，卻讓戰傳說感到極不自在，如履薄冰。

推開門，屋內的燭火未滅，但只剩下一寸多長了，落了一桌的燭淚。屋內竟只有小夭一人，而且已和衣入睡了，她微微蜷曲著身子，雲鬢微亂，顯得既純美又可愛。

戰傳說心頭暗嘆一聲，心忖小夭未免太大意，身在司祿府，其實也許就等於置身龍潭虎穴，她竟能坦然入睡。

他忙將小夭叫醒。

小夭睜開眼來，見是他，有些慵懶地緩緩起身，嘟嘟囔囔道：「這司祿府的人好不奇怪，深更半夜還有雅興小宴一回。」說著忍不住又打了一個長長的哈欠。

戰傳說哭笑不得，忙低聲道：「那小琪呢？」

「早被我打發走了，我怕她在此待久了看出真假。」小夭清醒了些，戲謔地指了指自己隆著的腹部。

現在戰傳說已越來越認同爻意的看法了，姒伊諸人恐怕不是不知情，而是不點破罷了。

戰傳說在屋子的角落處揀了塊乾淨的地方，倚著牆半倚半坐，屈著膝準備假寐一陣子。

小夭坐在床上，抱著雙膝，靜靜地望著戰傳說的一舉一動。

戰傳說被她看得有些不自在，揚手彈出一縷指風，殘燭應指而滅。

「睡吧。」黑暗中響起戰傳說的聲音。

一夜苦思，戰傳說總算想起一兩個不算太高明的脫身之計。因睡得不踏實，當早晨的第一縷陽光由窗外透入時，他感到頗有些不適，睜開眼來，竟有些恍惚。

小夭卻睡得十分香甜。

與有著驚世修爲又絕對會全力維護她的戰傳說在一起，她實在沒有理由睡不踏實。

戰傳說暗自稱羨，也不忍吵醒她，自顧在地默默打坐。不過片刻，他體內的內息便開始奔湧高漲，極具生命力，全身上下精力充沛，似有永遠也使不完的勁。

以他今日的修爲，一夜的勞累對他而言幾乎沒有任何實質的影響，稍加調節，便可完全恢復。

戰傳說精神百倍地霍然起身，因爲精神更足了，以至於他對自己的脫身之計的信心也增大了不少。

他推門而出，信步走至院中，大口大口地呼吸著清晨格外清新的空氣，忖道：「只要等到中午，我便可依計而行了。」

但事實上，未容戰傳說有機會嘗試自己的計謀，便出現了一個插曲：姒伊忽然派來一名侍女，邀他前往她居處，說是有事相商。

受此邀請時，戰傳說正準備與小夭、爻意商議自己的計策是否可行，以至於大有措手不及之感。

小夭惑然道：「姒小姐是什麼人？」

戰傳說也不知當如何解釋，還是爻意接過了話頭：「是物先生的主人。」

小夭若有所思地點了點頭，以怪怪的眼神望著戰傳說，似笑非笑地道：「你去吧，難得這位姒小姐熱心幫我們，去拜訪拜訪她也是應該的。」

戰傳說被小夭似笑非笑弄得哭笑不得。

戰傳說在那侍女的引領下前往姒伊的居所，一路上但見池榭清疏，花石幽潔，不覺心曠神怡，胸中連日來的鬱悶之氣一掃而空，暗忖這天司祿倒頗有雅意。

穿過曲廊，戰傳說被引至一小軒，窗外翠竹參差弄影，軒內陳設很是雅致。

姒伊正坐在小軒臨窗之處，身前擺著一張琴，放在几上，幽姿逸韻，人景相映，戰傳說看得有些癡了，一時分不清這一幕是在畫中還是夢中。

未等那侍上前稟報，姒伊已先道：「姒伊貿然相邀，陳公子不會覺得唐突吧？」

她側過身來，正對著戰傳說。

戰傳說暗吃一驚，她雙目不能視物，何以知道來者是他？略一怔神，他忙道：「豈敢？姒小姐不是已將在下視爲朋友了嗎？既然如此，就無唐突一說了。」

姒伊微微一笑，雙手撫過琴弦，一陣悅耳的「錚錚」之聲響起，她道：「陳公子可有興趣聽我彈奏一曲？」

戰傳說道：「願洗耳恭聽。」心頭卻暗忖：難道她邀我至此就是爲了讓我聽琴？

思忖間，姒伊已玉指輕揚，彈了一曲，輕攏緩撥，流韻淡遠，戰傳說於樂理所知甚少，卻也不覺爲之傾耳，暗自讚嘆。

一曲已罷，餘韻猶存。

「陳公子覺得此曲如何？」姒伊道。

「很是動聽。」戰傳說這是由衷之言。只可惜他也未能有更合適的措辭，只能以直截了當的話語作評，一旁的侍女不由抿嘴一樂，似在笑戰傳說。

姒伊忽然輕輕一嘆，「可是姒伊根本不喜歡此曲——陳公子切莫生氣，我這麼說，決不是有意戲弄，而是另有緣故。」

對姒伊的這一番話，戰傳說的確吃驚非小，無論怎麼看，她稱方才還傾心彈奏的曲子毫不喜歡，實是難以理喻。但戰傳說也的確沒有絲毫責怪姒伊的意思，姒伊說這其中另有緣故，戰傳說便信了，沒有理由，沒有原因。

最終，戰傳說什麼也沒有說——有時候，沉默也是一種最好的回答。

姒伊這時緩緩站起身來，笑了笑，「我們不必總談此事，之所以請陳公子前來，是有些事想請教陳公子。」

「姒小姐但說無妨，請教二字則不敢當了。」

姒伊微頷首，「陳公子對救出殞城主有什麼把握？」

她的語氣很平緩，的確是像與親近的摯友交談，十分的自然。但此言在戰傳說聽來，卻有如晴天霹靂！他只覺腦中「嗡」的一聲，驚駭欲絕，一時間哪裡還吐得出半個字？

如果眼前不是姒伊而換成司祿府其他任何人，只怕他已經轉身就跑！至少也會立即全神戒備，以防不測。

姒伊道：「陳公子不必緊張，我既然這麼問，顯然就決不會對你有敵意。」

戰傳說好不容易才使自己靜下心來，他知道照目前情況看來，他已沒有否認的必要了，姒伊一定早已知悉了一切，才會如此說的。所以他道：「姒小姐自稱是市賈中人，爲何對此事也能知曉？」

姒伊道：「買賣有大有小，也許我的買賣做得大了些，需要知曉的事情便格外多些吧。其實做買賣與行軍佈陣有許多神似之處，也講求知己知彼，也講求天時、地利、人和。」

戰傳說越來越不敢小覷姒伊了，他很認真地道：「聽姒小姐這番話，不難推知姒小姐的買賣一定做得十分興隆。」

「廣結善緣，和氣生財罷了。殞城主被禁押於黑獄，這事又與冥皇有直接關係，如此重大的事情，若我尚不知情，豈不早已蝕得血本無歸？」姒伊巧妙地把話又引至了原先的話題上。

她的話似真似假，讓人捉摸不透。

戰傳說沉吟了片刻，方道：「姒小姐神通廣大，在下十分佩服，若將我們三人的行蹤透露給冥皇，必是奇功一件。」

姒伊微笑著道：「一個冥皇一心想除去的人，再加上殞城主的女兒，這的確是奇功一件。」

戰傳說靜靜地聽著——此刻他也只有靜靜聽著的份了。

姒伊話鋒一轉：「但我卻並不想這麼做，恰恰相反，我還想助你們一臂之力，將殞城主救出。」

戰傳說又是一驚——他忽然發現自遇到姒伊之後，總有種種出人意料的事讓他吃驚。

「殞城主被押入黑獄後，最大的可能就是請求天審，暫且不論天審是否真的對殞城主有利，至少有一點是可以確信無疑的，那就是若殞城主提出天審的要求，冥皇絕對有理由拒絕，而且這理由很是冠冕堂皇！」

「是什麼理由？」戰傳說急忙問道，過於關切殞驚天的安危使他暫時無心去思忖姒伊何以對事情的來龍去脈知悉得這般清楚。

「因爲三日之後，冥皇的胞妹香兮公主將下嫁須彌城少城主盛九月。依大冥的規矩，若是皇族大喜之年，那麼一年之內不可有天審。這等於說在一年之內，殞城主根本沒有任何機會！」姒伊道。

戰傳說恍然道：「進入禪都之後，一路可見張燈結綵，原來真中爻……瑤姑娘所言。」

「是爻意姑娘吧？」姒伊道。

戰傳說不由有些尷尬，心想：她連我與小夭的身分都已知悉得如此清楚，爻意的身分自然也是已爲其所知，自己大可不必再對她隱瞞什麼。於是，他笑了笑，以示默認。

很快，他又意識到自己的笑對方根本看不到，於是補充道：「正是。如此說來，至少在一年之內，救殞城主的可能性是不存在的了？」

「一年之後，冥皇還可以找到另一個理由，拒絕殞城主天審的請求。現在的局勢就是冥皇牢牢地把握了主動，時間拖得久了，世人自會漸漸淡忘此事，對殞城主的命運也不再關注了，而這正是冥皇所期待的。況且，有一年時間做準備，還有什麼事是冥皇不能解決的？他坐擁沃土千里，子民萬千，一呼而萬應，正面交鋒，坐忘城如何能與之匹敵？」

身處司祿府中，姒伊卻像是根本無所顧忌，指點江山，娓娓道來。仿若這並非權傾禪都的雙相八司中的天司祿的府宅，而是她自己的宅院。這其中的玄奧，實是讓戰傳說捉摸不透。

戰傳說試探著道：「聽姒小姐的語氣，似乎有救殞城主的良策？」

雖如此問，但戰傳說對姒伊有無救出殞驚天的計謀其實心中根本沒底，畢竟形勢很不樂觀。當然，這並不等於說戰傳說輕視姒伊的能耐。恰恰相反，他越來越覺得姒伊深不可測。

讓戰傳說又驚又喜的是，姒伊竟點了點頭，胸有成竹地道：「正是——其實此次讓香兮公主下嫁須彌城少城主盛九月，是冥皇倉促間作出的決定。而冥皇此舉的目的，顯然就是爲了不讓殞城主有所謂天審的機會，而能找到可趁之機的，也就在香兮公主身上。」

戰傳說有些不解，「香兮公主既爲冥皇的胞妹，又怎會有可趁之機？」

姒伊道：「因爲就在冥皇作出讓香兮公主下嫁盛九月這一決定的第二天，香兮公主突然不知所蹤！當然，時至今日，冥皇仍是全力封鎖這一消息，試圖在定下的吉日之前將香兮公主找到。」

戰傳說立即想到既然冥皇全力封鎖這一消息，卻已爲姒伊所知，足見她的神通廣大。不過，因爲戰傳說早已領略了這一點，這次倒也不會太過驚訝。

他道：「難道……香兮公主的行蹤已爲你們所掌握？」

其實，他真正想問的是「香兮公主是否在你們手中」，但感到未免有些失禮，所以改了口。同時暗忖：若說姒伊是做「買賣」的，那麼她所做的可謂是天大的「買賣」了。

這一次，姒伊否認了戰傳說的猜測，她道：「其實此事的關鍵並不在於香兮公主在誰手中或者身在何處，而在於這本不該在此刻發生的事卻的的確確發生了。」

戰傳說聽得此言，似有所悟。

一時間兩人都沉默了下來。

半晌，戰傳說道：「在下能否問一件事？」

姒伊笑道：「你是否想問我爲何要幫你們？」

戰傳說愕然相望——顯然，他正是想問此事。

姒伊未等戰傳說回答，已自顧接道：「我已說過，我是做買賣的市賈之人，有所付出，就是爲了有所回報——不過請陳公子放心，姒伊決不會讓你爲難。事實上，買賣的最高境界並不是一方占得另一方多少利益，而是雙方都能贏得利益——至少，姒伊一直遵奉這一條。」

戰傳說無話可說，無論對方想得到的是什麼，他都已沒有拒絕這一「買賣」的可能，因爲他不可能拒絕救殞驚天的機會。而姒伊的神秘與神通廣大，又使戰傳說相信她很可能是能促成此事的最好人選。

戰傳說心中自嘲道：「若真將此事比作一場買賣的話，那麼她已是立於不敗之地了，而我則連討價還價的機會都沒有。」

姒伊走至窗前，忽然幽幽一嘆道：「陳公子，外面的景致一定很美吧？」

戰傳說不知她何以突然改變話題。他不知該如何回答，外面的景致的確很美，但若如實將這一點告訴一個雙目失明的人，那豈非是一種殘酷？

猶豫了一下，戰傳說道：「美或不美，皆在於心境如何吧。」回答得有些模稜兩可。

姒伊卻一語點破：「陳公子是怕我傷懷吧？」

戰傳說甚是尷尬。

「窗外的景致是我託司祿大人佈置的，相信他會按我說的去吩咐他的人辦好此事——可惜，我是個眼瞎的人，這番景致，我只能去想像、去體會，卻無法親眼目睹了。」

戰傳說心頭一顫，脫口道：「其實姒小姐根本沒有瞎！」

姒伊嬌軀微微一顫，柔柔地道：「是嗎？」

「姒小姐的心比誰都亮！」戰傳說由衷地道，沒有絲毫的做作。

戰傳說見姒伊久久未語，不知自己是否觸動了她的傷心處，心頭歉然。

姒伊並未再就此事多說什麼，轉而道：「我想帶陳公子去見一個人，此人陳公子一定樂於相見。」她的臉上展露著笑意，笑得有些神秘。

姒伊行事處處出人意料，無跡可尋，戰傳說索性不問，暗忖不知這一次她又要給他以什麼意外。

姒伊對司祿府的熟悉程度讓戰傳說吃驚不小，她幾乎不需要侍女的任何提醒就可以在司祿府內穿行自如，連何處有拐彎，何處需上臺階都能準確記憶。

更不可思議的是，在戰傳說隨姒伊及其侍女在司祿府中穿行時，偌大的司祿府眾多的家將似乎都憑空消失，從來沒有一個人驚擾他們，更不用說攔阻盤查了，彷彿只要姒伊願意，她可以涉足這司祿府的任何地方。

這是一個很幽靜的地方，獨立城院，林木格外茂盛，而且全是常青樹，大片大片的綠色幾乎將其間的建築完全掩藏了。步入其間，頓有心靜神怡之感。

戰傳說心道：「居於此地之人，當是頗有情趣的雅士了。」

這時，戰傳說終於看到了幾個身影，但皆不是司祿府的家將模樣之人，而是膚色格外白皙的劍帛人，他們見了姒伊都十分恭敬。

姒伊站定了，對隨她同來的侍女道：「去通報客人一聲，就說我與他的一位朋友一同來拜訪他了。」

那侍女領命後，敲響了一間廂房的門，少頃，門「吱呀」一聲開了，屋內的人卻未立即出來，而是在門內與那侍女說著什麼，所以戰傳說也無法知道那人是誰。

交談了幾句，那侍女向身後指了指戰傳說、姒伊這邊。

隨後，便見一年輕男子走了出來，向戰傳說、姒伊這邊望來。

戰傳說一見此人，立時大吃一驚，脫口呼道：「昆吾統領?!」

那年輕人衣飾樸素，周身收拾得乾乾淨淨，予人以格外俐落的感覺，不是坐忘城乘風宮侍衛統領昆吾又是誰？

昆吾本是從另一途徑進發禪都，而且在接近禪都的途中一直進程順利，他怎會在這種時候出現於司祿府？戰傳說心中之驚愕可想而知！

昆吾也識出了戰傳說，大聲呼道：「是陳公子?!」顯得既驚且喜，顯然他也沒有料到會在這兒遇見戰傳說。

最初的驚喜過後，戰傳說心頭又升起無限擔憂。

他知道昆吾奔赴禪都並非只有一人，而是領了五十名乘風宮侍衛同赴禪都。若說五十名乘風宮侍衛都已隨昆吾進了司祿府，恐怕不太可能，那樣目標太明顯，且昆吾也沒有這麼做的理由。

而在他們最先商定的可以借助的禪都力量中，並沒有司祿府。戰傳說很是擔憂與昆吾同行的五十名乘風宮侍衛是否遭了不測？

已被靈使將之與顧浪子、南許許囚作一處的晏聰，終於醒了過來。

顧浪子撫著晏聰滾燙的額頭，心頭沒有絲毫的輕鬆感。

南許許終還是說出了九極神教教主勾禍的隱藏之地，以換得晏聰的性命。

勾禍的確未死——這個秘密，本決不可能被南許許、顧浪子以外的任何人知道，但事實上，靈使卻匪夷所思地知道了這一秘密，這更使南許許、顧浪子感到靈使的可怕。

南許許、顧浪子知道當年勾禍的所作所爲雖然是由他人暗中操縱，但無論如何，勾禍也是罪大惡極之人，死有餘辜。而南許許、顧浪子之所以第一次保全勾禍的性命，是因爲他們希望有朝一日勾禍能夠親口證實他的所作所爲，皆是受人指派。

何況，當年南許許、顧浪子第二次冒著生命危險救下勾禍的時候，勾禍已全身經脈盡斷，成了一個徹底的廢人，即使活著，也有如行屍走肉，再也無法爲禍樂土。但無論如何，作出這一決定對他們來說，心中都是極端矛盾的，他們何嘗不知勾禍罪不容誅？

人心真是複雜莫測，二十年前第二次救下勾禍，南許許、顧浪子心頭躊躇難決：一邊是武道正義的討伐，一邊是揭穿醜惡真相而有違自己的意願。二十年後，將勾禍的隱身之地透露向靈使，他們同樣心頭充滿了矛盾，雖然勾禍十惡不赦，死不足惜，但二人已對勾禍許諾要對外隱瞞這一秘密。

在顧浪子心中，晏聰的分量自然遠遠重於勾禍。

但在顧浪子內心深處，還有一種分量更重更沉——那就是信義！所以，顧浪子作出了痛苦的決定——捨棄晏聰以保住勾禍！

也許很少有人能理解顧浪子爲什麼這麼做，但南許許理解，同時，南許許亦知顧浪子作此選擇的痛苦。

南許許不敢苟同顧浪子的選擇：一個苟延殘喘、形同廢人且曾犯下滔天罪孽的人，與一個風華正茂、前途不可估量的年輕人相比，孰輕孰重，不言自明。

南許許說服不了顧浪子，一氣之下，自顧向上面喊話，聲稱願說出勾禍的下落，顧浪子自知已無法阻止，唯有接受事實。

就在晏聰暈迷的時候，兩人還因此事數度爭執。

他們決不會想到，他們所說的每一句話，其實都一無遺漏地落入了晏聰的耳中，即使是南許許這樣有驚世醫道修爲的人，竟也未能看出晏聰的「暈迷」其實另有蹊蹺！

而這一切，皆是拜靈使所賜。

半月前，靈使追殺南許許、顧浪子未遂，只擒得晏聰，但靈使並未擊殺晏聰。

當時，靈使正經歷了失子之痛，由此非但對戰傳說恨之入骨，連顧浪子與晏聰師徒二人相互維護的一幕幕在靈使看來，也無法容忍，這會令他想到自己已永遠失去了唯一的兒子術衣，此痛此恨，有如錐心之刺，讓他不堪忍受。

在這種心理的驅使下，靈使想到一個驚人的計畫，他要讓晏聰活下去，而且要讓晏聰與其師顧浪子反目，直至借晏聰之手取顧浪子的性命！

而做到這一點，還僅僅只是開端，靈使更要使晏聰成爲自己所向披靡的利器！

奄奄一息的晏聰被靈使帶至看似尋常實則另有乾坤的地方——亦即後來囚禁顧浪子、南許許的木屋中。

晏聰其時極爲虛弱，處於半暈迷狀態，他依稀看見了幾間模糊的木屋，不明白靈使爲何要將他帶至這裏。同時，他也記起靈使曾說會讓他殺了自己的師父顧浪子，這讓晏聰極度不安，他無法捉摸透靈使的真正用意，同時在潛意識中感到靈使這可怕的預言會成爲現實——得知自己會在不久的將來親手殺了自己最親近也是最尊敬的人，這種滋味著實不好受！

晏聰竭力想讓自己否定靈使這一可怕的預言，但不知爲何，他的內心深處依舊相信這會成爲殘酷的事實。備受心靈煎熬，幾欲崩潰。

幾間毫不起眼的木屋只是表象，在木屋的遮掩之下，其實另有複雜龐大得讓人目瞪口呆的地下世界！而後來困住顧浪子、南許許的圓井式囚室，不過只是其中一小部分而已。

晏聰被靈使帶到隱於木屋下的一間密室中，又被靈使安置於密室一張特製的床上。此床不知由何物製成，堅硬逾鐵，而且暗藏機括，機括啓動後，立即將晏聰束縛得嚴實無比，根本無法動彈，更勿論伺機逃脫。

靈使立於床前，望著晏聰道：「看來，你的筋骨之強，還算令本使滿意，在承受了本使『三劫妙法』第一結界的洗禮後還能清醒過來，而且是在身受重傷的情況下，頗不簡單，看來老夫並沒有看走眼！三劫妙法的第一結界會助你在很短的時間內傷勢恢復，本使即可以三劫妙法的第二結界對你加以洗禮，直至你的體能能接受本使的第三結界！世人只知本使的『破靈訣』，而極少有人知道本使的三劫妙法！三劫妙法的最高境界即第三結界，謂之天下大劫！若能達到這一結界，即可將自身鑄成三劫戰體，從此具有超越常人想像的戰力！事實上，連本使自身也未達到第三結界的修爲，這並非因爲本使悟力有限，而是因爲本使知道三劫妙法乃世間最獨特的絕技。」

「恐怕……應說是最……最邪的吧……」晏聰雖然不能動彈，卻尙能開口。他很吃力地說了這句話，以挑釁的目光以及嘲諷的笑意迎著靈使。

靈使卻渾不在意，他冷酷地一笑，「現在你會恨我，但當你達到三劫妙法的第三結界時，你就會對本使言聽計從，忠誠無比了！即使本使讓你上刀山下火海，你也決不會猶豫！三劫妙法中的『三劫』爲『天、人、心』三劫，包括習練者自身，在習練三劫妙法的過程中，他的心靈也在完成著天翻地覆的變化，極度複雜的變化形成了一片混沌，有如天地初開之時！此刻，此人的心靈反而有如一塵未染的白紙一般，他將視他由劫境內清醒過來後所見到的第一人爲最親近的人，奉其爲主，並以主人的意念爲意志——而你所可能見到的第一個人自然是本使，你該明白我的意思吧？」

晏聰目欲睜裂！若靈使所說的是真的，那麼當晏聰被強迫達到三劫妙法的第三結界時，也就是他今生靈魂終結之時！之後他的靈魂則爲靈使所操縱，以靈使的意志爲意志——這與死亡又有何異？

甚至，這比死亡更可怕！

人若死亡，則一了百了，但靈使卻讓晏聰的軀體存活下來，也許在靈使的指令下，他將義無反顧地做出他本決不願做的事，這是何等的殘酷?!

無怪乎靈使可以絲毫不計較晏聰的頂撞與嘲笑，最終的勝利者只能是他！既然如此，他又何必費神計較無關痛癢之事？

靈使不理會晏聰的反應，自顧接著往下道：「本使未能達到第三結界的境地，就是擔心遭遇你將要遭遇的事。但本使又不願放棄三劫妙法第三結界那驚世駭俗的力量，最終，本使想出了一個兩全其美的方法，那就是助他人達到三劫妙法的第三結界，並借機控制此人，如此一來，本使既可以避免失去靈魂之禍，又可以讓一個擁有三劫妙法第三結界之人永遠對我忠心耿耿，爲我所用！這一想法，其實早已存在於本使的心中，只是要找到合適的人選並不容易，因爲此人必須在極短的時間內迅速達到第三結界，第三結界可怕的力量絕非常人所能承受，除非此人天賦筋骨絕佳！在你之前，本使已試過三人，卻皆未能支撐到最後便爆體而亡了，但願你不會讓本使失望！一旦經歷了第三結界的洗禮你仍能不死，那麼你就已成了一個與常人迥然不同的人了，無論是你的精氣、血脈、內息都已發生了神秘的變化。當然，還包括你的靈魂，但要真的鑄成三劫戰體，還需將你體內『天、人、心』三劫之氣融爲一體，化爲邪炁！而要能達到這一境界，以本使所知，唯有借助於南許許絕技『萬象歸宗』的陰訣！」

聽到這兒，晏聰知道靈使之所以選擇自己，還有一個原因就是因爲他與南許許的關係。

果然，靈使繼續道：「南許許被不二法門追殺一生，已很難再相信任何人，想要借助他的『萬象歸宗』的陰訣談何容易？但你不同，因爲你是顧浪子的弟子，而顧浪子又是南許許唯一一個絕對信任的人，以你爲誘餌，不怕南許許不中計！」

說至此處，靈使哈哈一笑，得意地接道：「晏聰，你能爲本使選中可是基於種種因素考慮的，可謂是你的造化！日後只要你能成功地鑄就成不滅的三劫戰體，就可以所向無敵，只在本使一人之下，所以你該稱幸才是！」

晏聰自知已無法改變現狀，心頭無比的絕望。

他一向對自己充滿了信心，自視極高，雖然年紀輕輕便經歷了不少磨難，但他仍自信能夠成

就一番偉業。

孰料靈使卻徹底打破了他的期盼，以後即使活了下來，即使能夠擁有所謂的不滅的三劫戰體，所向披靡，他也永遠只是供靈使驅策的奴僕走卒。

晏聰之絕望、痛苦，以錐心刺骨也只能形容其萬分之一。

偏偏這樣的痛苦並非一時半刻就會結束，而是要一日一日地折磨他，直至達到三劫妙法的第三結界，失去了自身的靈魂與思想之後方能結束。

當顧浪子、南許許見到晏聰時，晏聰已非昔日的晏聰，一切按靈使所預期的方向發展，晏聰在靈使以獨門手法強行達到三劫妙法第三結界的境地後，並未因無法承受而爆體身亡，並且視靈使爲主人，甘願爲其驅使。

靈使如獲至寶，他相信只要再輔以南許許的「萬象歸宗」的陰訣，那麼晏聰就會成爲最強的三劫戰體，那時，憑藉晏聰，靈使定能開創更輝煌的局面，非但可以將不二法門四使中另外三使的風頭壓下，甚至可以直逼元尊！

隨後，靈使一面向晏聰灌輸思想，恢復他的大部分記憶，一面著手追查南許許的下落。

他知道達到三劫妙法的第三結界之後，雖然晏聰看似安然無恙，但若其體內的三劫之氣未曾融合，十日之後，如仍未能融爲劫炁，那麼「天、人、心」三大劫氣將會自相衝突，給晏聰帶來絕對致命的後果。

所以，靈使為了尋找南許許的下落，不惜將南許許還活著的消息透露給四大名門，希望借助四大名門的力量查出南許許的行蹤。與此同時，靈使還想到顧浪子的空墓。

當年，靈使猜測到顧浪子很可能並未真亡於梅一笑劍下時，即已留意顧浪子的墳墓，一探查，果然是空墓。靈使本以為顧浪子會在自己墳墓所在之處出沒，但當年盯梢的結果卻只發現顧浪子的姐姐顧影，由此靈使也發現了梅一笑的隱居之地。

但梅一笑的隱居對不二法門只有益而無不利，靈使自然不會驚動梅一笑。而如今，為了能找到南許許，他再度開始留意那墓地，並設下了圈套。雖然顧浪子、南許許未必會在這兒出現，但靈使尋南許許太過心切，只要有一線希望，他就要全力以赴。

最終，正是借此圈套，靈使囚禁了南許許、顧浪子。

雖然對靈使來說，真正有利用價值的只有南許許，但他知道南許許與顧浪子的交情極深，若是殺了顧浪子，恐怕會影響計謀的進程，所以顧浪子的性命也得以保全，而所謂的追查勾禍的下落，則純屬碰巧。

不二法門早已認為勾禍已死，連勾禍的屍體都為眾人所見，而且是被攔腰斬殺，就是神仙也救之不活！靈使之所以要讓南許許、顧浪子說出勾禍的所在，是為了讓他們對晏聰不起疑心。

在靈使看來，自己假裝以晏聰的性命為要脅，為了得到的卻是一個早已死去多年的人的下落，雖然顧浪子、南許許也不可能說出一個死者的下落，但為了保住晏聰的性命，他們必然會捏造一個虛造的地點。

靈使當然不會在乎這一點，但他卻可以藉口要查派南許許、顧浪子有沒有說謊，而將晏聰與南許許押在一處共處一段時間，在這段時間內，晏聰將憑藉自己的第三結界的修為，偽裝成氣息紊亂至極的狀況，迫使南許許不得不以「萬象歸宗」的陰訣作用於晏聰身上。

為了使計謀得逞，靈使甚至不親自出手，而只是設法讓南許許、顧浪子自己墜落囚室。如此一來，「毒瘋子」南許許隨身攜帶的藥以及銀針等物才可以留在其身上，否則若是以其他方式擒住南許許，卻不搜去他身上的這些物品，未免有些反常。

當南許許說出勾禍的下落時，靈使並不在意，他相信這只是南許許為了保住晏聰而捏造的地點，勾禍怎可能仍活著？但之後顧浪子與南許許在地下囚室中的爭執，讓靈使大吃一驚，驚愕之餘，更是喜出望外！

他立即派出人手前去南許許所說的地方查看，若真能有所收穫，堪稱是意外收穫！即使這只是顧浪子、南許許的詐兵之計，對大局也沒有什麼影響。

眼下，他只需靜候南許許使出絕世神功「萬象歸宗」的陰訣加諸於晏聰身上，那麼即是大功告成之時了。

興奮之情沖淡了靈使失子之痛，為了使晏聰成為他無往不利的「刀劍」，他甚至可以暫且將追殺戰傳說的事擱至一旁。

或者說，他對追殺戰傳說一事，早已成竹在胸。一旦晏聰鑄成三劫戰體，定可爲他擊敗戰傳說，取其性命。

而由晏聰擊殺戰傳說，在靈使看來，這比自己親自出手更有趣得多！他要讓戰傳說親眼看到他視爲朋友的晏聰非但向外人透露了「無言渡」相約一事，甚至還要取他的性命。

靈使已感到戰傳說是年輕一輩中最出類拔萃者，而擁有三劫戰體的晏聰卻將是最強的年輕人。靈使堅信兩人之間的那一戰，必然十分的精彩！

禪都司祿府。

戰傳說與昆吾相見後，都驚喜異常，大有恍如夢中之感，在司祿府中相見，實是有些不可思議。

戰傳說一問昆吾，才知昆吾比他還要遲些時辰到這兒，戰傳說三人進入司祿府時天還亮著，而昆吾進入司祿府時卻已天黑。

戰傳說感慨地道：「在下會進司祿府，自己已感到有些不可思議，沒想到竟還會在此遇到昆統領。」

「司祿府？」昆吾惑然不解。

疑。

戰傳說微怔，「不錯，此乃司祿府的府地——難道你還不知嗎？」

昆吾大驚，尤其是見戰傳說從容隨便，似乎對置身於司祿府絲毫未感到不妥，更是既驚且疑。

戰傳說道：「沒想到你還不知情。」

「進入此地——甚至在進入禪都時，我已是處於暈迷狀態了。」昆吾有些慚愧地道：「等我醒來，發現自己處於深宅大院中，有幾個人照應著我，對我十分客氣，卻不讓我隨意走動，既然人家對我有恩，我也不能讓人家為難，所以也就無從知道這是什麼地方了。」

聽昆吾這麼說，戰傳說不由看了姒伊一眼，心道：「難道這也是她所為？」

無須戰傳說發問，姒伊已先道：「昆統領的確是我讓人救回的，可惜他們還是去遲了。」

「去遲了？」戰傳說心頭一沉，默默地將這三個字在心中重複了一遍。

昆吾聲音低沉地道：「隨我同行的五十名弟兄皆已被殺……唯有我一人活了下來……」痛苦之情溢於言表。

他的雙手用力握緊，以至於指關節泛白。對於昆吾這樣的性情，一人獨自倖存下來非但不會讓他慶幸，反而會讓他更為痛苦。

戰傳說雖覺當著姒伊的面問昆吾經歷的情形多少有些不便，但他還是忍不住問道：「是遭遇什麼人的攻擊？」

昆吾痛苦地搖了搖頭，沉默了半晌，方道：「他們蒙著臉，從衣飾上也看不出什麼，雖然他們也有人被殺，但直到我暈迷過去為止，一直是沒有任何機會查看他們的身分。」

戰傳說與昆吾雖然接觸不多，但深知昆吾常不顯山露水，卻極為謹慎果敢，很為殞驚天倚重。以他的眼光與洞察力尚未能看出襲擊者的一點破綻，看來對方行事十分縝密。

姒伊道：「襲擊者是極具戰力的無妄戰士。」

「無妄戰士？」戰傳說、昆吾同時失色！

「無妄戰士」直接歸屬冥皇指令，除冥皇之外，連雙相八司都無法調動無妄戰士一兵一卒。這些經過嚴格挑選、精心磨煉出來的無妄戰士共有八百人，八百人組成的無妄營的戰鬥力足以與人數數倍於他們的普通禪戰士相匹敵，無怪乎連足稱坐忘城精銳的乘風宮侍衛也不敵他們。

戰傳說、昆吾固然顯得很是驚愕，但細細一想，襲擊昆吾等人的也只可能是冥皇所派出的人馬，尤其是發動襲擊的地點與禪都已相去不遠了，換了其他力量，不能不掂量在禪都左近動手會不會觸怒冥皇。

戰傳說沉吟道：「冥皇竟派出無妄戰士出手，看來他真的是要一心沿著這條路走下去了，也不知是什麼原因讓冥皇……執迷不悟。」

戰傳說雖然感到姒伊似乎無所不知、無所不曉，但關於冥皇之所以發動雙城戰是因為劫域的緣故這一點，他仍暫時不想向姒伊透露，所以言語有些含糊閃爍。

昆吾不無擔心地道：「冥皇一意孤行，這豈非等於說城主越來越危險了？」

戰傳說道：「未必如此。殞城主隨卜城人馬一同進禪都的途中，不二法門的黑衣騎士追隨他們整整兩日，不二法門的意圖很明顯，就是要對冥皇施加壓力，讓冥皇不能隨意殺害殞城主。有不二法門的插手，相信冥皇應該有所顧忌。」

昆吾很是欣慰地道：「如此就好！」看來他對不二法門黑衣騎士出現的事並不知情，方有此意外之喜。

戰傳說又道：「冥皇動用了無妄戰士，又竭力掩蓋身分，這說明冥皇有所顧忌，他並不想讓更多的人知道他針對坐忘城的舉措。」

說這些時，戰傳說想到了天司祿。天司祿似乎根本未看出自己就是冥皇一心要追殺的人，究其原因，也許並不是天司祿的疏忽，而是冥皇並沒有向天司祿透露這一點。冥皇處處有所顧忌，這對戰傳說、坐忘城來說，未嘗不是一件好事。

昆吾想起更關鍵之處，於是向姒伊問道：「不知這位……姑娘與司祿大人是什麼關係？」

「我只是司祿大人的客人。」姒伊道。

「客人？」昆吾皺了皺眉。也難怪他會疑惑，她在司祿府的言行舉止可一點也不像只是客居此地，他看了看戰傳說，戰傳說臉上是無可奈何的苦笑，示意自己也不知她的真正身分。

姒伊雙目失明，自無法知道昆吾與戰傳說這種無聲的交流。

她道：「所謂知己知彼，百戰不殆，你們要從冥皇手中救出殞城主，就不能對冥皇一無所知。現在，有一個機會可以讓你們進入紫晶宮見到冥皇，不知二位可有興趣？」

戰傳說、昆吾相視一眼，昆吾道：「願聞其詳。」

姒伊微微一笑，「時逢香兮公主大喜之日，普天同慶，姒伊身為樂土子民，蒙浩瀚皇恩，無以為報，適逢此吉日，自當進奉薄禮，以表寸心。不過，冥皇聖顏非我一商賈女子輕易能見，這便需要天司祿大人牽線搭橋了。姒伊既然是攜禮覲見冥皇，身邊自不能沒有跟隨，姒伊想暫且委屈二位假作我的隨從，這樣就可以進入紫晶宮了。」

戰傳說覺得此計可行，雖然見了冥皇未必對救殞驚天有所幫助，但對冥皇的性情多一分瞭解卻也不是壞事。

他正待答應下來時，卻見昆吾向他大遞眼色，戰傳說只好話到嘴邊，又咽了回去。

昆吾道：「姑娘此計的確不錯，但冥皇既然處處針對坐忘城，對來自坐忘城的人自然格外注意，對於我與陳公子，冥皇身邊定有人識得，就算有易容之術，恐怕在紫晶宮也不可能瞞過所有人。一旦被察知，不但我與陳公子性命難保，而且還會連累姑娘，救殞城主也無從談起。」

姒伊點了點頭，「昆統領的擔憂不無道理，既然如此，我們便另謀他策。你們久別重逢，定有話說，姒伊就先告辭了。」

言罷即由侍女陪著離去了。

待姒伊走後，戰傳說有些迫不及待地道：「昆統領爲何不同意她的計策？」

昆吾搖了搖頭，「太冒險了。大冥王朝是以武立國，紫晶宮的戒備自然是天衣無縫，絕難輕易混入，一旦我們的身分暴露，冥皇就立即可以此爲藉口向城主問罪！」

戰傳說感到昆吾的擔憂不無道理，出入紫晶宮顯然要冒很大的風險。但同時戰傳說又覺得除此之外，一時也沒有其他更合適的途徑可以有助於救殞驚天，所以心頭多少有些遺憾。

戰傳說詳細地將自己在苦木集的遭遇對昆吾敘說了一遍，昆吾這才知道殺害重山河、落木四的人是劫域恨將，立即意識到雙城之戰、冥皇追殺戰傳說等一連串事情有著極其複雜的背景。

這可不是妙事！最後昆吾道：「小姐現在何處？她是否一切安然？我想去見她。」

昆吾乃乘風宮侍衛之統領，護衛城主殞驚天、城主女兒小夭本是他分內之事。

戰傳說道：「我這就與昆統領一起去見她。」

第七章　禪都黑獄

靈使精心營建的地下囚室。

南許許眉頭緊鎖，連聲道：「奇怪……奇怪……」

顧浪子被他不著邊際的話弄得心煩意亂，忍不住打斷他的話道：「若說這世上還有能難倒毒瘋子的疑難雜症，那才真是奇怪。」

南許許嘆了一口氣，「請將不如激將，此話不無道理，但此時用在我身上，卻是毫無用處了。若有計可施，既無須請將，更無須激將！」

顧浪子心頭一沉，一把抓住南許許的手，急切地道：「胡說！照此說來，難道……難道聽兒已必死無疑?!」

在未被囚禁於此地之前，顧浪子的身體本就虛弱，被囚之後，更是身心同受折磨，加上對晏聽傷勢的擔憂，他整個人已脫了形，如果不是因爲這井式囚室一直暗無天日，只怕南許許見了會嚇一跳。

但無論如何，顧浪子因虛弱、焦急而變得沙啞的聲音卻是掩飾不住的。

南許許愴然一笑道：「其實非但是他，你我又能活上多久？一旦勾禍被找到了，我們也就失去利用價值了，難道還指望有人將我們放走嗎？」

顧浪子嘶聲道：「既然如此，你更不該將勾禍所隱藏的地方說出，我們無論如何都難免一死，又何必在臨死之前還對勾禍失信？」

南許許冷笑一聲道：「對勾禍失信算得了什麼？不錯，我們的確難免一死，可憑什麼要讓我們早早地束手待斃？若是爲了其他守信而招來殺身之禍，倒也罷了，但爲勾禍而死倒大可不必！」

顧浪子也變得有些激動，「無論如何，我們最終只是多活幾日而已，卻……」

南許許一下子打斷了他的話，「多活幾天便多掙幾天——其實這二十年來，那一天我們不是在以此心態過日子的？怎麼今日你反倒不習慣了？」

顧浪子一時不說話了，南許許也沉默著。

忽然間，兩人同時嘶聲笑了，笑得有些淒然，也有些釋然。

顧浪子長長地吐了一口氣，「無論如何，我仍是希望能救下聰兒，畢竟，他還如此年輕——你一定有辦法救他，否則，若真的無法相救，你反倒不會告訴我了，是也不是？」

南許許久久不語。

半晌，他才道：「晏聰一直暈迷著，即使偶爾醒來，也只能維持極短的時間，而他體內有三股截然不同的氣息則在不斷地壯大，如果不能將之融爲一體，不出數日，他必會因爲三股氣息之間的衝突糾纏而亡！而要將這三股氣息融合爲一，只有一種方法。」

「萬象歸宗？」顧浪子已有所悟。

「確切地說，是『萬象歸宗』的陰訣！」南許許道，「而陰訣我還從未真正地嘗試過，一旦有所偏差，後果不堪設想！」

顧浪子只覺手心開始一點一點變得冰涼，後背也是陣陣發涼。他強自鎮定心神，「難道……沒有其他方法了嗎？」

其實，如此發問時，他已知南許許的回答是什麼了。如果有更安全可靠的方法，南許許又豈會捨而求其次？但顧浪子卻又委實忍不住要問。

「也許還能找到其他方法，但卻至少要花費半年的時間去尋找、琢磨。」南許許苦笑一聲道：「可我左算右算，隨身帶著的那些毒物無論如何也無法讓我再維持三日！而且，誰也無法保證靈使有等半年的耐心。」

顧浪子幾乎是一字一字地自牙縫中擠出一句話：「你……有幾成把握？」

「三成。」南許許道。

「三成?!」顧浪子大失所望，但他更知他們別無選擇。

此時此刻，禪都黑獄。

黑獄是大冥王朝囚押死囚之牢獄，位於禪都外城的西部。從外觀看，黑獄狀如一座普通的城堡，只是大部分的建築皆是以黑色的岩石砌成而已。但一旦步入其間，立可感受到黑獄的森嚴！之所以將囚押死囚的牢獄外觀建成城堡狀，也許是爲了與整個禪都相協調，以免過於突兀。

黑獄四周以高牆相圍，只有南向一個入口，與四周高牆相隔十丈之內，沒有任何建築或其他可以藉以隱身之物。這可以保證任何人只要靠近黑獄，就可以被及時發現。

因進入黑獄者，幾乎鮮有生還者，故禪都人皆戲稱黑獄南門——亦即黑獄唯一的入口爲奈何門。

此刻，奈何門外以暗紅色石板鋪成的大道上，相對肅立著兩排披堅持銳的獄衛，約三十餘人。左近的禪都人瞧見這一幕，皆知又有一死囚將要被押入黑獄了，而他們對此早已司空見慣，習以爲常了。

何況這一次只是派了三十餘名黑獄獄士，可見被押送入黑獄的並非重囚。這與昨日收囚坐忘城城主殞驚天動用的兩百餘名黑獄獄士是不可同日而語的。

三十餘名黑獄獄士等待的是臭名昭著的秋風煙。秋風煙生性邪淫，依仗自己一身不俗的輕身身法，常擄掠年輕貌美女子予以姦淫，早已引得世人共怒。這一次，秋風煙是栽在地司殺府的人手中。

對於黑獄士而言，無論死囚是由地司殺府押送來的，還是天司殺府押送來的，抑或是四大禪將押送來的，都無甚區別。在黑獄士眼中，被送入死囚的人就是一隻腳已踏入地獄的人，而眾黑獄士的職責便是保證已踏入地獄的那隻腳不再有機會收回。

每一個死囚都必然經歷了非比尋常的事，所以黑獄的歲月流逝是既單調又多彩。看慣了一個個曾經叱吒風雲、不可一世的人轉眼間斷送性命，使黑獄士的血漸漸地冷了，心也越來越冷漠無情。

所以，此刻三十餘名黑獄士列隊於秋日的陽光中，在他們的臉上幾乎無法看到任何表情。他們的臉色與黑獄一樣，籠罩著淡淡的幽暗與陰沉。幽暗與陰沉早已成了黑獄士的符號，據說禪都不少人能夠一眼就分辨出人群中有誰是黑獄士，哪怕此人再如何喬裝易容。

黑獄士見慣了生與死，這使得每一個黑獄士都理智得近乎冷酷。而且即使只是一個普普通通的黑獄士，或許也會因爲與一死囚接觸甚多而知悉一個驚人的秘密。畢竟，會淪爲死囚的人都必然有非比尋常的經歷。

所以，看似與世隔絕的黑獄，其實並不像外人所想像的那麼閉塞。

對於秋風煙栽於地司殺府手中一事的前因後果，黑獄士心知肚明：看似只是秋風煙時運不

濟，恰好落在地司殺府手中，其實這其中另有玄奧。

以往地司殺府對秋風煙這一類人物，多半是睜一隻眼閉一隻眼，但自從地司殺領兩百司殺驃騎及三大刑使進入坐忘城，結果卻大敗而歸後，地司殺府的人一腔怒焰無處發洩，便開始對秋風煙之流予以變本加厲的追捕圍殺，一則藉以洩恨，二來多少可以振一振地司殺府頹喪的士氣。畢竟三大刑使一人被殺，兩人被擒，兩百司殺驃騎全軍覆滅這樣的打擊實在是太大了。

這幾日來，幾乎天天有地司殺府送入黑獄的人，而且每一個被押入黑獄的人都被折磨得不成人形，奄奄一息。這也使黑獄對地司殺府頗有微詞，那些奄奄一息的死囚送入黑獄後，還需得黑獄士費勁費力地去照應。

天、地兩司殺府擁有對抗拒者就地格殺的權力，而黑獄則不同。對黑獄來說，寧願天、地司殺府的人更多地採用殺無赦之策，而不是炫耀功績似的將死囚往黑獄押送。

終於，有車輪轆轆聲、馬蹄得得聲傳來，很快，一列司殺驃騎出現在大道的那一端，眾司殺驃騎皆著絳色勁甲，頭戴掩面戰盔，只有一雙雙銳如鷹隼的眼睛露於戰盔之外，顯得甚是剽悍。司殺驃騎所持的薄而窄的長刀在秋日的陽光下泛著森然寒意！

與前幾日一樣，地司殺府用來押送死囚的並不是常用的囚車，而是幕簾低垂的馬車，不知情者還會以爲這是地司殺府的寬厚，而黑獄士卻知地司殺府的人之所以選擇馬車取代囚車，是因爲他們押來的人已被折磨得不成人形，若是以囚車載之，恐怕會讓禪都人指責地司殺府殘忍無道，所以才以密封的馬車遮掩這一切。

地司殺府的隊伍長驅直入，直抵「奈何門」。

禁押著秋風煙的馬車停了下來。

黑獄的主事青叱吒被眾黑獄士尊爲「獄師」，獄師雖然也算是一方權者，但與雙相八司及四大禪將的風光無限相比，青叱吒則內斂低調得多，他幾乎是終年足不出戶，沉居於黑獄中。

在青叱吒的駕前，有「金、木、水、火、土」五大獄令聽候差遣。此時在「奈何門」前等候地司殺府眾司殺驃騎的，正是木獄令。

而司殺驃騎中爲首的則是狐懷。

狐懷年約四旬，論資歷比地司殺原先的三大刑使盛極、車向、香小幽更深，但不知爲何，他一直在司殺府中不得志，只能聽任三個資歷不如他的人成爲刑使，爲此，狐懷一直顯得意志消沉。

但自從坐忘城一役盛極被殺，車向、香小幽雙雙被擄後，狐懷忽然發現他的前景一片光明，地司殺若要另擇三大刑使，狐懷自忖他的可能性極大！所以，這些日子來，狐懷一直是全力以赴，處處奮勇爭先，希望能借此引得地司殺的更多注意。

或許是過於操勞，狐懷的雙眼有些充血，有如經歷了一場生死搏殺後的猛獸，在疲憊中略略隱含兇狂。

他與木獄令已是老熟人了，見了對方當即朗聲招呼道：「又是木兄當值，辛苦了！」

木獄令神色木訥，也看不出他的心情如何，面對狐懷的招呼，他只是點了點頭，「狐兄弟客氣了。」其實他心中對狐懷很是不以爲然。

狐懷爲了能坐上刑使之位，連累他木獄令也要操勞更多，尤其是方才他正在與五獄令中唯一的女子水獄令廝混，正在興頭上時卻不得不暫時離開風騷入骨的水獄令，這等滋味著實不好受。

狐懷也許是被連日來不小的收穫以及自以爲唾手可得的刑使之位沖暈了頭腦，並沒有留意到木獄令的不快，依舊興致勃勃地與木獄令說笑：「木兄，這次送到黑獄的是秋風煙，此人風流成性，據說床頭功夫是出神入化，不少被他姦淫的女子還爲他著迷了，木兄不妨下些工夫，多半能從此賊身上撈得一些好處，哈哈哈！」

木獄令也哈哈一笑，心頭暗自嘀咕：「他說的也不無道理，最近購來的那騷娘們床上功夫一流，老子都有些招架不住了，若是能從秋風煙口中掏得幾招絕技，定可將她收拾得服服帖帖。」

想到得意處，他那過於木訥的臉容竟也舒緩順眼了不少，隨即向兩邊黑獄士揮了揮手，示意他們將秋風煙從馬車內架出。

一名黑獄士上前挽住車簾，另一人則一步登上馬車，跨入車廂中。

剛一進入，竟又退了出來。

不！並非退出，而是如彈丸般被拋飛而出！

身在空中，已是鮮血狂噴，但卻未聞有任何痛呼聲，顯然此黑獄士已是一具屍體。

未有任何交手，甚至未聞此黑獄士被擊中的聲音，就此殞命——如此驚人的變故，使見過不少血腥場面的司殺驃騎與一干黑獄士全都驚呆了。

未等眾人回過神來，馬車驟然爆裂，無數的碎片四向飛射。

那黑獄士的屍體頹然墜地！而車廂破碎處，一團奪人心魄的寒芒挾裹著一個人影驀然驚現，且以令人窒息的速度向黑獄縱深處迫入。

對手雖然只有一個人，但無論是司殺驃騎還是黑獄士，卻同時心生不可抵禦之感。

在短暫的震愕之後，木獄令、狐懷同時回過神來，聲嘶力竭地高呼道：「強闖黑獄者，格殺勿論！」

他們的嘶喊聲竟顯得那麼脆弱！

接近馬車的另一名黑獄士的頭顱已高高拋起，斷開的頸部鮮血如注，在虛空中劃出一道驚心動魄的弧形軌跡。

襲擊者其快逾風地迅速閃過六名黑獄士，頃刻間已有如鬼魅般出現在與木獄令相距不過數尺的範圍之內。

他的面目掩於黑色的頭罩之後，木獄令所看到的只有一雙讓他心寒的眼睛！

與對方目光相遇的那一剎那，木獄令忽然感到無比的虛弱與絕望，這種感覺，從未有過！

刃風割面，木獄令如夢初醒，以自己所能達到的最高速度抽刀在手！卻已失去了出擊的角度與時機，因為一道寒光已如一抹咒念般直取他的咽喉，非但予他以致命的攻擊與威壓，並同時封住了他所有可能出擊的角度。

木獄令僅能以近乎笨拙可笑的方式勉強封擋，「鏘……」金鐵交鳴之聲傳入木獄令的耳中。只是短暫的一聲撞擊，木獄令手中的刀已不可思議地斜斜劈入他自己的肩肋處。與此同時，他的咽喉處忽添一抹寒意。

空洞與畏怯之感使木獄令想大喊一聲，但他並沒能喊出，卻使他咽喉處的涼意化為熱熱的感覺，有殷紅的鮮血怒射而出，他的呼喊與生命皆已被無情地封殺於喉底！

又是一聲金鐵撞擊聲，擋在奈何門前最後一名黑獄士被連人帶刀撞得飛身跌出，重重地撞在了暗黑色的石牆上，立時頭顱碎裂，命殞當場。

襲擊者的目的並不在於殺人，他如怒矢般穿過奈何門，消失於外觀有如黑色城堡的黑獄中。

木獄令已失去生機的軀體此時方打著旋頹然倒下。他那顯得過於木訥而毫無表情的臉上在死亡後，卻永遠地保留著一種神情——極度驚駭與絕望揉合而成的神情！

狐懷忽然感覺自己的後背已是冷汗涔涔。他親眼目睹了木獄令被殺的過程，在場的人當中，也只有他能夠看清這一過程。正因為如此，他比其他人更能深切感受到襲擊者的修為之高深莫測！

狐懷自忖，若剛才受到攻擊的不是木獄令而是他，也照樣無法躲過對方的一擊致命。這幾日來的躊躇滿志之感忽然間蕩然無存！代之而起的是茫然若失。

黑獄的警哨聲驚心動魄！

狐懷首先掃視了一眼目瞪口呆的眾司殺驃騎後，很是沮喪地下令道：「集合人馬，原地待命，獄師若有差遣，我等自當鼎力相助！」

黑獄重地，連地司殺府的人也不能擅自進入。而地司殺府押禁的囚犯忽然間變成了修為驚人的絕世高手，並一舉斃殺木獄令，狐懷及其他同行的司殺驃騎有著不可推卸的責任！狐懷說是讓眾人原地待命，其實無異於在原處等候處治！

一想到地司殺那冷酷的目光，狐懷就不寒而慄，想取代刑使的位置已近乎癡人說夢，能否保住性命都已成了問題！在坐忘城的受挫使地司殺府在天司殺府面前大丟顏面，而這一次又出如此大的紕漏，恐怕地司殺必會惱羞成怒。

若非不能擅入黑獄，狐懷寧可衝入黑獄，與那襲擊者血戰一場，雖然自知難敵對方，但總強過在此顏面掃地地等候處治。

木獄令手下的黑獄士已無心顧及眾司殺驃騎的感受了，他們終於從打擊中清醒過來，其中十餘名黑獄士蜂擁上前，守在已支離破碎的馬車旁，連司殺驃騎都不允許接近，而其餘的人則迅速撤入黑獄中。

「轟……」黑獄唯一的一扇通往外界的大門重重關閉了，留下垂頭喪氣的司殺驃騎與十餘名神色肅穆幽暗的黑獄士。

支離破碎的馬車殘骸掩埋著一具屍體，只有肩部以上露出的部分可爲人所見，這正是秋風煙，他早已被折磨得不成模樣，此刻，也沒有人去理會他的死亡了。

眾司殺驃騎苦苦思索的是：襲擊者怎可能在嚴密的監視下神不知、鬼不覺地混入馬車中。

警哨四起時，「獄師」青叱吒正在享受著他的「美人宴」。

在一張幾乎占去整間屋子一大半的特大床上，青叱吒頭枕一身材誘人的豔女的胸部，半坐半臥，另有一個美豔動人的女子噙了一口美酒，然後小心地渡入青叱吒的口中。

青叱吒將美酒咽下，心滿意足地吸了一口氣，微閉著眼，指了指身側的果盆。

床榻邊共有三名女子，那最爲豐滿的女子早已心領神會，媚笑著緩緩躺下，她的同伴則將一把熟透了的櫻桃撒在了她的胸上、腹部、腿間……殷紅的櫻桃與她誘人的肌膚相映襯，平添了無限春色，更有幾顆櫻桃竟從她半遮半露的胸襟流入她的衣衫之內。

青叱吒側翻過來，輕車熟路地一把抱住了那女子，將頭深深地埋在她那高挺的胸前，用嘴探索似的尋找著櫻桃，並由此探訪了那女子的每一寸肌膚、每一個部位。

那女子似已不堪忍受，開始高一聲低一聲地呻吟喘息，十指用力地抓著青叱吒的雙臂，忽而又鬆開了。

她修長的小腿繃得筆直，似乎在期待著什麼，終於她喘息著道：「獄師……把我也……吃了吧……」

青叱吒哈哈一笑，雙手一探，「刺啦」一聲，他身下女子的衣衫已被扯開，一時滿室春意。

青叱吒要消受他的「美人宴」最後也最讓他樂此不疲的一道「美味」了，但就在這時，警哨聲驟然傳入了青叱吒的耳中！

青叱吒完全可以將此屋修建得更爲密實，從而使外面的聲音隔絕，但他卻沒有這麼做，甚至，此屋的隔音還不如尋常屋子。因此，屋內的種種蕩人心魄的聲音也幾乎是無所遮擋地傳到屋外，以至於黑獄士都將在獄師身邊伺候視爲一種酷刑，耳聽著男女歡愛之聲卻只能靜候於原處，其中滋味實不好受。

青叱吒聽得警哨聲，雙手略作停滯後，又繼續向目標進發。

青叱吒處變不驚，是因爲他料定這應是有人試圖逃脫出黑獄。對死亡的恐懼往往使被禁押者會孤注一擲，而這種企圖幾乎不可能有得逞的機會，數百名訓練有素的黑獄士以及黑獄內的重重機括、暗道、翻板，使青叱吒有足夠的自信。

黑獄內部通道迂迴曲折，有如迷宮，局外人進入黑獄，只能是處處被動。青叱吒相信用不了多久，此事就能平息，這小小的插曲還不至於壞了他的興致。

但事情的進展很快證實青叱吒的胸有成竹有些過於自信了，警哨聲此起彼伏，讓人的心弦越繃越緊。

青叱吒再也無心消受他的「美人宴」，霍然坐起，雙眼充血，殺機隱現！他已決定要讓壞了他興致的人付出最慘重的代價！

就在他心生此念的時候，屋外有人急切地稟道：「屬下有緊急事宜稟報獄師！」

青叱吒聽出是土獄令的聲音，而且還聽出土獄令的語氣中隱含極度的不安。

青叱吒頓時意識到事情比自己想像的更嚴重得多，他厲聲喝道：「說！」

未聞土獄令的回答，卻聽得外面一聲悶哼，隨即便是人體倒地的聲音。

青叱吒目光倏閃，右手閃電般向自己身側抓去，卻一無所獲，他的「無常刀」此刻並不在身邊。

「砰」的一聲驚人爆響，青叱吒正對著的那扇門突然爆裂開來，碎木四射。

在三個花容失色的女子的尖叫聲中，青叱吒雙掌一按，已如敏捷至極的獵豹般彈躍而起，向此屋唯一的一扇窗撲去。

青叱吒在黑獄中一向有著絕對的自信，但這並不等於說他是一個莽撞的人。外面的異常情形使他意識到這一次黑獄所面臨的威脅將是空前絕後！

他相信土獄令定已死了，而對手能夠在頃刻間殺了土獄令，且是在黑獄的縱深之地，其武道修爲定是驚世駭俗！青叱吒沒有把握在失去「無常刀」之助的情況下取勝！

青叱吒彈身掠出的同時，一杆長逾丈許的鐵槍破空而至，攪起一室凌厲勁風與萬點寒星，赫然已將青叱吒脫身之路完全封殺。

青叱吒驚愕欲絕！

因爲他一眼辨出那杆鐵槍是土獄令所用的兵器！

土獄令五短身材，偏偏用一件比他的身高足足超出一倍的兵器，不過土獄令在這杆槍上浸淫了大半輩子，一路槍法卻也使得出神入化！但此刻使槍者所施展出的槍法竟不知比土獄令高明多少倍！

彷彿在這杆槍上浸淫了大半生的不是土獄令，而是此人！

青叱吒只覺對方每一槍刺出均若羚羊掛角，無跡可尋，即使他此刻有無常刀在手，恐怕也無從擋禦，何況是赤手空拳？

青叱吒不能不退！

他的修爲也著實了得，身軀就如同被一根無形的繩子牽引著一般進退倏忽，僅憑著周身肌肉的變化凝成的力道，非但止住了自己迅如奔雷的去勢，更倒掠而回。

身未及床，青叱吒右臂一圈一送，已將一驚駭得臉色煞白、吐不出一個字的女子以暗力送出，向那杆追魂奪魄的鐵槍迎去。而他的左掌則以快逾電光石火的速度反向朝巨床的床頭拍去。

只要被他拍中目標，立時可以啓動機括，使此屋在頃刻間倒坍！而那時青叱吒有足夠的把握逃過此劫。

可惜，他的動作仍是遲了一些。

寒光倏幻，青叱吒左掌忽然一痛，那杆鐵槍已如青蛇般自他左掌穿掌而過，並深深地扎入牆內。

青叱吒驚天動地般一聲嘶吼，右掌如刀，疾劊而出，竟是向自己受制的左臂倏然斬下！這份悍勇，足以讓人動容。

右掌未至，他只覺眼前一花，左臂一涼，已然落於床上，鮮血自斷臂處噴湧而出。

斷臂落於床上後，猶自抽搐彈動，扯動得貫穿其上的那杆鐵槍撞得「噹噹」亂響，情景駭人。

一把冰涼的劍已無情地抵在了青叱吒的胸前！

劍下，就是他的心臟部位！

青叱吒的心臟驟然收縮！

「想斷臂自保？哼，我替你代勞了。」一劍斬下青叱吒左臂者冷冷道，聲音寒意如刀。

他的真面目掩於黑色的頭罩之後，青叱吒唯一能夠看見的，只有對方那沉穩得讓人心寒的目光。

這種目光讓人不由會覺得，只要願意，此人定可做到任何一件他所願意做的事！

青叱吒忽然感到極度的空虛，一時間萬念俱灰，鬥志全無！他已然明白，自己根本無法與眼前的神秘人物抗衡！此刻自己之所以還活著，只不過因爲對方似乎並不想立時取他性命罷了。

被青叱吒擲出的那女子無聲無息地躺在床腳下，也不知是死是活。青叱吒爲了自保，絲毫不憐惜曾給他帶來快活的女子，可惜這仍不能改變他一敗塗地的結局！

若說被襲擊者以土獄令的長槍封死了青叱吒所有退路時，青叱吒深爲此人的槍法所驚愕的話，那麼當對方突然棄槍不用，卻以奔雷一劍斬下他一臂時，青叱吒更爲對方可怕的劍道修爲所驚呆了！他萬萬沒有料到同樣匪夷所思的槍法與劍法，竟可以同時在一個人身上出現。

直到這時，才有黑獄士驚慌失措地趕來護駕，卻被門外土獄令以及屋內的情形驚呆了！像是被釘子釘住了般怔立當場，不敢越雷池一步。

黑獄士皆知青叱吒雖然過分沉浸於女色，但絕對稱得上是禪都有數的頂尖高手之一，縱然與雙相八司相比或許有所不及，但卻應可與四大禪將平分秋色，沒想到今日轉瞬間已受制於人，這如何不讓他們心膽俱裂？

而且，每一個人都清楚地知道襲擊者是單槍匹馬地殺入黑獄，他之所以能夠在如此短的時間內找到青叱吒「擒賊先擒王」，自是利用了黑獄一旦發生混亂，眾黑獄士必然一面抵擋一面向青叱吒所處位置收縮力量，一則可以護衛青叱吒，二來也需向青叱吒稟報此事。

可以說，正是土獄令將襲擊者引來此地的，當土獄令失去了這一利用價值時，也就是他斷送性命之時！由此足見襲擊者非但武道修爲驚世駭俗，更有過人心智。

何況，當他進入黑獄之後，自是成爲所有人注意的焦點，而他竟能在這種情況下擺脫所有人的圍殺，並在土獄令毫不知情的情況下追蹤至此，更是讓人膽寒！

也許黑獄內通道的曲折複雜反倒爲襲擊者提供了便利，而這大概是青叱吒做夢也不會想到的。

青叱吒操縱黑獄已達十年之久，這十年來，黑獄也曾受到襲擊，而且攻擊者從來都不止一人，其目的自是試圖從黑獄中救走某人，但青叱吒從未讓對手有得逞的機會。

可這一次，他已一敗塗地！

青叱吒的臉色因不斷地大量失血而越來越蒼白。

但他仍儘量使自己的聲音顯得不那麼蒼白，聽起來倒像是他在斟字酌句：「閣下想從黑獄帶走什麼人？」

「帶我去見殞驚天。」那人吐字清晰地道。

青叱吒的心倏然下沉，其寒無比，仿若一下子墜入了千年冰窖。

他在黑獄已整整十年，早就磨煉出黑獄中人獨有的精明。

青叱吒有著驚人的嗅覺，雖然他幾乎是不離黑獄，卻對殞驚天被擒的前前後後所發生的事知悉得八九不離十。

憑直覺，青叱吒斷定殞驚天的失事有著極深的背景，所以青叱吒對殞驚天也格外「關照」，囚押殞驚天的囚室只有他與五大獄令知道底細，而且外圍佈置的人手比尋常囚室多出兩倍。可襲擊者早已算準了這一點，所以並不直接尋找殞驚天的下落，而是直奔青叱吒而來。

青叱吒心知一旦殞驚天被救走，自己的下場恐怕將極慘，可他已別無選擇。

小夭見了昆吾既驚且喜，當然還不免有幾分感慨。他們一個是坐忘城城主的女兒，一個是坐忘城地位超然的侍衛統領，如今卻多少有些不夠光明正大地聚於司祿府，這種滋味，唯有他們自知。

昆吾見小夭腹部高隆，吃驚非小，但礙於身分，又不知該如何發問，一時之間倒不知該說什麼好。

由於昆吾是乘風宮侍衛的統領，他的權責決定了他與小夭接觸的機會甚多。昆吾追隨殞驚天多年，他可謂是看著小夭由一個小女孩長成一亭亭玉立的姑娘的，加上小夭性情隨和豪爽，從不擺城主千金的架子，所以在小夭看來，昆吾更多的是一位兄長，而不是她父親的統領。

小夭沒有昆吾的那份拘謹，她笑著道：「我現在已是陳夫人了，司祿府上上下下都這麼稱呼我。」

昆吾一怔，看了看戰傳說，又看了看小夭，這才意識到小夭是在說笑，於是正色道：「小姐，昆吾領五十名兄弟趕赴禪都爲救城主而來，卻因昆吾無能，使五十名兄弟盡數折亡。」頓了頓，又接著道：「唯有那十方聖令總算保存下來，否則昆吾更無顏面見城主與小姐。」

他的聲音很是低沉。

小夭聽他這麼說，也無心說笑了，眼圈一紅，沉默了半晌方道：「是什麼人所爲？」

昆吾沉吟了片刻，方很慎重地道：「或許此事與冥皇有關——但究竟真相如何，尚需查實。」

他深知小夭的性情，如果直言是冥皇的無妄戰士所爲，只怕小夭就敢單槍匹馬闖入紫晶宮與冥皇論理了。再則，說攻擊他們的人是無妄戰士也是出自姒伊的口中，雖然姒伊是他的救命恩人，但此事關係重大，又牽涉極廣，錯綜複雜，昆吾也不會輕易地就相信了姒伊的話。所以，他對小夭所說的那番話留了餘地。

饒是如此，小夭仍是憤恨不已。

這時，爻意也來到此間屋內，昆吾與爻意相見了。至此，由坐忘城出發趕赴禪都的所有倖存者都已聚在了司祿府，卻只有區區四人而已。

意識到這一點，四人心中都有些不好受。戰傳說見幾人意志消沉，忙以姒伊的說法寬慰大家，稱只要香兮公主在三日之內不被冥皇找到，殞驚天就有請求「天審」的機會。

昆吾卻並不樂觀，他擔憂地道：「香兮公主的失蹤，不過只是一段小插曲罷了，她貴為公主，不同於常人，要消失得無影無蹤不留痕跡談何容易？三日之內，冥皇定有辦法找到香兮公主。況且，退一萬步說，即使找不到香兮公主，只要願意，冥皇難道會找不出其他可以操辦的喜事？」

眾人一下子明白了昆吾話中之意，不由都有些沮喪。

昆吾輕嘆一口氣，緩緩地道：「此事看似千頭萬緒，其實最終都歸結於冥皇一人，其餘的一切，都不過只是表象罷了。」

說這番話時，昆吾失望之情溢於言表。

這也在情理之中，昆吾與戰傳說不同。對戰傳說來說，冥皇只是一個很抽象的稱謂，他的生活與冥皇本不會有任何的聯繫，而昆吾卻不同。

在此之前，昆吾日日都會想到效忠冥皇、效忠殞驚天，突然間，殘酷的事實使他必須將自己的觀念發生天翻地覆的變化，他心頭的失望與空落實是戰傳說所不能比的。

戰傳說心知此時考慮最終能否救出殞驚天並無多大意義，畢竟無論能否救出殞驚天，他們都必須全力以赴。

想到這一點，戰傳說便直奔主題，「禪都對我等而言，太過陌生，照我看，既然在臨離開坐忘城之前，貝總管及諸尉將等人向我等交代一旦入了禪都，可以向殞城主在禪都結交的一些舊友以及很可能會為城主說句公道話者求助。」

貝總管及諸尉將曾告之戰傳說在禪都有哪些人物可以借重，戰傳說希望能集廣思益。

昆吾身為乘風宮統領，對坐忘城與禪都各方面力量的微妙關係最為瞭解，他道：「若要借助禪都內的力量，那麼既可靠又有可能幫上忙的人就是天司命大人了。」

小夭點頭以示贊同，她道：「我父親也曾數次在我面前提起他，對其甚為尊敬。」

昆吾道：「我曾見過天司命大人，就由我去拜訪他，若能得他鼎力相助，那是再好不過了。」

「陳公子。」忽聞門外有人招呼戰傳說，眾人相互對望，戰傳說將門打開了。

門外站著的是膚色白皙、笑容親切的物行——不過，此刻在物行的臉上卻無法找到絲毫笑意，而是顯得心情沉重無比。

他很有禮節地向屋內每一個人頷首致意，這才對戰傳說道：「小姐讓我轉告陳公子一件事。」說到這兒，他停滯了一下，像是在整理思緒，隨後才低聲道：「內城東門的城頭上忽然有人頭高懸，很可能是坐忘城殞城主的首級。」

屋內一下子靜了下來，四雙目光怔怔地望著物行，誰也沒有說話，彷若眾人的思緒在那一刻間同時出現了空白。

氣氛壓抑得讓人有種喘不過氣來的感覺。

不知過了多久——小夭終於開口了，她的聲音很輕，顯得有些虛無縹緲，像是怕驚嚇了什麼。

她望著物行，輕輕地道：「物先生，你方才是說？……」

物行低聲道：「雖還沒有最終確定，但十有八九那首級應是殞城主。」

小夭輕輕地喚了一聲：「爹……」忽然間如同一片毫無分量的輕羽般向後倒去。

戰傳說猛然驚醒，趕忙上前，及時將她扶住。小夭已暈死過去，無依無助地靠在戰傳說的身上，臉色煞白如紙。

戰傳說心如刀割！卻又不能不強迫自己冷靜！冷靜！

他目光近乎兇狠地望著物行，沉聲道：「物先生，這究竟是怎麼回事？能否細說？」

物行道：「半個時辰之前，有一高手強闖黑獄，無人能擋，黑獄被此人攪得天翻地覆，最終黑獄士死亡近百，連黑獄主事青叱吒也被殺。但此人目的竟不在救人，而是要殺害殞驚天殞城主！黑獄大亂之後，發現殞城主竟已被殺身亡，首級卻不知所蹤，一刻鐘後，內城東門城頭忽然有一首級高懸，有人辨認出那便是殞城主。」

「砰！」一聲爆響，一直一言不發的昆吾突然一掌拍碎了身側的椅子，低吼一聲，向門外徑直衝出。

「昆統領！」戰傳說意識到昆吾要做什麼，急忙上前攔阻，不料卻被昆吾以近乎粗暴的動作一把推開，一步跨出門外，只拋下一句話：「請幫我照顧好小姐！」話說完時，人已衝出頗遠的距離！

這個一向處事極爲謹慎沉穩的年輕統領，這一刻終於一改平日的性情，極度的憤怒與絕望使他失去了冷靜。

戰傳說一時進退兩難。

變故突如其來，讓人措手不及。

如果被懸於東門的確實是殞驚天的首級，那麼他們自是應該設法將殞驚天收殮，但誰又能斷定這會不會是暗藏的對手的一個圈套？

何況若他與昆吾都離開天司祿府，單留下爻意、小夭，戰傳說也有些不放心。

但事已至此，已不容他有太多的猶豫了，尤其是昆吾在失去理智的情況下獨身涉險，更是凶吉難料。

戰傳說暗一咬牙，對物行道：「煩請物先生幫忙照顧她們。」

如今，戰傳說已覺得身處禪都，有太多的險惡，對物行他也並未真正信任，但事已至此，他別無選擇了！

他在心頭暗道：「如果這又是一個圈套，那麼當爻意、小夭出事之時，便是我戰傳說血洗司祿府之時！」

連他自己也沒有意識到，當他感到昆吾有失冷靜時，他自己也已變得漸失理智，變得有些衝動了。

紫晶宮北殿之搖光閣。

冥皇早已得知有來歷不明的高手闖入黑獄，殺了青叱吒、殞驚天這一消息，正在獨自沉思。

「啓奏聖皇！」外面有雙膝跪觸地上的聲音。

冥皇目光一掃，「說！」

「天司命大人求見，已在殿外等候。」

冥皇略一沉吟，「宣他進來吧。」

天司命一襲華服甚是得體，顯得頗爲飄逸雅儒，留有五綹髫鬚。天司命向冥皇行了君臣之禮後，冥皇賜坐，天司命謝恩。

冥皇看了看天司命，忽然單刀直入道：「想必你是爲殞驚天的事而來的吧？據說你與殞驚天私交不錯，兩人可謂是一對知己。」

這番話出自冥皇之口，對任何人來說都會有極大的壓力。

天司命卻很是平靜，他恭敬地回話道：「聖皇所言不假，臣與殞驚天的確有私交，不過臣的來意卻是爲公而非爲私。」

冥皇一笑，「本皇倒很有興趣聽聽你如何為一個『公』字而來?」

天司命離座，再施一禮，「坐忘城因為雙城之戰的緣故，一定已有積怨，此次再聞殞驚天被殺，一旦有人在坐忘城略加鼓動，只怕整個坐忘城將會有驚人之舉，聖皇不可不防。」

冥皇臉色一沉，「殞驚天是被來歷不明者所殺，本皇還折損了青叱吒，坐忘城若敢借此生事，只會是自討苦吃!」

天司命道：「難道聖皇有意重演一次雙城之戰?那時恐怕折損的就不是數萬人，而是成千上萬的大冥子民了!」

「大膽!」冥皇霍然而怒，「你敢危言聳聽，挾迫本皇?!」

「臣不敢!但臣自認為這絕非危言聳聽，如果聖皇不是亦有此擔心，就不會為了不給殞驚天請求天審的機會而急於將公主下嫁盛九月了，而只需將殞驚天一殺了之。」

天司命看似文儒，卻有錚錚鐵骨，其敢於言直進諫的名聲，早已是人盡皆知。而此刻，他的這一不知是優點還是缺點的性情又一次顯露無遺。

冥皇忽然哈哈一笑，「方才本皇只是戲言，本皇何嘗不知此事若處理不當，於我大冥王朝十分不利?本皇知你足智多謀，定是已有錦囊妙計了。」

他忽怒忽喜，讓人感到難以捉摸，予人以深不可測之感。

天司命道：「臣認為，殺殞驚天者一定不是因為與殞驚天有私仇!」

「何以見得？」冥皇及時追問一句。

「既然殞驚天已入黑獄，在一般人看來，他的死期已然不遠，若是他的仇家，在清楚這一點後，應不會再犯險闖入黑獄，而只需再等待一些時日即可，畢竟黑獄並非那麼容易進退的。」天司命道。

「但殺殞驚天者武道修爲奇高無比。」冥皇道。

天司命道：「也許對此人而言，闖入黑獄並非難事，但既然他與殞驚天有不可化解的私仇，又修爲奇高，那麼事實上，就算殞驚天是身在坐忘城有重重守護，此人也有機會將之擊殺，他又何必要等到今日才動手？所以，此人必然另有目的！」

「依你看來，他的目的會是什麼？」冥皇道。

天司命以十分肯定的語氣道：「那當然是爲了使樂土陷於混亂！殞驚天死得蹊蹺，若聖皇對此事處理不妥，首先就會引起坐忘城的不滿，而這也許只是一個開始！」

冥皇默然未語，其實在他心中也已認同了天司命的推測，確切地說，是天司命的推測與他不謀而合。

天司命意味深長地道：「聖皇本就無意傷害坐忘城萬民及殞驚天，今日殞驚天已死，聖皇更不必再使坐忘城有更多敵意，所以應讓坐忘城看到聖皇的寬容大度。」

冥皇聽出天司命是在暗示說如果他要除去殞驚天，那麼其目的已達到，應見好就收，威恩並施，不由暗自忖道：「我的本意又何嘗是殺殞驚天?!」

正如爻意所料，冥皇並沒有將要追殺戰傳說的意圖向太多人透露，包括天司命、天司祿對此都不知情，否則戰傳說在進入禪都司祿府後，恐怕也沒有現在的安穩了。

冥皇以順水推舟的語氣道：「你與殞驚天私交不錯，又甚知我心，此事的善後，就由你打理，如何？」

「臣定全力以赴。」天司命道。

他答應得如此爽快，倒讓冥皇心中平添了一份疑惑。

當然，這份疑惑，他是不會顯露出來的。

沒有人能夠阻擋昆吾！

他的心中只剩下一個意念——東門！東門!!東門!!!

他如同一頭受了傷的猛獸般一路狂奔，直向東門而去，隱約間，他似乎記得在出司祿府時曾有幾個人意欲攔阻他，卻被他一聲大喝給喝退了。

但這份記憶卻又很模糊、很不真切，就像是發生在夢中一般。

甚至此刻他仍是有如置身於可怕夢魘中的感覺，與他擦身而過的每一個人的容貌都是模糊不清的，就如同一些胡亂摹描了幾筆的字。四周的聲音很空洞，像是由另一個世界傳來的。

昆吾已忘了這是在禪都內城，忘了自己的身分，忘了自己的處境，只知認準一個方向狂奔。

甚至，他忘了自己若是施展輕身身法可以更快。

雖然他並未攜帶兵器，但這是在禪都的內城，決不允許有任何異常情況存在。當昆吾的思緒混亂而空洞之際，已有人注意上了神秘異常的他，並很快佈下了一張針對他的「網」！

東門已遙遙在望。

就在這時，昆吾的前方忽然有人影閃動，三名無妄戰士已擋住了他的去路。

與此同時，在昆吾的身後，以及兩側的岔道路口都出現了無妄戰士的身影——守護深居紫晶宮內的冥皇的安全是他們的天職，任何有危及冥皇安危的可能性都必須立即抹去！

昆吾卻渾然不知，速度不減地向正前方三名無妄戰士衝去。

雙方的距離越來越近！

對地位超然的無妄戰士來說，昆吾此舉無疑是一種輕視與挑釁！在無妄戰士看來，還很少有人敢無視他們的存在！

三名無妄戰士的眼中都流露出既驚訝又不平之色。

而更讓他們驚怒的事緊接著發生了——昆吾竟視他們如無物，竟伸手向其中一名無妄戰士肩頭按去，身子依舊向前衝出，看樣子竟像是要讓無妄戰士閃開一條道。

無妄戰士如蒙奇恥大辱！三人一言不發，同時使出無妄戰士皆擅長的捕擒術，瞬息間昆吾的雙臂已被絞住。與此同時，他的頸部還有一粗壯有力的胳膊將其緊緊鎖住。

三人本來完全可以立即取出兵刃將昆吾格殺當場，但盛怒之下，他們感到讓昆吾死得如此痛快難以解恨，唯有將之擒拿再慢慢折磨方能解他們心頭怒火。

捕擒術是無妄戰士在自身各異的武學修爲之外必須另外修煉的外門功夫，最利於近身擒殺。因爲無妄戰士直接歸屬冥皇指令，而接近冥皇的人幾乎無人能身攜兵器，於是捕擒術應運而生，近身搏殺極具威力。

三人一舉得手，心頭一喜，只要齊一運力，昆吾將雙臂盡折，只能聽任他們宰割。

昆吾右足倏自一個不可思議的角度反踢向鎖住他頸部的無妄戰士的下陰部，又快又準，那無妄戰士一聲淒厲慘叫，不由自主地鬆開手臂，跌滾出去，臉色慘綠，大汗淋漓，在地上翻滾不已。

借這反踢之力，昆吾倒旋而起，而這時，正好另外兩名無妄戰士試圖絞斷他的雙臂，昆吾此舉恰好順了對方的力道去勢。

由此，昆吾贏得了時間，昆吾雙臂倏收，已然不可思議地掙脫挾制。

「呼呼」兩聲，兩名無妄戰士臉面已各中一拳，頓時雙眼冒火，鼻血長流，倒跌而出。

昆吾再不理會，繼續向前衝去。

四周怒吼連連，眾無妄戰士如蒙奇恥大辱！剎那間，刃聲如嘯似泣，自幾個不同的方位有數件兵器直飆向昆吾！

「為何要攔阻我?!」昆吾狂喝一聲，赤拳徑直狂擊迎面斬來的一柄單刀。

拳風洶湧澎湃，赫然已催發了昆吾的所有潛在力量，聲勢著實驚人！五十名兄弟之死本已讓昆吾心中充滿了悲痛與憤怒，如今竟又聽說城主殞驚天的死訊，心痛至如此，痛何以堪？昆吾的憤怒已如一觸即發的火山！

這一拳，是積蓄了昆吾滿腔憤怒的一拳，誓要擊碎所有的不義不公不仁！

無妄戰士萬萬沒有料到眼前這狀如瘋狂、一味狂奔的人竟能擊出如此聲勢駭人的一拳，心頭皆為之一凜。

執刀之無妄戰士忽覺一股強大無比的力道撞於刀身，手中之刀如中魔咒，非但未能一刀斬下昆吾的手臂，反而彈回，根本無法把持。

虎口迸血，手臂奇痛，單刀脫手飛入半空。

昆吾倏忽加速，出人意料地強行踏進一步，剎那間以一寸之差避過了一柄長劍，與持劍者擦身而過，一肘重擊於對方肘下。

骨折聲立時響起！持劍者痛徹心脾，昆吾劈手奪過他的劍，順手斜封，正好擋住了一杆槍。

長槍來勢奇猛，昆吾所取的角度雖然很高明，但在連退數敵之後，真力有所不濟，竟被連人帶劍震得身形一晃，倒退兩步。

「噗……」一杆重矛無情地自後方透入昆吾右腿，一下子將之刺穿，鮮血四濺。

昆吾反手將手中之劍全力擲出，迫使持重矛者不得不後撤，以閃避飛射而至的長劍，重矛隨之後撤，帶起一團血霧。

昆吾暫得自由。

此時，他終於自狂怒中清醒過來，立時意識到自己處境之險惡。

無妄戰士訓練有素，配合默契，轉瞬間，昆吾已陷入更難以突破的包圍圈中。

昆吾穩穩站立，目光堅毅，毫無懼色。

其實，此刻他已有了悔意。他後悔的並非因爲知道自己恐怕已無法倖免於難，而因想到自己的衝動也許會導致他無法見到殞驚天的遺骸而後悔自責。

目光向更遠處一掃，可見更多的無妄戰士的身影。

對無妄戰士而言，禪都內城的每一條街巷、每一座宅院他們都熟悉至極，一有風吹草動，就可以立即爲他們所知悉，牽一髮而動全身。

昆吾默默地想著：「若今日自己葬身於此，小姐怎麼辦？坐忘城又會如何？唉，我身爲乘風宮統領，既未能保城主安危，又未能爲坐忘城盡心盡職，九泉之下，有何顏面去見城主。」

忽聞遠處無妄戰士的驚怒喝聲：「什麼人?!」

未聞有回答，卻見一道人影若驚電般飛掠而至，徑直撲入昆吾所在的包圍圈中。

劍光倏起！無形劍氣以不可捉摸的方式倏然席捲全場，充斥了每一寸空間，氣勢之盛，無以言喻。

在電光石火的刹那間，圍在昆吾四周不下十人的無妄戰士難分先後地同時受到凌厲無匹的攻擊，密如驟雨的金鐵交鳴衝擊著每一個人的耳膜，僅聞此聲，已有驚魂蕩魄的可怕衝擊力。

劍勢忽止！

昆吾忽覺壓力大減，定神一看，眾無妄戰士竟已然全都被迫退後數步。場中多了一人，身形高大偉岸，持劍而立，正是戰傳說。

戰傳說舉手投足間迫退眾無妄戰士，所顯露的修爲讓昆吾驚嘆不已。

「你受傷了？」戰傳說道。

「不礙事，只是皮肉之傷。」昆吾道。

戰傳說點了點頭，轉而環視眾無妄戰士，目光四向掃視之後，沉聲道：「諸位爲何要爲難我的朋友？」

平日驕橫慣了的無妄戰士有那麼一陣子竟無人應對，保持著沉默。戰傳說從自一無妄戰士手中奪劍，到劍退十數人顯得從容不迫，遊刃有餘，這份修爲立時深深震懾了眾人。

在戰傳說凜然萬物的氣勢下，眾無妄戰士忽然覺得很難再說出強硬的話語。

過了片刻，總算有人喝道：「與無妄戰士作對，唯有一死！」挑明了以眾凌寡之態。

戰傳說與昆吾相視一眼。戰傳說靠近昆吾，低聲道：「我們不能意氣用事……你先設法脫身。」

昆吾心知即使能夠脫身，也難免一場血戰，不由爲連累了戰傳說而內疚。

劍拔弩張之際，忽聞有人振聲高呼：「天司命大人到！」

戰傳說一聽「天司命」三字，立時想到昆吾曾說天司命與殞驚天頗有交情，心道：「不知他爲何而來？是碰巧經過還是另有原因？」

眾無妄戰士似乎並不如何買天司命的賬，竟未散去，依舊圍住戰傳說、昆吾二人。

這時，戰傳說已可見東向有一群人簇擁著一個華服飄揚、氣度飄逸者向這邊而來。

有無妄戰士立即迎上前去，高聲道：「有逆賊作亂，請天司命大人暫時回避，以免驚著了大人。待我等擒下此逆賊之後，大人再過此地不遲！」

天司命雖然位列雙相八司之列，但因其職權在於修訂綱律，而無妄戰士又是直接歸屬冥皇統轄，連雙相八司也無法自主調動其一兵一卒，故無妄戰士對天司命敢加以搪塞。

天司命自領了冥皇之命後，立即領人趕赴內城東門。

當他剛命手下家將把高懸著的首級取下時，便聽到左近有呼喝廝殺聲，他立時有所警覺，當即便馬不停蹄地趕至這邊。遠遠地認出了昆吾，頓時明白了一個大概，心忖昆吾一旦落在無妄戰士手中，後果可想而知，於是急忙設法阻止這場廝殺，沒想到無妄戰士竟欲將他搪塞過去。

天司命心頭冷笑一聲，表面上不動聲色，只是以平靜的語氣道：「本司命看你們所圍的人是來自坐忘城，恰好冥皇吩咐本司命全權處理與坐忘城有關的一切事宜，有十方聖令在此，諸位應該沒有什麼信不過的吧？」

他的話語平和卻自有威儀，並清晰地送入場內每一個人的耳中。戰傳說心道：「久聞雙相八司皆有不世修為，今日一見，果然不假！以此天司命的修為，與地司殺相比，應也不遑多讓！」

無妄戰士在昆吾、戰傳說兩人面前連傷數人，顏面大失，本已決定無論天司命是否有意插手此事，他們都將不改初衷，誓要取戰傳說、昆吾性命。

但天司命突然亮出「十方聖令」，卻讓無妄戰士措手不及。

十方聖令在手，有如冥皇親臨，誰敢與之抗逆?!在天司命的目光下，眾無妄戰士唯有極不情願地散開包圍圈，不過他們顯然心有不甘，仍不肯散去。

此時，這一帶已聚集了不下百名無妄戰士！

天司命心知這些無妄戰士可不是那麼好相與的，雖然論職位他們遠在自己之下，但誰都不得不承認無妄營是一股不能得罪的力量。幾名無妄戰士或許算不了什麼，但當整個無妄營都視某人為敵時，那麼此人在禪都的日子將度日如年，隨時都可能有災禍降臨於此人身上。

此刻，百餘名無妄戰士聚於此，大有威壓天司命的意思。

昆吾一見天司命，頓時想到就是片刻前，自己還與戰傳說、爻意、小夭商議著如何向天司命求救以救城主殞驚天，而此刻此舉卻已毫無意義，真是天道無常，天意冷酷，昆吾心頭一腔悲憤。

他已由天司命的話中聽出了天司命對他以及坐忘城有維護之意，面對與城主相知之人，昆吾單膝跪下，呼了一聲：「司命大人。」已然不知所言。

天司命曾見過昆吾，也曾聽殞驚天提過，知道昆吾是殞驚天身邊最爲忠勇之士。此時此刻，再見昆吾之時，天司命心頭何嘗不是感慨萬千？但四周有無妄戰士虎視眈眈，他不宜輕易流露私情，以免授人口實。

天司命沉聲道：「昆統領，你爲何會與無妄戰士發生衝突？」雖有責問語氣，其實卻是暗中偏袒昆吾，將昆吾與無妄戰士的這場廝殺視爲「衝突」，無形中駁斥了無妄戰士聲稱昆吾爲「逆賊」的說法。

昆吾如實道：「小人驚聞城主遭遇不測，匆匆趕至，途中偶遇無妄戰士，方有此衝突。」

天司命微微頷首，「看來你也是出於忠義，方與無妄戰士有這場誤會。殞城主的遺骸本司命已讓人收殮，只等擇日入土爲安。」

此言無疑等於完全證實了殞驚天的死訊，若說昆吾、戰傳說二人先前還存有一絲希望，希望殞驚天之死只是訛傳，那麼這一刻他們則徹底絕望了。

昆吾只覺逆血上湧，手足卻已冰冷！他的身子晃了晃，總算沒有倒下，依舊半跪著，嘶聲道：「小人有一事不明，想請教大人！」

天司命預感到昆吾想說什麼，仍還是道：「說，有何不明之處？」

「黑獄重地，兇手何以能來去自如？」

「黑獄傷亡逾百，連青叱吒也已殉職。」

「可黑獄之外，還有千軍萬馬！」昆吾心知造成這一結果與天司命無關，更非天司命所願，他之所以如此追問，所針對又何嘗是天司命？

天司命的身分決定了他即使同情昆吾，也不能不隱藏自己的真實情感。

他肅然道：「殞驚天被殺之事，已驚動聖皇，禪都也已封城，就是爲了追查兇手。聖皇威儀天下，邪魔辟易，兇手定難逃脫。何況，關於兇手的行蹤下落，已有線索。」

昆吾對冥皇已漸生不滿，所以初聞天司命的一番話，有些不以爲然，但聽到最後，卻讓他震動非小，霍然抬頭，直視天司命道：「此言當真？」

天司命笑了笑道：「於公於私，本司命都希望能早日找到兇手。更願坐忘城上下也能不再意氣用事，而應以大局爲重。」

說到這裏，他望了昆吾一眼，眼中頗有深意。

隨後，他的目光投向了戰傳說，「尊駕定非坐忘城中人，對不對？」

戰傳說道：「在殞城主未遭害之前，在下的確不是坐忘城中人，但自殞城主遭遇不測後，我便已是坐忘城的人，我將與坐忘城萬民一同為殞城主討還血債！」

昆吾心頭一熱。

天司命微微點頭，「世間多有見風使舵者，坐忘城此際正值多事之秋，一般人避之唯恐不及，你卻反其道而行，倒也難得。」

隨即，天司命轉向身後的家將吩咐道：「將傷者送去醫治，一切費用皆由府中出。另再給無妄營送份厚禮，追查強闖黑獄之人一事，還要多多借重無妄營。」

無妄戰士縱然狂妄，但天司命有十方聖令在手，本可以借此壓無妄營一頭，可天司命非但沒有這麼做，還給足了臺階，眾無妄戰士如何不明白見好就收的道理？當下便漸漸散去了。

當然，天司命知道這並不等於說無妄營對坐忘城、對他就無積怨了，剛才眾無妄戰士之所以散去，只是顧忌他擁有十方聖令罷了。

天司命接著對昆吾道：「我已讓人向坐忘城傳訊，相信坐忘城方面很快就可以派出人馬來接殞城主魂歸故土。」

昆吾心頭悲慟難言，半晌方道：「我想見見城主。」其聲哽咽。

天司命輕嘆一聲。

殞驚天的遺體已入殮，首級與身軀也已被縫合。殞驚天雖遭斷首之厄，但此刻看他的遺容，竟是那麼的平靜。由於殞驚天乃坐忘城城主，同時又是黑獄死囚，身分特殊，天司命只能命人在內城東門外搭了個涼棚擺放棺木，由天司命的家將看護。

昆吾推金倒玉般轟然跪下，長跪於殞驚天棺木前，久久不起。

戰傳說心中思潮起伏，難以自已。

他想起自進入坐忘城後發生的一幕幕，心道：「殞城主其實是因我而遭此不幸！他能爲了坐忘城萬民而主動受縛，而我竟不敢承擔本就應由我承擔的一切，卻藏頭露尾，處處回避！早在決定隨卜城人馬進入禪都時，殞城主就已料定他將凶多吉少，此次被害，看似偶然，其實暗蘊必然。難道我所需要做的，僅僅是替殞城主追查出兇手，並爲之報仇嗎？」

想到這裏，戰傳說心頭沉重至極。

忽然間，他記起當年隨父親戰曲一同前往龍靈關迎戰千島盟高手千異時的情景——戰傳說向父親戰曲問道：「千異的武道修爲是不是很高？」

「當然，否則爹也就不必出手了，畢竟，樂土中有著不少真正意義上的高手。」

「他們都敗了？」

「不，敗的只是已經出面迎戰千異者，也許，樂土另有比千異更高明的人物，只是他們未必願出手。」戰曲牽著戰傳說的手，邊走邊道，他的目光一直投向正前方。

「爹一定能勝過千異，是嗎？」戰傳說仰視著父親高大的身軀，問道。

讓戰傳說有些意外的是，父親竟搖了搖頭，「未必。」

「難道爹也會敗？」戰傳說語氣充滿了不信，也充滿了不安。

「爹是人而非神，爲什麼不可能敗？」

「不是說八百族人全是神的子民嗎？」戰傳說不解地問道。

「那只是族人一廂情願的說法罷了。」戰曲道。

戰傳說心頭不由有些失落，沉默了片刻，他忍不住又道：「既然有可能會敗給千異，那爹爲何還要迎戰千異？爲何不請族王出手？」

戰曲撫摸了一下他的頭，笑了笑，「爹非但有可能會落敗，甚至，還有可能敗亡。但爲人立世，有時有些事明知有生死之危也不可不爲，有些事即使毫無危險也不可爲之——你明白嗎？」

戰傳說道：「明白。」頓了頓，又道，「但我仍相信爹一定能勝。」

其實，對父親的話，戰傳說根本似懂非懂。

戰曲肅然道：「也許爹會戰亡，但最終的勝者卻必然是爹。」

這一次，戰傳說是真的疑惑了！他無論如何也想不明白，既已戰亡，又怎可能會勝？

但他卻不願再問，他不願將父親與「死亡」這樣的字眼聯繫在一起。……

此時此刻，戰傳說對當年父親所說的話忽然有所領悟了。所謂謀事在人，成事在天，只要真的努力了，即使結果不如人意，那也是一種勇者的勝利。

想到這兒，他向天司命道：「司命大人對雙城之戰的起因是否有所知曉？」

天司命道：「這應是與地司殺、地司危有關的事。本司命只知之所以會以卜城人馬圍攻坐忘城，只因兩百司殺驃騎之死。」

戰傳說緊接著道：「那兩百司殺驃騎又為何會出現在坐忘城？司命大人恐怕不知吧？在下卻知道得清清楚楚，地司殺及其兩百司殺驃騎進入坐忘城是為殺人滅口，滅口的對象就是皇影武士甲察。皇影武士並非人人敢冒犯的，換作平時，地司殺也未必會輕易觸犯，但這一次，地司殺卻是奉冥皇之命，所以可以肆無忌憚！司命大人一定奇怪冥皇何以要殺甲察滅口，其實原因很簡單，當冥皇覺得有人若存在世上會對他構成威脅時，那麼休說是皇影武士，即使比皇影武士地位更超然的親信，他也可以照殺不誤！」

沒想到天司命聽到這兒，並沒有多少吃驚之色，他顯得頗為冷靜地道：「自古王者多寂寞——你可知這是為什麼？因為身為王者，有時他不能不做一些不盡人情，甚至近乎殘忍的事。」

戰傳說萬萬沒有料到天司命會如此說，一時只覺熱血沸騰，聲音也不由提高了些：「可冥皇殺人滅口所掩飾的是什麼？是難見天日之事！若說王者皆如此，那麼天下所有的王者皆可殺！」

在禪都內竟有人公然辱及冥皇，這讓天司命眾家將驚愕欲絕。一怔之餘，眾人的目光齊刷刷地集中在天司命的身上，只等天司命一聲令下，就把這狂徒擒下！

天司命也有些不快，臉色一沉，「本司命念你年輕氣盛，又因心有所悲難免失態，不與你計較！年輕人，莫以為僅憑豪言壯語便可以解決世間的一切事，就憑你方才所說的話，就足以讓你陷於萬劫不復之地！本司命也知你修為不俗，可你的修為再如何高明，能勝過八大皇影武士、八百無妄戰士、四大禪將、萬數禪戰士的合力之擊?!」

戰傳說意識到天司命說這番話的良苦用心，不錯，以自己一己之力，怎可能抵得過冥皇的千軍萬馬、如雲高手？天司命是在告誡戰傳說決不可意氣用事。

戰傳說長長地吁了一口氣，似乎要將心中的鬱悶之氣全都吐出。

天司命默默地望著他，良久忽然道：「本司命可以向你們透露有關殞城主被殺一事已查到的線索是什麼。」

戰傳說目光倏閃！

跪於地上的昆吾雖然未動，但他雙手卻青筋暴起，身子也微微一震。

「青叱吒的修為絕對不弱，黑獄又是他苦心經營多年的地方，即使最終他仍是落得了慘敗人亡的結局，但他卻還是借著地利與襲擊黑獄者鬥智鬥勇。青叱吒死後，在他的手中發現了一塊破碎了的布片，應是來自襲擊者衣衫上的，從布料的色質、新舊、織法、裁剪、縫合等方面入手，可以查出許許多多的東西來。」

「布料的織法是斜十字錯紋織法，而這種織法以樂土的任何織布機都無法做到，這是千島盟獨有的織法！襲擊黑獄、殺死殞城主的人極可能是來自千島盟！」天司命終於說出了最爲關鍵的話，在這兒，左近都是他的人，可以無所顧忌。

戰傳說一怔，愕然道：「那……」

戰傳說心頭劇震，飛速轉念！

昆吾終於站起身來，低首沉聲道：「千島盟爲什麼要這麼做？」他的聲音低沉得讓人不忍多聽。

「千島盟應早已知道雙城之戰，也知道坐忘城對冥皇已有微詞，這一次，殞城主又在黑獄被殺，坐忘城自然會將這筆賬算在冥皇的頭上，而對千島盟來說，樂土的內亂顯然是他們所樂於看到的！」

戰傳說立時想到在司祿府遭遇的驚怖流兩大殺手之一的斷紅顏一事，對天司命的話已信了九分。

因爲驚怖流是千島盟的一股力量，這一點早已被戰傳說所知！單單以驚怖流今日的力量，決不會貿然在禪都出入並潛入司祿府中。

想到這裏，戰傳說不由脫口道：「可惜了。」

昆吾、天司命的目光齊齊落在他的身上。

戰傳說知道就算千島盟以及驚怖流的人尚在禪都，要想從偌大的禪都找到他們的落腳之地絕非易事，若以他與昆吾幾個人的力量，無異於大海撈針。此事必須借助其他力量，而天司命則是最有可能對他們有所幫助的人，所以戰傳說也不再隱瞞。

「昨夜我已見到與千島盟有關的人在禪都出現，只是沒想到這會與殞城主有關——唉，早知如此，當時我就不應放過她！」

戰傳說是真正的後悔莫及，自責不已。

他想到當時既然已擊敗了「孤劍」斷紅顏，為何不一路追殺下去？那樣說不定就可以直搗其老巢，對方暗害殞驚天的計畫自然也會被打亂。

天司命皺皺眉，「如此看來，此事係千島盟所為已成定局了，只要他們還未離開禪都，就難逃天羅地網！」

既然襲擊黑獄的人來自千島盟，戰傳說、昆吾相信冥皇確實會全力加以追查。只是，千島盟所屬既然能獨自一人殺入黑獄重地，恐怕來者就是如大盟司這等級別的高手，尋常禪戰士、無妄戰士在他們眼中形同虛設，能否真的將其困住，誰也無法斷言。

天司命目光投向遠處，像是自言自語般道：「千島盟一直覬覦樂土，這一次竟敢直入禪都興風作浪，未免太過狂妄！」

他緩緩收回目光，重新落在戰傳說、昆吾身上，「你們自坐忘城而來，對禪都人地生疏，不如暫居我司命府中如何？殞城主的棺木內已放置了上等香料、藥物，足可保殞城主屍身一月內不腐不蝕，本司命是執『十方聖令』處理此事，有我家將在此，決不會有人敢胡作非爲！眼下當務之急就是著手追查千島盟元兇，二位意下如何？」

明知冥皇與殞驚天、與坐忘城已有芥蒂，天司命仍能毫不避諱地邀請戰傳說、昆吾二人，這讓戰傳說二人都有些感動，但他們還是婉拒了。

昆吾道：「小的還想多陪陪城主……這些年來，城主由我侍候慣了，換了別人，恐怕……他會不習慣。」

戰傳說緩緩地別過臉去，眼眶有點潮濕了。

天司命緩緩點頭，嘆了一口氣，「也好……」想了想，他自腰間解下一塊玉佩，交與戰傳說，「司命府上下見此玉如見我人，若有緊急事宜，你們可憑此玉去找我，定不會有人爲難你們。」

戰傳說忙道：「多謝了。」

天司命又向他的家將們囑咐了幾句，便返回內城了。

有天司命的家將同在，戰傳說、昆吾也不便交談。昆吾無論如何也不忍離開殞驚天，兩人略作商議，決定由昆吾暫留此地，而戰傳說先折返天司祿府，小夭暈迷之後，也不知情形如何了。

天司命返回內城後，並未回自己的司命府，而是直赴紫晶宮。

紫晶宮搖光閣。

冥皇未著盛服華飾，因此顯得比平日少了一份威儀，多了一份親和。當天司命覲見時，他正在獨自品茗，旁邊有一宮女侍候。天司命進入搖光閣後，冥皇便讓宮女退下了。

待天司命行禮之後，冥皇道：「與坐忘城有關的善後事宜處理得如何？」

天司命恭聲道：「聖皇既有閒情雅意，定是也已得到司殺府的好消息了。臣借司殺府傳出的好事，已將善後事宜大至安排妥當。」

冥皇笑了笑道：「你是指司殺府查出殞驚天被殺與千島盟有關一事？」

「正是。」

冥皇不動聲色地道：「千島盟乃我大冥夙敵，這次竟直入禪都，野心昭然，還有何喜可言？」

「千島盟之禍已非一日，而且有如頑疾，一日不根除，便痛癢一日，今日之事，只能算是舊疾復發，算不得新病，自然不必爲之太過傷神。而有千島盟這一對頭，至少可以讓坐忘城暫時不起叛逆之心，這樣，冥皇就有時間對坐忘城施以釜底抽薪之計了。」

冥皇饒有興致地道：「本皇倒想聽聽這『釜底抽薪』之計如何個抽法！」

天司命胸有成竹地道：「坐忘城有四大尉將，還有乘風宮兩位統領，以及乘風宮總管。如今殞驚天已死，四尉將中有一人已在與卜城一戰中戰亡，兩位乘風宮侍衛統領有一人則身在禪都，坐忘城內身分較高的只剩下三尉將、一總管、一統領，爲了來禪都迎殞驚天回坐忘城，近日必然還有一人會奔赴禪都。這時，聖皇只要在剩下的四人立一人爲坐忘城城主，新任城主即蒙皇恩，又愛惜自己新得的城主之位，決不可能敢對聖皇起叛逆之心，因爲失去了聖皇的支持，他無法成爲城主！這時，如果聖皇還有什麼不放心，就可以一心一意對付疏落在外的幾個來自坐忘城的散兵遊勇，他們即使再有本領，失去了坐忘城的支持，有如孤雁，何足道哉？」

冥皇哈哈一笑，「果然是好計！既可保坐忘城平穩，樂土平安，又可除去本皇心腹之患，能出此奇計者，除了本皇的天司命，又有何人？」

他笑容一止，目光直視天司命，雙目炯然：「依你看，坐忘城新任城主，應選擇什麼人？」

「稟奏聖皇，臣早已想好，坐忘城乘風宮貝總管乃上上人選。」天司命道。

冥皇深深地望了他一眼，沉吟片刻，緩緩地道：「好，就依你之意，封此人爲坐忘城新任城主！」

「臣還有一個請求。」天司命又道。

冥皇有些意外地看了他一眼，以指輕叩案几，「你說吧。」

「臣以爲，無論殞驚天生前忠奸如何，畢竟已爲鬼魂，聖皇皇恩浩蕩，廣被萬民傳頌，何不傳令不再追究殞驚天叛逆之罪，並對殞驚天家人予以寬恤厚待？」

冥皇目光倏然冷如鋒刃！他冷冷一笑，「不追究殞驚天叛逆之罪？那豈非等於告訴樂土萬民兵圍坐忘城、擒殺殞驚天乃本皇的失察？哼，爲顧全大局，本皇讓他能夠安葬故土已夠寬宏大度了。」

「可是……」

冥皇一下子截住了天司命的話：「你不必多說了，本皇心意已決。據說殞驚天僅有一女，城主之位又落入他人手中，還有什麼可以擔憂的？兩百司殺驃騎的死，必須有一人承擔其責！」

天司命不再多說什麼，冥皇的意思再明白不過了：殞驚天已死，就由他承擔兩百司殺驃騎被殺的責任，死人是不會抗辯的。

沒有人比天司命更明白「王道」意味著什麼了，整個大冥王朝的綱紀律令都出自他之手，而所有的綱紀律令無非都是爲維護王者之道，掩飾「王道」後或多或少的血腥痕跡。

第八章　法門元尊

小夭自暈迷後，高燒不退，神志迷糊，直到戰傳說返回天司祿府，仍是如此。

天司祿府早已找來了郎中，小夭的「孕婦」身分自然再也掩飾不住了，好在天司祿府請來的郎中十分識趣，知道宦門深似海的道理，不多問一句與他分內無關的事。

爻意見了戰傳說，便向他投來詢問的目光。

戰傳說知其心意，心情沉重地點了點頭。有外人在場，他們也不便多說什麼。

戰傳說心知小夭只是鬱氣內積而昏迷，無甚大礙，當下握住了小夭右手，掌心對抵，將自己的浩然真氣源源導入小夭體內。

過了一陣子，小夭漸漸地平復下來，呼吸也不再如先前那麼急促，她輕輕地咳嗽了一聲，終於醒轉過來。

小夭徐徐睜開雙眼，第一眼看到的就是戰傳說、爻意關切焦慮的眼神，無助的心在感受到關

護後，反而備感心酸，不由眼圈一紅，緊抓著戰傳說的手，低聲道：「我爹怎樣了？他不會有事的，對不對？對不對？」

戰傳說幾乎難以與她那企盼的眼神對視，更不忍心將殘酷的現實告訴她。

小夭從他的神色中讀懂了一切，她緩緩地閉上雙眼，淚水滾滾而出，她的雙手用力地抓著戰傳說的手，指甲深深地陷入他的肌膚，鮮血淋漓。

她的身軀如秋風中無助的秋葉般，劇烈戰慄著，卻無論如何也不肯哭出聲來，死死地咬著下唇，直至咬破了下唇！

戰傳說的心一陣陣抽搐，唯有柔聲相勸：「妳就哭出聲吧，也許會好受些……別怕，還有我，還有昆統領、爻意，我們會照顧妳，爲妳爹報仇的。」

他實在不是一個善於安慰人的人，也只有反反覆覆的這麼幾句話。

不知過了多久，小夭緊握著戰傳說的手終於鬆了些，她睜開雙眼，望著戰傳說，緩緩地道：「告訴我，是什麼人殺害我爹的？」

她似乎已恢復了平靜，但這種平靜卻讓人感到陣陣心悸。

戰傳說猶豫了片刻，方道：「也許——是千島盟的人。」

爻意有些意外地看了戰傳說一眼。

「千島盟？」小夭將這三個字重複了一遍。忽然鬆開戰傳說的手，慢慢地下了床，整了整凌亂的衣衫，「我有些餓了，戰大哥，你讓天司祿府的人送些吃食來吧。」

爻意、戰傳說暗吃一驚，相互交換個眼神，皆有擔憂之色。

小夭道：「你們不用擔心，我要為爹報仇，就必須好好地活下去，是也不是？」

她望著戰傳說，等著戰傳說的回答。

戰傳說忙道：「的確如此。」心頭卻更為擔憂了。

坐忘城。

飛速奇快的靈鴿在最短的時間內把殞驚天的死訊帶到了坐忘城，當這一不幸的消息如風般在坐忘城傳開時，正是午後。

午後陽光最亮的時候。

南尉將伯頌正在校場內領著南尉府的人在操練。這些日子來，一向待屬下十分寬厚的伯頌變得暴躁易怒了，稍有不如意的地方，立即大發雷霆之火。

誰都明白南尉將為何如此煩躁易怒。

校場中，只聞伯頌沙啞的喝令聲，兵甲鏗鏘聲，以及沉悶的腳步聲。

陽光明亮地照著校場以及校場中的將士，兵甲泛射出讓人目眩的光芒。

伯頌目光陰沉，難見笑容。他的右臂衣袖空蕩蕩地在風中飄舞著，更添一份悲涼，他身下的戰馬在不安地趵著蹄子。

「報！」一聲高呼倏然打破了校場的沉悶，急如驟雨般的馬蹄聲中，一騎自校場入口如飛而至，向伯頌這邊疾馳。

每個人心頭都爲之一驚，隱生不安之感。

向南尉將稟報的只會是坐忘城內部傳訊者，否則就應直接向乘風宮稟報。而內部傳訊卻策馬如飛，足見來者之緊急。

伯頌的臉色更爲陰沉，他下意識地向天上的日頭望了望，只覺陽光如劍，刺得人眼花。

馬未停穩，傳訊者已飛滾下馬，半跪地上，顫聲稟報：「報南尉將，城主今日辰時在禪都被殺身亡！」

「轟！」伯頌只覺耳邊似乎響起了一聲悶雷！他茫然地看了看一臉塵土、半跪地上的傳訊者，又看了看四周數以千計的戰士，校場鴉雀無聲，兵甲泛著森寒而炫目的光芒。

「你……說什麼？」伯頌望著傳訊之人嘶啞著聲音道。說話時，他只覺得自己雙耳在「嗡嗡」直響，連自己的話都聽不真切。

「城主在禪都已被殺身亡！」傳訊者再次重複了一遍。

伯頌忽然如怒獅般暴吼一聲：「胡說！」話未說完，忽覺喉頭一甜，一口熱血狂噴而出。他的身軀在馬身上晃了晃，只覺眼前一黑，轟然倒下。

「爹！」陪同父親前來校場的伯貢子驚呼一聲，策馬疾衝過來。

一隻灰鷹在高空中一遍又一遍地盤旋著。

……

黃昏，坐忘城南尉府的一間屋內，伯頌躺在床上，臉色蒼白，長子伯簡子、次子伯貢子伺立榻前。

外面響起了腳步聲，伯簡子出門一望，卻見來者是貝總管及城內的一頗有名望的郎中，趕忙相迎。

貝總管入屋後，伯頌掙扎著要起身，卻被貝總管勸住了。

貝總管嘆了一口氣，「伯尉將是坐忘城之中流砥柱，怎能如此不愛惜自己的身子？城主遭了不測，還要靠伯尉將主持坐忘城大局啊！」

伯頌搖了搖頭，苦笑一聲，有些費力地道：「我老了，竟經不得一點風浪，怎稱得起中流砥柱？我無大礙，只是如今正值坐忘城交困之際，我卻再爲坐忘城添亂了，唉……城主太糊塗了，禪都已成龍潭虎穴，他卻偏偏要主動投身其中。」

「城主也是爲坐忘城、爲樂土著想。」貝總管道。

伯頌其實何嘗不知道這一點？但他無論如何都難以接受這樣的事實！

他抱著最後一線希望道：「這消息會不會是假的？」

貝總管苦笑一聲，「我也希望如此……不過，就算冥皇會欺瞞某一個人，但卻決不會針對整個坐忘城，否則一旦真相暴露，豈非大損冥皇威望？付出那麼大的代價所得卻有限，誰也不會這麼做的。」

伯頌忍不住一陣劇烈咳嗽，咳著咳著，他只覺一股熱血湧了上來，喉頭一甜，強自咽下，以免爲貝總管察覺。

貝總管擔憂地望著伯頌，「坐忘城大小事宜還要倚重你，就算是爲了坐忘城，你也應該保重身體，我將占老先生請來，想讓他爲你揀幾帖藥。」

伯頌向那郎中頷首示意，「有勞了。」

那占姓郎中道：「南尉將的病並無大礙，難治的是心病啊。」

伯頌無力地擺了擺，示意他不要再說下去了。

貝總管這時道：「城主遭遇不測，這些日子城中恐怕會人心浮動，南尉府不能無人主事，你看是否由兩位賢侄中選一人暫時主事，待你身子恢復後再由你主事？」

伯頌道：「知子莫若父，他們都是不成器的東西，難當重任。」說到這兒，他喘息了一陣，方接著往下道：「其實我受傷之後，就有退身讓賢之意了，但卻一直未能有合適的人選推薦給城主與貝總管。」

貝總管正色道：「所謂舉賢不避親，其實二位賢侄都是人中英傑，足當重任！若伯尉將真有放心不下的，不若這樣吧，先讓簡子賢侄料理南尉府事務，如一切順利，自然再好不過，若是不如人意，再作計議也不遲，如何？」

伯頌感到貝總管也是一番好意，便點了點頭，「就依總管之見——就怕他辜負了總管的一片厚望。」

伯貢子、伯簡子一直沒有插話，直到這時，伯簡子才謙讓道：「論才論德，我都不及二弟，還是由二弟擔當此重任吧。」

伯頌冷笑一聲，截斷了他的話頭：「以你的口氣，倒好像只要出面，日後就理所當然能成爲真正的南尉將大人。總管只是試一試你的斤兩，若是不夠斤兩，至時不用你謙讓，我也會將你拉下馬來。」

伯簡子連連應是，不敢再多說什麼。

伯貢子的舉止言行也很平靜，自從遭受了幾次挫折後，伯貢子的性情幾乎已有所改變，不再如先前那般張揚了。

貝總管又與伯頌寒暄了幾句，這才離開。

禪都，天司命府。

已入夜了。

香兮公主下嫁盛九月的日子既然定在了兩天之後，天司命府也與禪都其他任何地方一樣，張燈結綵，喜氣洋洋。高懸的燈籠將天司命府的角角落落都照得影影綽綽。

天司命未帶任何隨從，獨自一人穿過迂迴的長廊，走進了天司命府最神秘的大圓滿樓。大圓滿樓從外觀看爲八角樓，有如八卦圖形。此樓結構宏大，但少有門窗，通體石砌，與天司命府園整體的飄逸淡雅頗有些不協調，尤爲特殊的是除了天司命自己外，幾乎從無外人能進入大圓滿樓。

而天司命每次進入大圓滿樓前，都要沐浴熏香，一身潔淨後才會入大圓滿樓，其狀有如朝聖。

天司命行至大圓滿樓前，整整衣冠，這才舉步而入。

大圓滿樓內部並沒有外人所想像的那麼神秘，幾乎沒有任何的裝飾之物，只是門戶重疊，深入淺出，其中恐有玄奧。

若再細加留意，會發現大圓滿樓內不見有任何燭火燈籠，但卻處處透著光亮，竟無法看出光亮源自何處。

天司命終於在一扇門前站定，他默默地站立了片刻，方以雙手推門，門無聲而開。

天司命進入其中，無須反手掩門，門已在他的身後悄然合上。

從外面看，此屋應該是方形，但進入屋內才可看出內部竟是圓拱形的，有若蒼穹，甚爲寬敞。

在此屋的中央築有一高臺，高臺上擺放著一張寬大的交椅。屋內不知源自何處的光線並不十分明亮，顯得柔和而神秘。

天司命肅立於高臺之前，仰視著那虛置著的交椅，他的眼神中竟是無限崇敬。

天司命緊接著又面向高臺，恭然跪下！

他身列雙相八司，地位超然，除了樂土至尊無上的冥皇外，有誰能受他跪拜？何況，他所跪拜的竟是一張虛空著的椅子！

此情此景，幾近詭秘！

「元尊洪福齊天，神算無遺，弟子謹遵元尊吩咐，已將諸事辦妥。現在無論是冥皇，還是坐忘城的人，都已知道青叱吒、殞驚天是死於千島盟手中。」

一個威儀且充滿神秘魅力的聲音忽然響起，「很好，殞驚天的死讓冥皇備受壓力，他一定會全力以赴對付千島盟，千島盟有極重要人物此刻尚在禪都，此次雙方衝突的結果，必然使他們本就有的仇隙更深！千島盟的力量並不弱小，冥皇要想一勞永逸地解決千島盟的憂患，就必須借重不二法門！」

「元尊法力如神，智才經天緯地，居大雄峰頂而氣吞諸方。蒼穹諸國，循因造化神機，終將衍化為大圓滿世界，依順於元尊足下，蒙元尊光輝普照，恩澤千秋！無論是冥皇還是盟皇，與元尊相比，就如同螢蟲與明珠爭輝，他們早該順應天機，入我不二法門，以免成為大圓滿世界的罪人！」

被尊為「元尊」，又值得如天司命這般非凡人物如此頂禮膜拜的人，除了地位超然、逾越芸芸眾生的不二法門元尊之外，還會有誰？

讓大冥冥皇與千島盟皇這兩大當世王者成為不二法門中人，這近乎癡人說夢！但此刻由才智雙全的天司命口中說出時，竟是那麼的自然，沒有絲毫的做作，彷彿此事非但可能成為現實，而且必然會成為現實！

樂土人皆知雙相八司各有特點，其中天司命多才，地司命善言。天司命對星相醫卜多有涉及，且頗有造詣，世人皆言天司命是雙相八司中最富風雅情趣之人，且傲骨錚錚，頗為清高。殊料此刻他的一番話，卻幾乎句句是溢美之詞，幾近阿諛，若非親耳聽到，誰能相信這番話是自天司命口中說出？

天司命一直恭恭敬敬地跪著，似乎只要對方不開口讓他起身，他就可以永遠不起身！

「你起身說話吧。」那既威儀又充滿神秘魅力的聲音道。

「謝元尊！」天司命這才起身。

「為何弟子從未見元尊真身，卻能夠聆聽元尊教誨？」天司命惑然道。

「只要心繫法門，胸懷元尊，本尊就無處不在！」元尊的語氣充滿無限的自信，讓人難對他的話有絲毫懷疑。

這絕對是匪夷所思的話，但天司命卻如中魔咒，對此沒有絲毫的懷疑，而是恭敬地道：「元尊上天下地，無所不能，弟子佩服得五體投地！若是能一償所願，得以目睹元尊真身，那弟子死而無憾！」

「哈哈哈！」元尊朗聲一笑，「何必輕言『死』字？這次你所辦的事甚得我心，念你有功，本尊便讓你如願以償！」

天司命以難以置信的語氣顫聲道：「多謝元尊成全！」

一團氤氳之氣忽然在高臺四周瀰漫開來，如幻如霧，天司命的視線頓時有些模糊了。當那氤氳之氣散去之時，天司命赫然發現高臺上的交椅中已端坐一人，正居高臨下地俯視著他。其目光深邃無比，充滿無限的智慧，當天司命的目光與其目光相遇時，竟有心靈完全敞開爲對方洞悉無遺的感覺。

天司命心頭一顫，再度轟然跪下，撲伏於地，歡欣無比地道：「元尊威如天人，能得以仰瞻元尊聖容，弟子此生無憾！」

端坐椅內的，正是萬眾仰視的不二法門元尊！

元尊稱雄天下數十年，早已年逾百歲，但此刻看來，卻是一如峻嶽崇山的中年男子，容貌俊偉，予人以完美無瑕之感。那超然一切的神韻，有著震撼人心的神奇魅力，以至於常人完全忽視了他的衣飾，便已爲其神采所傾倒。

據說環視蒼穹，真正見過不二法門元尊的人只有如冥皇這般屈指可數的幾位非凡人物，以及法門四使，今日卻破例讓天司命得償所願，無怪天司命激動如此，幾疑置身夢中。

不二法門元尊神光電射，望向天司命道：「你可知為何本尊要讓你主動向冥皇要求處置殞驚天一事的善後？」

天司命畢恭畢敬地道：「弟子豈敢妄猜元尊神意？」

元尊微微一笑，「你是殞驚天的故交，在禪都的人當中，只有你是能讓坐忘城信任的，事實也正如本尊所預料的發展。幾日之內，坐忘城城主就將換成不二法門的人了。」

天司命一怔之餘，若有所悟地道：「坐忘城貝總管……是法門弟子？」

元尊淡然一笑，「否則本尊豈會讓你向冥皇一心舉薦他？他在法門中的地位與你相若——不過，也許過不了多久，你的地位將會凌駕於他之上，因爲你將成爲我法門四使之一！」

天司命心頭劇震，惶然道：「弟子不敢！」

元尊肅容道：「本尊不妨直言，四使之中，已有一使漸入歧途，若不另立他人，將於大圓滿的不世功業不利！而能取代其位置的最佳人選，便是你了。」

事關在不二法門地位超然的四使，天司命不敢輕易答話，心頭卻在暗自思忖：「不知讓元尊不滿的是四使中的哪一使？」

南許許從未真正地以「萬象歸宗」的陰訣爲人療傷醫治，這一次在晏聰身上作嘗試，也是迫不得已。

顧浪子的身體在爲靈使重傷後已十分虛弱，如今被囚於地下，思慮重重，心緒鬱結，更是每況愈下。

當南許許以「萬象歸宗」陰訣爲晏聰導引體內氣息以療其傷時，顧浪子只能默默地靜坐一旁，儘量不干擾南許許。

不知過了多少時辰，南許許長長地吐了一口氣，顧浪子以爲他行功結束，心中一喜，忙道：「老兄弟，怎樣了？」

「不妙。」南許許的聲音很輕，而且顯得極爲吃力。

「什麼？」顧浪子大吃一驚，一時不敢再問什麼。

「他體內的三股氣息太過獨特……是我一生聞所未聞！雖然我已以『萬象歸宗』的陰訣將之揉合一起，但卻有不可駕馭之感……哎呀……不好！」南許許突然失聲驚呼！

「怎麼了?!」顧浪子察覺有異，急忙相問。

卻沒有任何回答！

地底下一片黑暗，而顧浪子已沒有往日驚世駭俗的內力修為，目力與常人無異，自然無法看清眼前發生了什麼事。

驚愕之下，顧浪子急忙向南許許所在的地方摸索過去，誰知竟摸空了。

一個活生生的人怎可能憑空消失?!

顧浪子張開雙臂，在更大範圍內摸索著。

「殺……殺了……我們！」顧浪子終於再一次聽到了一個角落裏傳來的南許許的聲音！

但這一次南許許所說的話卻是如此的驚人，以至於顧浪子一下子怔於當場，無法相信自己的耳朵。

略一回神，顧浪子不顧一切地大叫：「老兄弟，發生了什麼事？」

回答他的是南許許驟然發出的「啊」的一聲低微而短促的慘叫，叫聲戛然而止，地下囚室頓時隱入可怕得讓人心寒的死寂之中。

這種死寂，讓人懷疑生命是否還在這世間存在。

顧浪子的心中升起不祥之感！半晌，他像是怕驚嚇了什麼般低聲道：「老兄弟，你怎麼了？你聽見我的聲音了嗎？」

「他已經死了。」

黑暗中傳來了顧浪子再熟悉不過的聲音，這也是顧浪子一直希望聽到的聲音——是晏聰的聲音！

但在這一刻，晏聰的聲音讓顧浪子感到的卻沒有絲毫的溫暖與欣喜，相反，卻讓他感到莫名的涼意自心頭升起。

「胡說！南伯伯全力救你，你被救醒過來了，反而說如此不敬的話！」顧浪子感到晏聰的話十分突兀，而且其冷漠的語氣也讓他極不喜歡。

「這是事實。不信你向前看吧，他的屍體就在你身前三尺之外——哦，對了，我忘了你再也沒有往日的功力了，所以，在這兒你根本看不見任何東西。」晏聰的聲音是顧浪子十分熟悉的，而他的語氣卻又是顧浪子完全陌生的。

顧浪子幾乎無法相信此刻是他的徒兒晏聰在對他說話！一股怒焰騰地升起，顧浪子怒喝道：「逆徒！你竟敢如此對爲師說話？你說，這究竟是怎麼回事?!爲何你被救醒後，南伯伯反而不醒人事了？」

「哈哈哈……你不必再自欺欺人了，他是死了，而並非不醒人事！至於原因，很簡單，我體內三股內息之強大，根本不是你們所能想像的，當他以『萬象歸宗』將我體內三股內息導入相互融合的進程中時，他的力量對我來說，已不再有用。只是，由於我體內的三股氣息的力量實在太強大了，當它們開始融合時，立即產生了無與倫比的牽引之力，將周遭一切力量吸扯其中。他根本沒有機會脫身，其體內的精元內力就已被我所完全吸納，失去了這些，他當然唯有死亡！」

顧浪子如墜千年冰窖！

半晌，他才寒聲道：「聽你口氣，似乎對他的死無動於衷！他可是爲救你性命才這麼做的，若是你非但不知恩圖報，反而幸災樂禍，那可真是怪我顧浪子瞎了眼。」

「你是後悔不該收我這樣的弟子嗎？嘿嘿……你錯了！我已鑄就永不敗倒的三劫戰體，從今之後，我將無敵於天下！能有我這樣的弟子，應是你最值得欣慰的事才對！至於南許許的死，只是天意！我根本無須再借助他那一點微不足道的功力！」

晏聽接著道：「我並不想他死，至多這只能算是一場意外！他失去毒物支撐，本也活不過幾天了，能以他殘餘的性命換得我的重生，這何嘗不是一件好事？」

「好事?!」顧浪子又驚又怒，「你……你天良何存?!」

「師父……我再稱你一聲師父吧。你以爲你的指責是正確的嗎？是否在你看來，只要是你的弟子，就應該處處作出犧牲？只要是你的弟子，他的性命就是微不足道的？就應該隨時準備捨棄性命成全你所推崇的所謂道義？錯！我風華正茂，前途不可限量，而他只是垂垂老朽，適者生存，我存他亡才是適應天意的結局！難道反倒是我應該就此死亡，而讓他活下去？」

他說的話在顧浪子聽來句句刺耳，但又並非全然沒有一點道理，正因爲如此，反倒更讓顧浪子心痛心恨！

「你……你一定是瘋了……」顧浪子寧願晏聰是瘋了，是喪失了心智！

「也許真正糊塗的人是你！否則，你爲何寧願放棄救我的機會，也不肯說出勾禍的下落？你不是一直聲稱勾禍乃十惡不赦的人嗎？我與你師徒多年，你卻可以毫不在乎我的性命，可以爲顯示你自己重於信義而任我自生自滅！若說無情，首先無情的是你！」

顧浪子的心一陣陣地縮緊，他在心頭狂呼：「不！我之所以作這樣的決定，並非無情，更不是不在乎你的性命！」

但顧浪子心高氣傲，又恨晏聰言辭冷酷，話語言不由衷地冷笑道：「是又如何？以你此刻之言行，分明是走火入魔，只怕將成世間魔障！你若是看爲師不順眼，何不將我一併殺了？」

「哈哈哈……哈哈哈……」晏聰驀然長笑！

笑畢，方道：「你果然根本不將我的生死放在心上！從此刻起，你我之間的師徒情分也不復存在了！」

乍聞此言，顧浪子心頭猛然一痛，似被生生撕裂開了一道口子，他甚至能感到自己的心在滴血！

與晏聰師徒間發生的一幕幕往事一一閃過他的心頭，他的心一陣抽搐，忽然間喉頭一甜，吐出一口熱血。

漸漸地，顧浪子反而冷靜下來。他忽然想到這兒發生了如此大的變故，靈使方面卻沒有任何動靜，這意味著什麼？

顧浪子頓時想到一件比晏聰變得冷酷無情更可怕的事情，那就是晏聰已變節投靠了靈使！否則，靈使何以對這兒發生的一切無動於衷？也許，這是因爲一切都已在他的預料之中！

顧浪子遍體生寒！他強自定神，「你與靈使是否已有默契？你是否已甘心爲靈使效命？」

晏聰道：「這已不是你所應該關心的事了，你還是想想該如何活著離開此地吧。」說到這兒，他驀然長嘯，大喝一聲：「我晏聰已得重生，從此誰也不能阻我！」

大喝聲中，他倏然凌空向上暴擊一拳！

駭人拳勢以不可阻擋之勢狂飆而出，重擊於頭頂上方的鐵柵欄之上！

「轟……」驚天爆響聲中，堅韌無比的柵欄立時扭曲變形，並整體自岩層中脫飛開去，碎石「嘩嘩」直墜。

晏聰已沖天掠起！他的喝聲回蕩不絕，聲勢駭人，仿若是魔王臨世的可怕黑暗！

顧浪子眼前一黑，幾至暈倒，他勉強支撐住，摸索著尋找南許許。

當他觸摸到南許許的身軀時，駭然發現南許許的身子竟像是脫乾了所有的水分，只剩下一具枯骨。

顧浪子立時想到晏聰所言之「三劫戰體」！

這一刻，他終於明白南許許爲何在最後一刻，要他殺了他與晏聰二人！

「南許許真的死了？」靈使望著恭然立於他面前的晏聰問道。

晏聰點了點頭。

其實無須晏聰再一次重複回答，靈使也知道這已成了一個不爭的事實。他之所以再追問一遍，也許只是想體會一下聽說南許許已死的欣喜之情。

南許許、顧浪子活著，對不二法門來說，就如有鯁在喉，一日不將其除去，就一日不快！而今這一塊心病終於了卻！南許許已死了，至於顧浪子，取其性命也只是舉手之勞而已。

靈使露出了滿意的笑容，他意味深長地道：「不過顧浪子卻還活著。」

「但願主人能讓他一直活下去！」晏聰道。

靈使神色倏變，目光若刀一般直視晏聰，沉聲道：「為什麼？莫非，你仍念著師徒之情？」

「在晏聰的心目中，只有主人！我之所以希望主人放他一條性命，是因為他還有利用價值！至少，如果必要的話，我們可以利用他讓戰傳說自投羅網！」

「戰傳說？」靈使眉頭皺起，「你說的戰傳說是何人？」

「就是陳籍。」晏聰道。

饒是靈使城府極深，乍聞此言，仍是不由霍然起身，既興奮又惑然地道：「你說陳籍的真實身分是戰傳說?!」

「正是！正因為如此，他才能一眼看出為不二法門追殺的戰傳說是假的，並全力查出真相！」當下，他把自己如何知道「陳籍」的真實身分的經過大致說了一遍。

「原來如此……原來如此……」靈使一連說了兩遍原來如此，足見此事對他震動非小。先前與戰傳說在「無言渡」一戰時，靈使就感到「陳籍」一定與戰曲、戰傳說父子有著某種淵源，否則以自己天衣無縫的佈局，他怎可能識破？沒想到他就是戰傳說本人！既然如此，那麼在他身上所發生的一切，都再正常不過了。

晏聰將如此重要的事告訴了靈使，使靈使很是自得！看來，一切都在朝著他所預期的方向發展，晏聰已成了他永遠的奴僕，一個絕對忠誠的奴僕！

靈使喃喃地道：「沒想到戰曲之子竟還活著！當年與戰傳說一同進入荒漠的六名黑衣騎士皆命殞荒漠，反倒是年僅十四歲的戰傳說活了下來！更不可思議的是，他的容顏竟發生了驚人變化。」

他想到若戰傳說不是容貌發生了變化，而且還不是以一般的易容術造成的變化，那麼他在隱鳳谷外「求名台」見到戰傳說時，就應該可以識出戰傳說了。

那樣，自己的兒子術衣也便不會亡於戰傳說劍下！這一切究竟是天意還是巧合？無論是天意還是巧合，都足以讓靈使對戰傳說恨之入骨。

爲了助晏聰達到「三劫妙法」的第三結界，這些日子來，他不能不暫時地放鬆對戰傳說的關注。而今，晏聰已鑄成三劫戰體，終是向戰傳說討還血債的時候了。

靈使道：「據本使所知，戰傳說已進了禪都，而且處境並不太妙。以你今日的修為，定能勝他，不過，在禪都取他性命也許過於引人注目了，但願戰傳說能夠活著離開禪都！」

晏聰道：「是否我也即刻趕赴禪都？」

靈使微笑著道：「禪都將發生不少有趣的事，的確是個值得一去的地方——不過，也不必急在一時，現在我要讓你去救一個人！」

「救人？」晏聰一怔。

靈使道：「當然，救人的目的是為了殺人，我要讓你救的人是梅一笑的女兒梅木，要殺的人則是追隨梅一笑的刑破！」

「梅木現在何處？」晏聰問道。

「梅木已為我所囚禁。」靈使道。

晏聰先是有些不解，隨即便明白過來，他道：「主人是要讓我救出梅木，騙得她的信任，然後才可以引出刑破？」

「不錯！刑破的武道修為與如今的你相比，也許不算太高明，但他有著你難以比擬的經驗。他就像一匹狼，一匹經歷了無數次生死考驗的狼！他能夠以驚人的嗅覺察覺出危險的存在！本使也曾幾次設法擒殺他，但都失敗了。」

「為什麼要殺刑破？」晏聰問道。

靈使目光一閃，沉聲道：「記住，以後永遠不要問爲什麼！你所應該做的，就是依我所吩咐的不折不扣付諸行動！」

「是！」晏聰肅然道。

靈使臉色一緩，「今日本使心情不錯，就破例告訴你原因。四年前，戰傳說進入荒漠時，刑破也曾在荒漠中出現過，若在平時，這也許無關緊要，但當時顧浪子亦曾在荒漠中出現，而且刑破還救過顧浪子一次。他們有一個共同點，那就是兩人在樂土都名聲不佳。你師父顧浪子自不必言，而刑破則曾是一個身手可怕的殺手！他們都曾爲各名門追殺，本使擔心這一點會不會讓他們同病相憐，從而顧浪子將一些秘密透露給了刑破！」

頓了頓，靈使接著道：「何況，你三劫戰體鑄成，也需要有一個合適的人選來試一試三劫戰體的威力！刑破會是一個合適的對手！」

晏聰靜靜地聽著。

他真的已成了靈使的一件絕對致命、絕對忠誠的「兵器」！

一座廢棄的城堡隱於山谷之中，城堡廢棄之後，通向山谷的山道也一日一日地荒蕪，直至幾乎無法再看出山道的痕跡。

誰也不會想到這座廢棄的城堡，會是囚禁著梅一笑妻女的地方。

顧浪子、南許許曾見到的「梅木」並非真正的梅木，真正的梅木此刻正與其母顧影被囚禁在城堡的一間密室中。

從外面看，城堡已十分破敗，但步入其中，才知內部尚是十分的堅固。

自梅一笑與千異決戰龍靈關不幸戰亡之後，顧影容顏日漸衰老，加上被囚於密室已近半月，已很難看出她昔日的絕世容顏。歲月無情，縱是曾經如何的國色天香，也無法抵擋歲月的摧殘！但這份美麗卻在梅木身上完成了一次輪迴。

「娘，妳放心，刑叔叔一定會來救我們的。」梅木一邊用手指梳理著母親有些凌亂的鬢髮，一邊安慰著母親。

顧影笑了笑，「我只願他不會來救我們。」

「爲什麼？」梅木驚訝中下意識地停下了手中的動作。

「妳道囚禁我們的人爲何不殺我們？」顧影道。

梅木一下子明白過來，輕輕地嘆了口氣，「娘說得不錯，只盼刑叔叔也無法要來救我們才好。」

顧影卻道：「但娘更知他肯定會來的，哪怕這兒是刀山火海，他也會來！」

梅木不知是喜是憂地道：「刑叔叔最疼我了。」

兩人都沉默了下來。

密室有一窗一門，鐵門緊閉著，窗很小，密室內暗淡的光線就是由這個很小的視窗透進來的。

外面就是過道，也許過道中有風，透進來的光線也搖曳不定。

顧影、梅木母女二人心情矛盾，既希望被救出，又擔心刑破真來相救時正好落入對方的圈套。

顧影輕嘆道：「若是妳父親還在世的話，就算這兒伏有千軍萬馬，他也能毫髮無損地將我們救出去！」

她與梅一笑傾心相愛，即使在自己女兒面前，也不由會流露出對夫君的傾慕之情。不過梅一笑劍冠天下，她這麼說，也並不完全只是出於對夫君的傾慕。

梅木道：「若是父親在世，我們又豈會落於他們手中？」

顧影苦笑一聲，不再說什麼。

倏地，鐵門「噹」的一聲輕響，隨即又沒了聲音。

兩人靜神聆聽，顧影的手輕輕地壓在了女兒的手背上。

短暫的靜寂之後，便是急促的金鐵碰撞聲，像是有人在開啓鐵門。

母女二人心中同時想到一件事：借機脫身！

此前，自她們被關入這間密室後，這扇厚厚的鐵製的門便一直沒有開啓過，若有人送飯送水也是由那扇小窗送入，小窗根本不能容一個成年人的身子通過，密室上下四方皆是石砌而成，根本沒有任何可以嘗試的脫身機會。

顧影雖是顧浪子的姐姐，但與顧浪子截然相反，她絲毫不諳武學。正因爲如此，梅木雖然由其父梅一笑傳授了一些劍法，但既要自保又要保護母親，才爲靈使派出的人擊敗擒住。所以被囚禁於這廢棄的城堡後，顧影身上未加任何鎖具，而梅木的雙手則被鐵鏈鎖住了。

在這種情況下，母女倆要想衝出城堡脫身，其實難比登天。

但她們更不願在此束手待斃！她們是在前往顧浪子的空墓時被伏擊擒住的，這說明對方很可能是因爲顧浪子的緣故才對她們下手的，而顧浪子的仇家顯然比梅一笑的仇家更可怕！

這倒不是說顧浪子的武道修爲高過梅一笑，所以他的仇家也比梅一笑更高明，而是因爲梅一笑一生磊落，即使有與他結下仇隙者，也會以光明正大的方式復仇，而不會以這種手段，更不會針對兩個女流之輩！而顧浪子則不同，他自身就如同一個謎團，與他有關的一切都是那麼的陰暗、神秘！

顧影、梅木根本不敢想像這些人最後會放過她們！既然如此，橫豎都是一死，倒不如放手一搏！母女倆不愧爲梅一笑的妻女，膽識過人。

母女兩人自是心意相通，顧影的手在梅木的手背上用力按壓了一下，梅木心領神會，悄然起身，如靈貓般悄無聲息地迅速接近那扇門，隱身於一側！心中暗道：「若是我能出其不意擊殺一人，那就夠本了！」

顧影一陣咳嗽，其用意不言自明，是爲了吸引人的注意力，以便爲梅木創造機會。

鐵門終於被一下子推開了，一個人影閃身而入！

梅木雙手雖被鎖鏈困住，卻還有活動的餘地，她驀然發難，右手食指、中指駢指若劍，閃電般疾刺而出。

不愧是劍道修爲登峰造極的梅一笑的女兒，雖然手中無劍，又被束縛了雙臂無法揮灑自如，但這一擊卻已非同小可，勢如凌厲一劍！面臨如此突如其來的攻擊，如果只是一修爲平凡者，恐怕要吃大虧了。

可事實梅木所攻擊的對象卻是晏聰！

在如今的晏聰看來，梅木這種突襲速度實在太慢了，根本沒有任何的受威脅之感。他甚至有意放緩了自己的速度，待對方的襲擊至足夠近的距離時，才倏然出手，一把扣住梅木的右臂，低聲道：「我是來救你們的！」

梅木被晏聰一把扣住右臂，不由大吃一驚，所幸晏聰及時開口，才讓她心中稍安。

「快，你們跟隨我出去，我已封了左近三名看守者的穴道，取得門匙，很快其他人就會有所察覺的！」晏聰低聲催促梅木、顧影。

顧影母女二人萬萬沒有料到等來救她們的人竟並非刑破！聽對方的聲音，是個年輕人，而且很陌生。

顧影留了一個心眼，「你是什麼人？為什麼要救我們？」

「家師名諱顧滿庭，在下晏聰……個中詳情，容後細敘！」晏聰心知這麼說，顧影一定會信任自己。

果然，顧影不再起疑。知道顧浪子的真名為顧滿庭者本就極少，何況對方如此年輕？再則世人皆以為顧浪子早已被自己的夫君梅一笑所殺，又豈會有人敢冒充顧浪子的弟子？由此可以斷定這年輕人的確是顧浪子弟子無疑！確知了這一點後，顧影又驚又喜。

晏聰放下梅木的手臂，自腰間抽出一把刀來，刀刃泛射著幽幽光芒，他低聲道：「師妹，讓我替妳削開鐵鏈。」

這節骨眼上可不是客套的時候，梅木依言張開雙臂，將鐵鏈扯得筆直。

寒光倏閃，幾乎沒有什麼聲響，鐵鏈已應聲斷開。

梅木、顧影皆為晏聰的內力修為暗暗驚服，心忖：他如此年輕便有這等修為，殊為不易。

梅木拉住母親的手，將聲音壓得極低道：「娘，我們走！」

晏聰率先跨出門外，顧影、梅木緊隨其後，三人剛離開密室進入密室外的過道，便聽得有人驚呼：「有人闖入城堡了！快封住所有出口！」

晏聰低聲道：「被發現了！看來唯有強闖了！」

過道上躺著一個人，大概是被晏聰點了穴道的看守者，梅木見此人腰間有一把劍，當即抽出此劍，以防不測。

一陣急促的腳步聲迅速向這邊接近！

梅木向過道兩端一看，發現兩端皆可通向其他地方，但她們母女二人被帶入城堡時是被蒙住了雙眼的，所以也不知兩端所通向的各是什麼地方，能否衝得出去。

晏聰一指還沒有傳來腳步聲的那一端，「方才我是由這邊進的，由此出去穿過一個大廳，就可以直接進入一片樹林，叢林雖然也被圍於城堡的圍牆內，但卻十分有利於隱身！你們在前，我斷後！」

「好！」梅木立即領著顧影向晏聰所指的方向跑去，晏聰持刀在手跟隨在她們身後。

沒跑出多遠，身後「砰」的一聲巨響，一扇門被狠狠撞開了，幾人同時擁入了過道中，其中一人大喝道：「他們在此！」

另有人喊道：「誰也休想逃走！」

顧影不諳武學，大大地限制了三人的速度，轉眼間雙方的距離已迅速拉近。而這時行於最前面的梅木才剛剛到達盡頭的第一個拐角處。

追殺在最前的一中年男子所用的兵器，是一根長約丈許的軟鞭，眼見晏聰已在攻擊範圍之內，立時一抖軟鞭，軟鞭頓時如毒蛇般飛速纏向晏聰的雙足，鞭過虛空，「嘶嘶」有聲。

晏聰知道當對手是刑破這樣的人物時，任何疏忽都可能會成為致命的破綻，所以在他的要求下，靈使沒有將晏聰欲來「救」梅木、顧影的消息通知守在城堡中的人，如此方能不露破綻。所以這些人一見晏聰，根本毫不留情，出手便是致命殺招。

這正是晏聰所希望的。

軟鞭所攻擊的是晏聰下盤，最難防守，但晏聰對此卻毫不在意，眼見軟鞭即將纏住他的雙足之際，方驀然移步，右足踏出，準確無比地踏於鞭梢之上。

攻擊他的法門弟子大喜過望，奮力回奪，自忖定可讓晏聰失去重心，而在他身側的同伴也不願錯過這等良機，手中長槍槍尖倏顫，幻現無數寒芒，向晏聰席捲過去。

晏聰果然重心甫失，向對方跌去。

還未等對手從驚喜中清醒過來，晏聰已不可思議地避過了長槍，與對方來了個面面相對，近在咫尺！

兩名法門弟子驀然色變！

晏聰的膝部已重重撞在持鞭者腹部，立時將他撞得口鼻噴血，狂跌而出！緊隨他身後的其餘法門弟子避讓不及，被撞了個正著，立時亂作一團，而這時晏聰手中的刀已貼著長槍暴削而進！

血光暴現，一隻手臂頹然墜地。

晏聰一聲長笑，腳尖一挑一送，墜地的長槍怒射而出，以不可抵擋之勢一下子穿透了另一名

法門弟子的肩肋，連人帶槍倒飛而出。

眾法門弟子頓時爲晏聰的神勇深深震懾，轟然而退。

這時，梅木母女二人已轉過了拐角處。

晏聰再不多作逗留，足下一點，已如紙鳶般飄然掠起，向梅木、顧影消失的方向追去。

梅木領著母親顧影轉過拐角，再向前十幾丈距離，果然看到盡頭便是一個大廳，大廳空蕩蕩的，廳門洞開，月光灑了進來。因爲年久失修，本應十分氣派的大廳此刻竟透出了幾分淒涼。

大廳外不遠處就是一片林子，因爲已無人修剪，顯然格外茂密，這對梅木母女來說反而是一件好事，看樣子只要穿過大廳，脫身的機會便大增了。

殊料當她們剛進入大廳時，便聽得四下裏一陣吶喊，十數人自幾個方向一下子擁入廳中，呈半圓形將她們圍住了。

爲首者白巾麻衣，年約三旬，眼神清冷，予人一種獨來獨往的自傲與灑脫感。他的腰間斜插著一柄無鞘之劍，劍身頗短，而且樸實無華，但人與劍合作一處，卻讓人感到無比的融洽，似乎無論給他換上任何兵器，都絕對無法再與之匹配。

梅木乃大俠梅一笑之後，對劍與劍客自有獨到的眼光。她當然知道眼前此人的一身修爲絕對已達人劍相融、息息相通之境。

事實上，當她們母女二人於半月前受到襲擊被擒時，梅木就曾見過這個人，但當時此人並未出手，梅木就已寡不敵眾落敗了。

那白巾麻衣者衝著顧影一拱手，「梅夫人請回吧，烏稷既然奉命要留住梅夫人，就決不會讓梅夫人離開的。」

他言辭還算客氣，卻不容置疑。

「奉命？奉何人之命？」顧影不愧為大俠梅一笑之妻，身處險境，仍能鎮定自若。

「恕烏某不能相告！」也許是敬重梅一笑的緣故，烏稷對顧影一直保持一份尊重。這些日子來，看守梅木、顧影的人對她們也算客氣，沒有如何為難她們。

「不二法門一直自詡公明，為何如今卻藏頭縮尾？」梅木身後忽然有人說話，循聲望去，卻是剛剛趕到的晏聰。

這些不二法門弟子奉靈使之命而行時，已被禁止暴露真實身分。這對於不二法門弟子來說，多少有些不習慣，在他們看來，不二法門就是公道與光明的化身，何需隱瞞自己的身分？作為普通的法門弟子，他們眼中的靈使的一言一行，都是磊落光明的。

晏聰的話正好擊中了眾法門弟子的軟肋，包括烏稷在內，神情都有些不自在。

晏聰冷冷一笑，「梅大俠一生俠義，世人共仰，而你們卻倚多為勝，暗中對寡母孤兒施下毒手，這等手段，未免讓人不齒！」

他的話句句直中要害，眾法門弟子不少人已是冷汗涔涔，暗叫慚愧。

烏稷的神情一直甚是清冷，此刻縱有變化，也不太能看得出來。他目光落在晏聰身上，沉聲道：「所謂『成大事者不拘小節』這個道理閣下也應該懂吧？」

晏聰不屑一顧地一笑：「好冠冕堂皇的理由！如此說來，倒好像你們大張旗鼓地對付梅夫人是為了樂土蒼生！」一頓，神色一沉，接道，「多說無益！梅夫人今夜是非離開此地不可，若爾等肯借一條路倒也罷了，否則將付出慘重的代價！」

烏稷緩緩地道：「不知多少年沒有人敢如此對不二法門說話了。」

「是嗎？」晏聰針鋒相對，毫不退讓地道，「就由晏某來開此先河吧！」無所畏懼、凌越一切的氣度顯露無遺！

烏稷暗暗吃驚，雖然他自身對靈使這一次的決定也十分不解，但同時他對不二法門、對靈使仍是絕對充滿信仰與尊崇，不二法門所追求的大圓滿世界是何其神聖與輝煌！而不二法門近些年來地位日益超然，對不二法門弟子來說，他們已不習慣聽到與不二法門意向相悖的聲音了！讓烏稷吃驚的正是，晏聰不但識出他們是不二法門的人，而且還敢將矛頭直指不二法門！

烏稷並不想與顧影為難，但既然身為不二法門中人，更知法門律令如山。

這時，在過道中被晏聰擊退的人也已趕至，正好封住了晏聰等人的退路。此刻，除了放手一搏，梅木等人已沒有別的脫身之途了。

烏稷將手緩緩按於劍柄上，目視晏聰，沉聲道：「你既然敢在不二法門手中救人，就必有所恃，是也不是？」

晏聰傲然一笑，「不錯！我所恃的就是我手中的刀！」

「很——好！」烏稷雙眼微微眯起，像是懼怕陽光時一般，但雙目神光更甚，「既然如此，便由你我一戰決定一切，如何？若我敗了，你就將人帶走，否則，人留下，你的命也留下！」

晏聰從容一笑，「很公平！」

烏稷不再說話，右手慢慢將劍握緊，一寸一寸地拔出。

無形殺機悄然瀰漫開來，並越來越強烈，以至予人以觸手可摸之感。

僅僅是拔劍之舉，烏稷已有凜然氣勢！修爲稍有不及者，只怕即刻戰意崩潰，不能自拔！

連晏聰都暗吃一驚。

在此之前，他已見識過靈使的無上修爲，亦知不二法門四使無不是卓立於武學之巔的超然人物，但在晏聰看來，除法門元尊與四使之外，不二法門應不會有太多的高手人物。而眼前自稱「烏稷」的人物，名不見經傳，在不二法門中也沒有顯赫地位，但此刻尚未出手，就隱然有大家風範。

「法門深似海」——這是樂土廣爲流傳的一句話，這一次，晏聰才真正明白這句話的內涵！不二法門內群峰並簇，高手如雲，以至於一些投身於不二法門的非凡人物卻未必有顯赫的名聲。

烏稷就應在此列！

烏稷的劍終於拔出，劍尖遙指晏聰。

沒有任何多餘的動作，無形劍氣卻已層層透發而出，瀰漫於烏稷周身數丈之內，並形成了極具微妙的平衡。

這時，在他劍勢籠罩下的任何細如毛髮的微小變化，都將爲他準確捕捉！無形劍氣儼然已成了他靈魂的觸角！

晏聰清晰無比地感受到對方越來越熾烈的劍意！

他心頭的戰意頓時被全面激發，嘴角浮現出一抹從容自若的淺淺笑意，顯得灑脫至極。而此刻，旁人在烏稷不斷攀升的劍勢壓迫下，早有難於呼吸之感，見晏聰尙能舉重若輕，無不駭然。

烏稷的瞳孔不斷收縮，有如一枚可以錐破一切的釘子！

驀地——烏稷雙目倏睜，精芒爆閃，右足急速踏進，僅是跨進一步，卻已如怒矢般暴進逾丈！

身形移動之快，予他人的視覺以極大的衝擊！

晏聰視線所及，對方劍尖的一點寒芒以追星逐月之速向自己這邊全速迫進，由於速度太快，以至於讓他感到那一點寒芒正在迅速膨脹，似要凌蓋他的整個視野。

這當然只是因爲對方劍速太快而形成的一種錯覺！若是晏聰爲之所動，也許便是他命殞之時。

但今日之晏聰又豈會爲之所動？

晏聰半步未移，手中之刀已破空而出，在虛空中劃出一道起伏莫測的弧線，暗合攻與守兩種變化，既有刀長驅直入的霸氣，又步步爲營，一招之間，便能將攻與守揉合得如此天衣無縫，而且各具威力，實是罕見。

所使刀法，正是顧浪子「無缺六式」中的「逶迤千城」！

乍見這一式刀法，顧影暗吃一驚！她雖不諳武道，但其夫君梅一笑卻是傲立於武道之巔的人物，耳濡目染，加上她出生的天闕山莊本就是武界豪門，所以對武學自有不俗的領悟。

她曾見識過顧浪子的「天闕六式」，只覺晏聰所用刀法與「天闕六式」似有相同之處，但似乎又更爲完美，一時不由有些疑惑了。

若是他人使出如此刀法倒也罷了，可既然是顧浪子的弟子，刀法與其師相比又怎會似是而非？

顧影卻不知這是由「天闕六式」衍變而來的「無缺六式」。

刀劍倏然相接，驚天撞擊聲中，兩人齊齊退出一步。

甫一退出，晏聰立即雙腕運力，手中之刀自下而上全速斬出，一道光弧似乎頃刻間將大千世界生生劃爲兩個截然不同的世界：一邊爲生，一邊爲死！

「好刀法！」烏稷由衷讚了一句，短劍劃出重重劍芒，全力防範，聲勢不同凡響。

烏稷用劍之妙已至鬼神難測之境，在間不容髮的剎那間，他的劍已自無數不同的角度與晏聰的刀相撞，卻一無例外地一觸即退，瞬間刀劍已完成了難以計數的接觸。

烏稷竟以柔克剛，化去了晏聰凌厲無匹的刀擊！

他的劍本就輕短，更顯凶險，以如此短的劍做到這一點，需要極高的自信，稍有差錯，便將陷於萬劫不復的境地，僅憑這一點，就足使他贏得任何對手的尊重！但他卻不知自己的對手晏聰一直在隱藏著真正實力！

也許論招式之精絕，晏聰未必能逾越烏稷，但論內力修為，自晏聰被靈使以非常手段強行催至「三劫妙法」的第三結界之後，其內力修為甚至不在靈使之下，若是全力施為，烏稷根本無法抗衡。但如此一來，恐怕就會讓顧影起疑，更不用說刑破了。

烏稷見晏聰的刀道修為如此高明，心頭不由有了悔意，後悔不該與晏聰單打獨鬥。他倒並非擔心落敗顏面無光，也不是擔心有性命之憂，而是想到若自己萬一真的敗於晏聰的劍下，難道眼睜睜看著顧影、梅木一走了之？

若如此，他將如何向靈使交代？可若讓他食言，卻又是他所不屑為的。

想到這一點，烏稷暗一咬牙，暗自將自身修為催發至最高境界，劍勢大熾，攻勢如洶湧之潮，向晏聰席捲而去。

劍芒爆閃，幻影無數，重重劍影組成一團飽含無窮殺機的旋風，將晏聰捲裹其中。密不可分、疾不可辨的劍影似乎無始無終，綿綿不絕。

可惜，如此聲勢駭人的傾力之擊，仍是無法擊潰晏聰！僅憑一式「透迤千城」，一式「刀斷天涯」，晏聰竟封住了對手萬變莫測的襲擊！

在烏稷的感覺中，晏聰使出的這兩式刀法並非完全無懈可擊，但偏偏自己卻始終無法一擊奏效，對方總是能在最後關頭及時彌補足以致命的缺陷。

烏稷一生之中尚從未經歷如此詭異而被動的戰局，以至於感到自己無法戰勝晏聰已不再是因爲實力的緣故，而是因爲某種神秘的宿命。他卻不知這是因爲晏聰雖然無法在招式上勝過他，但卻憑藉浩瀚如海的內力修爲，毫不費力地彌補了這一點。

對晏聰來說，與烏稷一戰，內息絕對是遊刃有餘，他完全可以在對方已豁盡最高內力修爲時，仍有足夠的迴旋空間。

若是烏稷明白這一點，只怕立時鬥志全無。

但此刻對烏稷來說，卻是在作著生死懸於一線間的殊死搏殺，死亡從來沒有如今日這般與自己接近，他已無暇再去思索更多的東西，所能做的唯有竭盡全力。

晏聰生平第一次體會到居高臨下、玩弄他人於股掌間的快意，他冷哼一聲，沉聲道：「請試試我的這一式『天地悠悠刀不盡』吧！」

言語間，他已如天馬行空般掠起，人刀恍然已如一體，怒射向烏稷！

晏聰反反覆覆地只使「逶迤千城」與「刀斷天涯」兩式刀法，卻讓對方始終無法取勝，這早已讓烏稷心煩意亂，聽得晏聰此言，烏稷反倒有精神大振之感，大喝一聲，亦全力激起自己的最高修爲，短劍在虛空劃過一道玄奧複雜莫測的軌跡，向晏聰奮力迎去！

刀劍破空之聲驚心動魄！一股改天易地、吞沒萬物的氣勢剎那間籠罩了極廣的範圍！

眾人的呼吸亦止於一瞬，每個人心中都明白搏鬥雙方或勝或敗，將在這一刻分曉。

在那電光石火的剎那間，誰也沒有留意到晏聰的嘴角再度浮現出了絕對自信的笑意！

刀劍以一往無回之勢迅速相接！

竟沒有想像中密如驟雨般的金鐵交鳴聲，而是僅有一聲如石破天驚般的撞擊聲，隨即便是扣人心弦的刀劍相擦之聲。

一聲悶哼，血光乍現！兩道人影同時倒飄而出。

烏稷飛出數丈之外，方頹然墜下，曲膝半跪，以劍拄地，左手用力捂著腹部，鮮血若泉湧般自他指掌間不斷溢出，情景駭人。

而晏聰倒飄而出後，重重撞在身後的一堵牆上方止住退勢，他踉蹌了一步，終於站定。

他的嘴角有一抹血跡，看樣子也受了內傷，誰也不知道，其實晏聰根本沒有受傷，他嘴角的血跡只不過是他在倒飛而出時借機咬破舌面而形成的。

烏稷以劍拄地，試圖站起，嘗試了幾次，卻都無法成功，心頭不由升起悲愴之感。

不二法門眾弟子從震愕中清醒過來，齊齊亮出兵器，將晏聰團團圍住。

晏聰對此視若無睹，他的目光卻投向了烏稷。

烏稷吃力地伸出一隻手來，緩緩抬起頭，嘶聲道：「我……敗了，你們……可以離開了。」

眾不二法門弟子皆吃一驚，立即有人道：「不可！靈使讓我等看守她們，豈能就這樣讓她們離去？若靈使怪罪下來，我們誰也擔當不起！」

晏聰「嘿嘿」一聲，伸手抹去了嘴角的血跡，冷笑道：「難道這便是不二法門的所作所爲嗎？真是可笑……可笑至極！」

他並不想與對方過多纏戰，儘管他根本無所畏懼。

這些法門弟子都是追隨靈使的，一旦陷入混戰中，難保不會有所傷亡——雖說也許晏聰可以做到讓對方只傷而不亡，但這卻有些不合情理了。

他的那一刀本完全可以取烏稷性命，但他刀下留了餘地，讓烏稷活了下來。他相信烏稷可以使他不會陷入對方的纏戰中，這是源於他對烏稷性情的洞察與判斷。

事實證明他的決定是正確的，烏稷果然守信。

此刻，晏聰的目光就等於無形的鞭子，使烏稷不得不再度堅持自己的決定，否則，他的武者靈魂將會感到極度不安。

而對同伴的責疑，烏稷只能堅持己見。只見他吃力地道：「今日之事，責任……全……全在於我烏稷，若……靈……靈使怪罪下來，與他人無關……」

他竭力想使自己的話顯得平穩些，卻無力辦到。

比肉體的痛苦更讓他無法忍受的是，他爲辜負了靈使的重託而萌生的無限自責與懊惱！

晏聰對這一結局很滿意，他自忖整個過程應稱得上天衣無縫，現在，就等著刑破出現了。

他還刀入鞘，向顧影、梅木道：「我們可以離開此地了。」

梅木看了他一眼，俏臉微紅。方才晏聰從容挫敗烏稷，其卓然神采以及爲救顧影母女二人不畏涉險的膽識俠義，已使梅木芳心暗起漣漪。

在她心目中，父親梅一笑無疑是最偉大的人，而父親與母親的恩愛亦給她很深的影響。當她情愫初萌之時，便已暗自思忖自己心愛的人應該如父親那樣既有卓然不群的修爲，又高大俊朗，更有一顆俠義之心。而眼前自己從未謀面的舅舅的弟子，諸方面與她所希冀的都全然吻合，梅木的心頓時爲之觸動！

她甚至覺得自己的被擒未嘗不是一件好事，也許是天意要以這種獨特的方式成全她的美麗心願。

晏聰何等聰明，立時察覺到佳人柔情。對他來說，這也是從未有過的全新體驗，因爲他自幼便被迫以假死回避災禍，之後又隨師顧浪子流浪四方，大多時間是在與世隔絕的環境中度過。即使是進入六道門，六道門雖然弟子眾多，但由於晏聰進入六道門是爲了復仇，所以在看似平常的心態後隱藏的是時刻警惕不安的心緒，這使他不得不忽略了生活中種種美好的情感，以至於在六道門那麼多年，他沒能與六道門的任何一同門結下很深的交情。他予人的感覺都是看似隨和，但又很難真正接近。

而這一次，梅木對他的親暱與信任，頓讓他心頭升起幾許暖意，幾許豪情。他淡淡一笑，「師妹放心，我自有辦法。現在我們應先離開此地。」

梅木很信任地點了點頭，對顧影道：「娘，我們走吧。」

梅木扶著顧影，晏聰隨於其後，三人就這樣在法門弟子的目光下離開了城堡。

出了城堡，到了城堡外的路口，晏聰道：「你們先沿此路向北而行兩里，到時會出現一座玄天武帝廟，那裏適於隱身，你們就在廟中等我。」

顧影不解地道：「你爲何不與我們同行？」

晏聰道：「我擔心他們會改變主意，如果我們同行，一定很難逃脫他們的追蹤。但若是由我在此阻截一陣，情況就不同了，他們還奈何不了我！」

顧影聽罷，心中暗自點頭，深感此子行事謹慎細緻，弟弟顧浪子能有如此弟子，實是一大幸事。

梅木道：「你的傷……不礙事吧？」

晏聰這才記起自己也是「受了傷」的，暗叫慚愧，若不是有梅木這句話，他幾乎已忘了這一點，時間久了，只怕會露出馬腳。

當下他道：「無妨，只是輕傷。」

顧影叮囑晏聰：「你也要多加小心！不二法門在世人眼中一向是公正的化身，今日之舉卻不夠光明磊落，正因爲如此，他們更不會輕易放過我們，因爲他們擔心這將大損不二法門的聲望，所以你要格外小心！」

晏聰道：「晚輩一定會小心的。」

顧影這才與梅木先行離開，向北而去。

待梅木、顧影的身影已消失於視野之外後，晏聰就近揀了一塊岩石坐下，慢慢地回味方才的整個過程，想著想著，他的嘴角浮現出了一抹志得躊躇的笑意。

城堡中仍有隱隱約約的燈火，卻一直未見有人離開城堡向這邊追蹤而來，看樣子烏稷在這些人當中頗有威信，而且烏稷又是一個重諾之人。

晏聰在原地守候了近半個時辰，在這段時間內，城堡方向一直出奇的平靜。晏聰估計這時梅木她們應已到達目的地了，於是站起身來，最後看了城堡一眼。

就在他目光投向城堡那邊時，耳際突然傳來一個聲音：「本使感覺到你很興奮，看來，事情一定進展得很順利！很好！只要你能殺了刑破，就可以前去禪都了。在那兒，你可以見到戰傳說。當世年輕一輩中，唯一有可能與你一較高下者，也許就唯是戰傳說了！」

是靈使的聲音！

晏聰心頭凜然一驚，雙目迅速四掃。

以他今日之功力，目光所及，一片明亮，在黑夜中也與白天無甚區別，但目視四周，卻一無所獲。

「你不必驚訝，事實上，本使並不在你身邊，但因爲你的三劫妙法是源自本使，而三劫妙法除了是一種武道絕學之外，亦講求強大的心靈之力，如今，你我心靈如息一脈，即使你在千里之外，你的喜怒哀樂也能爲本使感覺到！而你此刻所聽到的聲音也是來自於心靈而非耳中。」

晏聰驚愕欲絕！

他的肌肉一點點地繃緊，當一個人忽然發現自己的靈魂將一覽無餘地暴露在另一個人的視野下時，那種感覺決不好受。哪怕晏聰已視靈使爲自己永遠效忠的主人，這種滋味也不好受！

畢竟，在未進入「三劫妙法」的第三結界之前，他曾有過漫長的獨立思想的時間，這決定了他雖然已甘爲靈使之僕，但往日的思想仍會在特定的情形下影響他的性情。

晏聰心神恍惚間，竟忘了他的話並不能爲靈使所聽到，他道：「但我爲何不能感受到主人的心靈？」

話一出口，方知愚蠢。

沒想到靈使接著又道：「你的三劫妙法是源於本使，我的心靈之力比你更強大，本使能感受到你的心緒，但你卻無法感受到我的喜憎。不過，當我們接近時，你仍是能夠感覺到我的存在——這已足夠了。」

論內力修爲，晏聰達到了靈使所未能達到的三劫妙法第三結界，也許已高於靈使自身，但靈使之所以有「靈使」之稱，正是因爲他有著他人難以逾越的心境修爲，他的心靈之力的確在晏聰之上。

也正因爲如此，靈使才敢助晏聰達到三劫妙法的第三結界，而不必擔心晏聰會反客爲主，不受他約束！

晏聰心中忽然閃過一個念頭：「若是有朝一日我的心靈之力超越了主人又當如何？」

心念甫起，晏聰自己立被駭了一跳，暗自道：「我怎可如此想？我當然應永遠忠於主人！哪怕真有超越主人的那一天也是如此！」

他自己都沒有意識到，當他心生此念時，就已是他自己的靈魂在下意識中對靈使的心靈之力的一種反抗，儘管這種反抗還是十分的微弱，而不易察覺。

晏聰自責的同時，又想到既然主人靈使能洞悉自己的一切，那麼方才自己的念頭豈非也已被主人靈使洞察？

思及這一點，晏聰頓時驚出一身冷汗！

晏聽又聽到了靈使的聲音：「哈哈哈……我是你的主人，你的心思為主人所知又有何妨？也許這是因為你還不太適應，慢慢地就會習慣的。當你面對芸芸眾生時，你的不世修為仍能讓你高高在上，睥睨萬物！」

晏聽身不由己地跪了下去！

「去吧，殺刑破，入禪都。」靈使的聲音最後道，其聲充滿神秘的鼓動性，晏聽的心再一次為之而熱血沸騰，彷若看到了自己所向披靡、傲視蒼生的情景。

他的雙眼像是有兩團火焰在熊熊燃燒，明亮得隱然有一股邪魔之氣。

請續看《玄武天下》之七　玄武意境

蒼穹變⑥金童玉女 (原名:玄武天下)

作者：龍人
發行人：陳曉林
出版所：風雲時代出版股份有限公司
地址：105台北市民生東路五段178號7樓之3
風雲書網：http://www.eastbooks.com.tw
官方部落格：http://eastbooks.pixnet.net/blog
Facebook：http://www.facebook.com/h7560949
信箱：h7560949@ms15.hinet.net
郵撥帳號：12043291
服務專線：(02)27560949
傳真專線：(02)27653799
執行主編：朱墨菲
美術編輯：許惠芳

法律顧問：永然法律事務所 李永然律師
北辰著作權事務所 蕭雄淋律師
版權授權：蔡雷平
初版換封：2016年7月

ISBN：978-986-352-317-8

總經銷：成信文化事業股份有限公司
地　址：新北市新店區中正路四維巷二弄2號4樓
電　話：(02)2219-2080

行政院新聞局局版台業字第3595號 營利事業統一編號22759935

定價：280元　特價：199元

國家圖書館出版品預行編目資料

蒼穹變／龍人著. -- 初版-- 臺北市：風雲時代，
2016.03 -- 冊；公分

ISBN 978-986-352-317-8（第6冊；平裝）

857.7　105002427